我的乔安琛先生

江小绿 著

下册

青岛出版集团 | 青岛出版社

第六章　婚后热恋

初壹被迫仰起脸，呼吸有些不稳，唇上传来细细密密的舐咬，乔安琛的舌尖抵着她的牙齿扫了两下，初壹条件反射地闭上了眼睛，双腿有些支撑不住身体的重量。

日光下的风带着温暖燥热的气息，吹过她的脸颊，耳边隐约传来嘈杂的说话声，初壹紧紧攥着乔安琛衣角的手指松开，手伸过去抱住了他的腰，整个人贴进了他的怀抱。

她仰着头，乖乖地让他亲着。

乔安琛也没有亲太久，最后分开时，又忍不住在她湿润的唇上啄了一口，捏着她的下巴的手指放开。

两人在树荫下定定地对视，须臾乔安琛别开眼，耳根有些发热："我们回家。"

"好。"初壹把手塞进他的掌心，两人往停车场走去。一路上她都不敢抬头去看别人的神情，明明没做什么过分的事情，却硬是被弄出了几分做贼心虚感。

家附近有个超市，初壹经常去。车开到那边的时候，她突然想起家里没有什么菜了，于是叫乔安琛停下车，顺便去买点儿东西。

两人一起逛超市的机会也甚少，一般是初壹一个人过来，偶尔周六、周日时，也是各自在家休息。

乔安琛推着车，初壹在货架旁挑选着。有一个她很喜欢喝的牌子的牛奶，大瓶装的，永远放在货架最上面，初壹每次都要踮着脚才能取到。

这次她刚伸出手，背后的乔安琛就轻而易举地帮她把牛奶拿下来了。

他打量着手里的牛奶包装：“你常喝这个牌子的？”

“嗯，这个牌子的牛奶味道最好，我一直喝这个。”

“怎么放在顶上？”乔安琛随口问道。

初壹思索了一下，猜测道：“大概是这个最好喝，所以就算摆的地方不显眼也不愁没人买？”

不是说一般超市、药店之类的地方都会把利润最高的东西放在中间货架，这样就能被人一眼看到，反而那些性价比高又好用的东西都在角落里？

乔安琛若有所思地点点头，似乎接受了她的这个解释。

两人慢慢逛着，购物车渐渐被填满。到生鲜区时，初壹突然说：“我们买条鱼怎么样？好久没吃了。”

“可以啊，现在去挑一条。”

水箱里，一条小管子插在里头，骨碌碌地冒着泡泡，不少鱼在水里摇头摆尾地游来游去。

初壹观察了半天，最后选了一条看起来最活泼茁壮的鱼：“你好，麻烦帮我们称一下这条鱼。”

事实证明，那条鱼真的很强壮，被工作人员捞出来放到案板上时，突然弹跳而起，高空坠落到了地上，正好落在初壹面前。

她吓得一个哆嗦，小小惊呼了一声，抓着乔安琛的手臂躲到了他身后，地板上的鱼还在垂死挣扎地拍着尾巴。

“不好意思、不好意思，这鱼太活蹦乱跳了，说明它新鲜啊，是不是？”处理鱼的那个大叔冲两人开玩笑。

初壹点点头，勉强笑了笑。

“那你今天得把它煮得好吃一点儿。”她倾身过去小声和乔安琛说，“要对得起这么新鲜的一条鱼。”

初壹一边说一边紧紧挽着他，警惕地盯着大叔手下那条鱼，唯恐它会再次弹跳而起，缩头缩脑的小模样，让乔安琛忍不住弯起嘴角。

他伸手揉了揉她的脑袋，拉长声音道：“嗯，我一定会让它——死得其所。”

称好鱼，两人又去买了一堆水果和蔬菜。初壹喜欢吃零食，拿了不少薯片、饼干、蛋糕之类的东西，包装五颜六色稀奇古怪，几乎占据了大半购物车。

乔安琛拿起来一个个研究，又忍不住抬眸打量她。

“怎么了？”初壹停下扫购的手，看向他问道。

乔安琛犹豫了一下，还是忍不住说：“你怎么吃这么多也不胖呢？”

说完，他又自言自语地小声嘀咕了一句：“也不见长高……”

“……”初壹，“这是遗传懂吗？”

“不长胖和不长高，都是遗传！我能有什么办法？”初壹气到表情失控。她的身高就是一个逆鳞，谁碰谁遭殃，小时候她还因为这件事情和别人打过一架。

乔安琛看她抓狂的样子，有些慌张，立刻补救，揽着肩膀把人按到怀里，拍了拍她的后脑勺，不假思索地补充道：“没关系、没关系，我就喜欢个子小小的女生，很可爱。”

初壹埋在他怀里的脸轰的一下就红了，满腔怒火瞬间如同潮水般退下，只剩小鹿乱撞般的心。

乔安琛从来没有对她说过这类的话，甚至连一句喜欢都没有说过。

这是他第一次说喜欢她。

初壹埋在他怀里久久没有吭声，乔安琛有些忐忑，小心翼翼地抬起她的脸观察。被他这样眼睛一眨不眨地盯着，初壹感觉脸更热了。

她别开了头，看向别处。

“不要看我。”初壹闷闷地说，“我没生气。”

“那你……”乔安琛望着她，迟疑又担忧地问，“脸怎么这么红？”他说完甚至伸出手来试探地碰了碰她的脸颊。

指腹触感明显，像是被烫到了一般，初壹猛地挥开他的手，惊慌失措、漫无目的地环顾四周，就是不敢看他。

“看看还有没有什么要买的吗？没有我们就回去了。”

乔安琛顿了顿，想说的话到嘴边还是作罢，喉结滚动两番，最后开口：“没了，那我们回去吧。”

两人在车上一路都没怎么说话，初壹侧头望着窗外，乔安琛时不时地打量她一眼。

到了家，初壹也将情绪调整得差不多了，面色如常地提着菜去厨房，准备做饭。

乔安琛连忙拿过她手里的东西，讨好地道：“我来吧。”

“你去处理鱼。”初壹垂着眼低声说。

乔安琛停下动作，回答：“好。”

作为午餐来说，这顿饭来得有些晚了，两人分工明确合作默契，在厨房各自忙碌。

微风从半开的窗户中吹进来，夹杂着夏日的阳光和青草的味道。

配菜全部准备好后，乔安琛拿了围裙套在身上，开火准备开始炒。初壹刚好洗干净手，极其自然地走过去帮他把腰上的那两根带子系好。

乔安琛怔了几秒，然后侧头看她，嗓音混合着此刻的阳光和风，带着说不出来的温柔气息。

“你出去吧，待会儿油烟大。”

这天简简单单地就过去了，没有什么惊喜，也没有什么感动。

初壹却觉得，这比乔安琛之前做的那些事都来得动人真挚。

岚城盛夏来临之际，初壹收到了一个好消息。编辑突然联系她，有家影视公司有意向把她目前正在连载的这部漫画拍成电影。双方已经谈过，并且把合同都发了过来，就等初壹同意了。

合同的条件给得非常优渥，并且对方是业内一家知名的影视公司，出过许多口碑优良、收视率高的作品。

初壹看了没有任何问题，唯一比较麻烦的就是对方想亲自见一下原作者，两人当面签约。

这家影视公司在北城，坐飞机需要三四个小时。北城是一座历史悠久的古城，城里有许多遗留下来的古迹，并且文化底蕴深厚，是知名的旅游城市。

初壹大学毕业后就一直待在岚城这座小城市，很多地方都没有去过，再加上她那边还有个认识多年的老朋友，是她刚画漫画时认识的，也是一名作者，两人可以说是无话不谈，却一直没有见过面，初壹想着去都去了，不如顺便玩一下。

听说她可能要去北城，那个朋友当晚就十分激动了。

小高："小初，来啊，来玩个十天半个月，姐姐带你浪！"

小初："我有点儿紧张。"

小高："你紧张个屁啊！我都不紧张！"

小初："怕对彼此的印象破灭……"

小高："不怕，我早就想见见你了，咱俩都这么熟了，还有啥偶像包袱？过来，吃喝玩乐一条龙给你安排好。"

小初："那……好吧！"

接着两人就开始愉快地畅想会面之后的情形了，初壹一边敲着键盘一边傻笑。

乔安琛给她倒了杯牛奶进来，见她这样忍不住问："在干什么呢？"他情不自禁地瞥向她的屏幕，只看到一条条不停刷屏的信息，对方的头像是一个粉色大猪头。

初壹抽空看他一眼，啊了声，嘴角笑意深深，手指快速敲着键盘，随口答道："一个朋友。"

"哦。"乔安琛放下杯子，眼帘低垂，没说话了。

"对了。"聊天告一段落，初壹想起这件事情，和他说，"我大概得去北城一趟。"

"怎么了？"

初壹把签约的事情说了，顺便和他说了朋友小高的邀约。

听说对方是个女漫画作者时，乔安琛脸色稍缓："那你打算去几天？"

"应该一周吧。"初壹想了想说，"也可能会提前回来。"

"好吧。"

和两方都敲定好之后，没过几天初壹就订了机票，开始收拾行李箱准备出发。

小高在线给她播报北城天气，嘱咐她带哪些衣服。这两天的时间，两人已经把要去的、要玩的、要吃的都确定好了，一切准备就绪，只等初壹过去。

因此原本是一趟麻烦的工作，反而变成了愉快的玩耍，初壹已经开始期待了。

出发那天是周一，机票订的是早上九点多的，和乔安琛的上班时间差不多，原本他说要送她的，被初壹拒绝了。

她打个车就能解决的事情，何必麻烦他去请假？

一大早闹钟刚响起，初壹就醒了，从乔安琛的怀里挣脱出来，迷迷糊糊手脚并用地爬下了床。

她洗漱完，整理好准备出发时，乔安琛还穿着睡衣在厨房给她热牛奶，做了份简单的早餐装在袋子里。

"候机的时候吃，不要空腹上飞机。"初壹作息时间晚，一般这个点吃不下东西，但几个小时后就会饿了。乔安琛知道这点。

"嗯嗯。"初壹点头答应，看向他，"你也快上班了吧，快去换衣服。"

"没事，我送你到门口。"

乔安琛把她的行李箱拉出来，初壹打开门出去，手机收到短信，预定好的车子的司机已经在楼下等候了。她立刻去按电梯。

旁边的面板显示的红色数字还在一楼，电梯上来大概还要两分钟，乔安琛站在初壹面前，不放心地嘱咐："一个人多注意安全，到了给我打个电话，见到你的那个朋友小高时也跟我说一声。"

"好的。"初壹乖乖地点头，面容白净小巧。乔安琛看着她，迟疑了下，目光又不由自主地瞥向电梯，看到显示的停留楼层是十一层时，目光微紧。

初壹也看到了，拉紧行李箱正准备和他告别。乔安琛突然俯身，在她的唇上碰了一下。

“老婆，我爱你。”他飞快地说完，如同完成了某种任务一般。

初壹愣在原地：“……”

两人定定地对视，电光石火之间，初壹脑中突然闪现似曾相识的一幕场景。

她一直追的那档明星夫妻真人秀的综艺节目，前几天播出了最新一期，其中有位妻子回忆自己出远门时，都会和另一半亲吻表白。

初壹当时对此印象很深刻，因为他们已经结婚几十年了，还能保持这种亲密感，这种爱情让她十分羡慕。

思路打开了一个缺口，初壹立刻就联想起了乔安琛这段时间的举动以及异样之处。

他每天给她发短信、视频，分享自己遇到的小事。

节目里的丈夫就是这样做的。

在巴厘岛时，明明吃得好好的，他却一看到她要剥虾时，立刻警觉地抢着动手。

这个节目里有位妻子说过，如果老公不给她剥虾一般就懒得吃。

他突然准备惊喜，尤其是那台十分浮夸的无人机。

节目里有位丈夫当年向妻子求婚时用的就是无人机。

他学习给她拍照，生硬地叫她老婆，在去上班时会亲吻一下睡梦中的她……所有让初壹觉得异样的地方，似乎都是熟悉的桥段。

心中长久以来的疑惑终于找到了答案，初壹反应过来，难以置信地望着乔安琛，呆愣过后，不确定地吞吐着开口：“你不会……是跟着那个综艺节目里的情节学来的吧……”

乔安琛脸色大变，有些窘迫和不自然，避开和她对视的视线。

刚好面前的电梯门被打开，他松了一口气，立刻推着初壹进去：“电梯来了，你快出发吧。”

“哎，不是，你得和我说清楚——”初壹伸手去抓他的袖子，乔安琛挣脱她，慌张地嘱咐："你路上小心。"

看着他这样的表现，一切早已不言而喻，初壹想了想还是作罢，眼睁睁地看着电梯门关上，乔安琛忐忑的脸消失在眼前。

出租车就停在小区门口，初壹核对过车牌号后拉着行李箱上了车。

车子正常行驶，她坐在后座上望着窗外发呆。

这段时间发生的种种事情全部在脑中回放——乔安琛的每一个笨拙的举动、生硬的表现。玻璃窗外风景快速变化，初壹用手抵着唇，莫名其妙地笑出了声。

她似乎还能回忆起两人当初一同看这个节目时，乔安琛困惑不相信的模样。那时她一本正经地骗他，说所有正常的婚姻都是这样子的。

乔安琛当时没看多久就回房了。

然而没想到在两人吵架后，他会偷偷地把每期节目都看完，然后学着里头的明星夫妇的相处模式，一点点地去模仿。

初壹盯着窗外笑着笑着，眼泪就流了出来，视线渐渐变得模糊。

她低下头，伸手抹去眼角的泪水，心酸酸的，感觉有点儿难过，想起什么又一下笑了。

前头的司机偷偷打量着她，看着她一会儿哭一会儿笑的，欲言又止，最后还是关注着路况谨慎地开车，提起了十分心神。

最后抵达机场时，看她下车关上车门，司机长松了一口气。

办好登机手续后离起飞还有一段时间，初壹坐在等候处，拿出了乔安琛给她准备的早餐。

他准备的是很简单的牛奶和三明治，还带着余温。

不知为何，她就很想他。

初壹一边吃一边听着耳边手机里传来的等待接通的声音。

过了会儿，电话被接通，那头传来乔安琛熟悉的声音，听起来平静如常。

"喂，初壹？到机场了吗？"

"嗯，你在哪儿呢？"

“刚到检察院，准备工作。”

“哦。”初壹咬了口三明治，想了想，脸上浮起一抹狡黠的笑，故意问他，“今天那个问题你还没回答我呢。”

“……”那头的人沉默了一会儿，然后她听到乔安琛说，“初壹，我要上班，先不说了，你一个人注意安全。”

“我……”初壹还没来得及开口，通话就被单方面结束。她看着手机屏幕，眨了下眼。

行吧，那就等她回来。

下了飞机，初壹直接打车去了和影视公司约好的地方。

对方来了两个人，一个女老板、一个项目负责人，双方谈得挺愉快。

他们想见初壹的初衷也就是和她商量之后剧本改编的事情，顺便聊一下关于这部作品的创作灵感以及创作背后的故事。

提到演员选角时，他们的意思是打算找目前国内比较红的“小鲜肉”来演，外形、流量什么的都比较适合。

女主角人设有点儿特别，目前圈内似乎没有合适的女明星，如果可以，他们也不介意找新人。

对方报出来的几个演员人选都是初壹很喜欢的明星，她立刻问自己能不能去探班。

“当然可以了，我们热烈欢迎。”

就这样，一顿饭下来宾主尽欢，也顺利地签了合同，初壹拒绝了他们之后几天安排人带她玩的好意，声称自己约了朋友。

小高已经在一家咖啡厅里等着她。

初壹过去时已是下午，心头莫名地有些紧张。

虽然在网上两人已经熟得不能再熟了，大大小小的事情都可以和对方一起分享，宛如亲密无间的老友。

可现实生活中，其实两人连对方长什么样子都不知道。

初壹循着小高发给她的位置在门边环顾咖啡厅一圈时，看到了窗边那个穿着鹅黄色卫衣的短发女孩儿。

心头仿佛被什么东西轻轻敲了一下，那明明是完全陌生的一张脸，初壹心底却涌起熟悉和亲近的感觉，像是相识了多年。初壹走过去，屈指在女孩儿面前的桌上轻轻敲了敲，面含笑意道："你好，小高，我是小初。"

落座之后，两人四目相对，尴尬地看了几秒后，不约而同地扑哧一声笑了出来。

"你和我想象中的差不多。"初壹说。小高从内到外都是一个大大咧咧的假小子。

"你也是。"对面的女孩儿端详着初壹不住地点头，一张白净的瓜子脸上带着爽朗的笑容，"是我最喜欢的软妹子了。"

两人又忍不住笑了起来，初壹端起面前的柠檬水喝了一口，清了清嗓子："好的，恭喜小高和小初在北城正式会面成功。"

"干杯！"两人共同举起了杯子。

最开始的生疏过后，一打开话匣子，两人就找到了在网上聊天时的感觉，只不过这次是从线上转到了线下，对面的粉色猪头头像变成了一个活蹦乱跳的人。

不过片刻工夫，走出咖啡厅时，两人已经手挽着手，仿佛亲密无间的两姐妹了。

小高带着初壹玩了一下午，参观了两个景点之后，前往著名小吃一条街，吃得心满意足后，还去了远近闻名的酒吧打卡。

两人出来时已是深夜，酒吧门口不远处是一个很大的湖，岸边有垂柳，流浪歌手靠着墙唱歌，此刻依旧有不少人在周围散步游玩，灯光亮如白昼。

北城和岚城的夜晚截然不同，一个是繁华的花花世界，一个是安静的偏远小城。

初壹刚从人声鼎沸的酒吧出来，热闹过后，却莫名地怀念起了以往的宁静来。

大概有家的地方，才是心中的归属。

"在想什么呢？"小高挽着她的手，朝马路边的一家摊子走去，"我和你说，这家的煎饼馃子是全北城味道最好的，我每次过来都要买一份，你一定要尝尝！”

“真的吗？我好想吃！”初壹咽了咽口水，方才的多愁善感立刻被抛在了脑后。

两人撒腿便往卖煎饼馃子的摊位奔去。

吃饱喝足后，两人回到酒店。小高订的是双人间，洗完澡，两人各自躺在床上说着话。

正聊到兴头上，初壹放在一旁的手机突然振动起来，她拿起手机一看，乔安琛发了视频通话过来。

初壹才想起之前逛街时乔安琛好像给她发了消息，但是她没来得及回，后来就忘记了。

初壹接通视频电话，有些心虚。

乔安琛穿着睡衣靠在床头，昏黄柔亮的光线衬得他面容安宁，整个画面像是加上了一层滤镜。

“回酒店了？”他看了眼初壹身后，出声问道。

初壹点了点头：“嗯，刚洗完澡准备睡觉。”她态度很好，眉眼温柔地朝他笑着。

乔安琛目光微动，没有去追究：“今天玩得好吗？”

“特别好！”初壹重重点了下头，然后跟他细数一整天去了哪里、玩了什么，话里话外都是小高。

“啊。对了，给你看看她。”初壹朝旁边的小高提醒，小高反应过来，探头到屏幕前面挥手打招呼：“你好，我是小高。”

“你好。”乔安琛看着对面冒出的那个脑袋，面上表情收敛，略为严肃地点了下头。

初壹莞尔，移回手机：“你干吗这么严肃？”

“有吗？”乔安琛反应过来，神色松了些，但看起来还是不自然。

“有。”初壹丝毫不给面子地点头。

乔安琛默了默，转移话题：“你们明天打算去哪儿玩？”

初壹和他絮叨了许久，啰啰唆唆地说了一大堆，都是很平常的事情，最后实在没话说了，才有些不舍地挂了视频。

一见她结束视频通话，小高立刻放下手机，按捺不住激动的情绪凑过来和她说话："我的妈呀！小初，你老公也太帅了吧！

"这样的老公就算每天不解风情、七夕带我去吃湘菜我也是愿意的啊！

"更何况我看你们刚才明明聊得很好，半天舍不得挂视频的。"

初壹有什么事情都会在网上和小高分享，包括从相亲到结婚再到婚后的种种事情，小高基本都知道。

原本她还以为乔安琛是个非常不合格的丈夫，已经在背后和初壹辱骂了他无数次，结果没想到今天一看到本人……小高觉得，这样的丈夫她也是很想要的。

"就是那次我们吵了一架，我不是和你说了吗？他就变了一点点。"初壹比了比手指头示意。

小高了然地点头："哦，是听你说过，不过我觉得他长成这样……"她顿了下，看着初壹有些不好意思地羞涩道，"不管做什么都是可以被原谅的，别说是去吃湘菜了，哪怕七夕他带我去吃麻辣烫我都十分乐意呢……"

"……"

"哎，初壹，这样的老公你在哪里找的？他还有没有什么兄弟、同事之类的可以介绍一下啊？我要求不高，比他差一点儿都行的……嗯嗯。"

初壹拿出一个枕头捂住了她的嘴，然后理了理自己的被子，躺了下去："睡吧，祝你做个好梦。晚安！"

在北城玩了三天后，初壹就有点儿想回去了，可是小高舍不得她走，极力挽留，初壹就又待了两天才打道回府。

乔安琛开车到机场接她，好几天没见，两人似乎生出了一种久别重逢的感觉。

初壹坐在副驾驶座上，和他说着这些天的见闻，还给他展示了一下自己买的特产。

乔安琛分神看了两眼，没什么表情地说：“看起来还挺好吃的。”

“对呀，就是很好吃，特意买了带给你尝尝！”初壹兴奋地说道。乔安琛也笑了下，继续专心开车。

到了家里，初壹把行李都收拾完毕，乔安琛也差不多做好饭了。今天周六，他刚好在家。

在外面乱七八糟地吃了这么多天，一下尝到家里的味道，初壹的胃口都好了很多。

“不要吃太多，晚上不好消化。”乔安琛提醒她。初壹的航班买得晚，再加上机场到家的路程以及做饭花去的时间，此刻已经临近九点。

原本初壹是打算叫外卖随便吃点儿的，乔安琛执意要做饭，说做两个菜很快。

“那我待会儿去跑步。”初壹咬着排骨不肯松口，找借口曲线救国。

乔安琛没说话，低头算是默认了她找的理由。

饭后初壹当然没去跑步，不过把碗给洗了。乔安琛在书房处理着事情。

她洗完澡早早就上了床，又和小高聊了会儿天，才看到乔安琛进来。

看着他拿着睡衣去了浴室，初壹露出若有所思的表情，接着滑了下手机屏幕。

乔安琛出来时就看到初壹躺在被子里，伸出一只手冲他招了招。

那张小脸上带着明亮的笑意，好像太阳底下金黄色的向日葵。

他嘴角一弯，走了过去，接着听到她脆生生的声音响起。

“乔安琛，快来陪我看这个明星夫妇真人秀，今天刚更新了一集，你不是也在追吗？”

“……”乔安琛打死也不承认，“我没有。”他以为这件事情已经翻篇了。这几天初壹闭口不提，乔安琛自认为彼此都已经心照不宣地过去了。

“你现在都学会骗我了吗？”初壹定定地盯着他，认真地说，“谎言就是从小慢慢变大的。乔安琛，你可以保持沉默，但是你不能对我撒谎。”

乔安琛：“……”

他完全没有想到初壹会是这种反应，哪怕她发脾气、追根究底地问他，或者无理取闹，都比这样一番话来得要好。

他避开她的视线看向地面，睫毛颤了颤，须臾才低低地开口：“对不起。我只是……觉得有点儿丢脸。”

房间很安静，夜风鼓动起窗帘。

乔安琛抬起头看向她，神情郑重严肃，像是在国旗下宣誓：“这是第一次也是最后一次，我以后绝对不会骗你了。”

初壹睁着眼看了他半晌，最后从床上爬起来坐在那里对他招手：“过来。”

乔安琛顿了顿，随后有些忐忑地走过去站在她面前，还没来得及说话，就被一把抱住。

初壹环着他的腰靠在他的胸前，闭着眼轻声说：“我一点儿都不觉得丢脸，反而很开心，开心你愿意为了我去做这些事，哪怕有些笨拙——”

听到这里，乔安琛忍不住打断她道：“笨拙？”

“不然呢？”初壹仰头盯着他，眼睛睁大，微微困惑地问，“难道你觉得自己很优秀吗？”

“……”

“虽然我有时候有点儿……不自然，但那已经是我能做到的极限了。”乔安琛艰难地说。

比起里面那些夫妻动不动就叫宝宝、亲爱的，乔安琛能喊出口的也就只有老婆了。

比起无微不至的关怀呵护，他只能尽自己所能地多做一点儿。

比起动不动被制造的浪漫惊喜，乔安琛绞尽脑汁也仅能模仿出六七成。

而这一切已经花费了他太多的心神和精力，如果每一天都要如此过的话，乔安琛也不知道自己能坚持多久。

“我不要你突然准备的惊喜，也不需要你刻意向我告白，我可以自己剥虾，也可以一个人去逛街，如果你忙，不用随时随地地给我发消息、发视频——”

初壹一口气说完，停顿了片刻，目光闪烁了一下，随后声音更加坚定地传来：“我只要你多在意这段婚姻一点儿。”

她放低了声音，垂着眼说：“也多……在意我一点儿。”

很久很久都没有人开口说话。乔安琛盯着她的头顶，心中思绪翻滚，不知在想什么。

过了好一会儿，初壹被他紧紧地拥进怀中，他的声音沉沉地压在她的耳边。

“嗯。”

不知抱了多久，两人终于松开。初壹和乔安琛对视着，空气中流动着甜蜜的气息。两人异常安静，谁也没有先开口说话。

须臾初壹清了清嗓子：“那个，要不要一起看个综艺节目？最新一期的我还没看……”不知为何，越说到后面，在乔安琛如炬的目光下，初壹就越心虚，声音越来越小，“看完刚好睡觉……”

“其实我觉得那个综艺节目一点儿都不好看。”乔安琛一脸正色地说。

对花了三个晚上以学习的形式追完了全部节目的乔安琛来说，他是不想再看这个综艺节目一眼的。

尤其是在初壹方才还那样和他明示的情况下，乔安琛觉得酷刑终于结束了。

“我觉得我们可以直接进入睡觉环节了。”他一本正经地掀开被子，把初壹楼到怀里，手极其自然地从她的睡衣底下钻了进去，脸不红心不跳地说，“我们已经一个多星期没有一起睡觉了，我的大脑和身体都很想你。”

“……”

初壹面前投下一片阴影，唇间特有的柔软和热度伴随着手上的动作越发清晰。

“特别想。”乔安琛一边亲她一边无意识地说，脑袋在她的锁骨上方蹭了蹭，刚洗的头发刮过她的下巴，痒痒的。

初壹躺在那里无意识地望着天花板，伸手抱住了他，低声浅喃，轻不可闻：“我也想你……”

初壹睡得不太安稳，乔安琛起床的动静她隐约感知到了一点儿，脑子里乱七八糟地神游天外，眼睛却沉重得睁不开，固执地紧闭着。

大概是昨夜最后入睡得太晚，本来是还没到凌晨的，洗完澡初壹没穿衣服，就直接抱着他睡了，然而迷迷糊糊地不知道睡了多久，感觉乔安琛又醒了，似乎精力复苏了一般，身体很烫。

她半睡半醒的，意识不清晰，没怎么挣扎，只累得不行，后来不知什么时候就睡了过去，也不知道何时结束的。

她就这样昏昏沉沉的，几乎做了一晚上的梦，直到乔安琛起床上班。

有呼吸的热气拍打在她的脸边，随后感觉被人亲了一下，初壹猛地惊醒，费力地睁开眼睛。

“你早上不要亲我……”她别开脸，埋进了被子里，整个人还缩成一团往里面拱了拱。

乔安琛似乎带了点儿笑意地问她：“为什么不能亲？”

“我没洗脸……”她睡意浓重地说，嗓音软软的，带着没睡醒的含糊，有点儿奶气。

乔安琛彻底笑出声，把她的小脸从被子里扒拉出来，低头用力地在她的唇上亲了一口：“我不嫌弃你。”

他怎么会嫌弃？乔安琛没有见过别的女孩子刚起床的样子，可初壹即便是睡着时也是白净可爱的，甚至多了几分乖巧感，缩在他怀里不设防的模样很像小女孩儿。

初壹听他说完，拉高被子盖过头顶，拖长了声音难以接受地说：“可我嫌弃我自己。”

“睡吧。”乔安琛笑完，隔着被子摸了摸她的脑袋，柔声说，“我去上班了。”

周一大家都很忙。

因为去北城玩的那一周初壹没有画稿子，读者和编辑都在催她，再加上这本漫画如今签了影视合同，初壹也不敢懈怠，回来第一天就勤勤恳恳地开始工作了。

乔安琛也没了动静，直到傍晚才给她发来一条消息，果不其然又是加班。

这晚他回来得特别晚，面容疲倦，一到床上就闭上眼，似乎支撑不住地要睡过去。

初壹也很困，而且因为昨晚没怎么睡，今天一天画稿都靠咖啡提神，即便如此还是哈欠不断。

她原本起身准备关灯，看见乔安琛此刻的模样，又忍不住停下动作，拨了拨他的睫毛："你是不是昨晚太累了，今天一回来就想睡觉？"

"不是，今天出庭了，办公室还堆了很多案卷没看完……"乔安琛没睁开眼，低声回答。

初壹直接忽略，自顾自地道："你哪天上班不是这样？我今天就特别累，工作都提不起劲儿来，你下次不能这样，要节制一点儿。"

"我挺节制的，我们不是一周才两次吗？"乔安琛闭着眼睛，似乎困极了，闻言随意答道，初壹不受控制地脸一红。

这种事情他怎么能随便说出来！

她有点儿气愤，就开始口不择言："那你昨晚是想把上周的两次一次性补齐吗？"

大概是她的音量提高了，乔安琛睁开了眼睛，黑眸盯着她，里头装着干净简单的困惑："不是。"他顿了下，似乎在脑海中搜索着词汇，最后微蹙着眉，认真地和她说，"你下次睡觉的时候最好还是穿上睡衣，不然半夜老喜欢在我怀里动来动去的，我也睡不好觉。"

尤其是她还喜欢往他身上蹭。

她穿着衣服的时候就算了，没穿衣服时，乔安琛也很痛苦。

初壹："……"

她看着满脸有理有据、十分郑重地给她提意见的乔安琛，忍了忍，没忍下去："你闭嘴吧！"

乔安琛也不明白，初壹怎么就突然抓起一个枕头朝他砸过来了。塞满鸭绒的大枕头虽然不重，但迎面砸来还是有些突然。

他抓下盖在脸上的枕头，疑惑地看着初壹："你打我干吗？"

"没干吗，突然手痒了。"初壹面无表情地说。

不知不觉间已是岚城的盛夏，靠空调救命的时节，初壹不想出门，正好在家专心工作。

程栗看到了她在朋友圈发的照片，是在北城那会儿发的。初壹难得出去玩一趟，每天发的都是九宫格的照片，里头掺杂了不少和小高的合照。

程栗评论："崽，你竟然背着我去偷人了。"

初壹："……"

她无语凝噎，收起手机没有回复。

才回来两天，初壹就收到了程栗的邀约。程栗发来了一张照片，还有一句话。

照片是程栗在一家酒吧里的自拍，灯光昏黄的吧台边，她面前放着一杯红绿色的鸡尾酒，托腮嘟嘴，细细的小吊带挂在白得晃眼的肩膀上，和没有差不多。

"旧爱在线等渣男回复。"

初壹："……"

她停了笔，往后一靠倚在椅背上，低头敲手机："你干吗呢？"

"喝酒。"这次程栗正常多了，直截了当地回复，"来不来？老地方。"

"行吧。"初壹想了想，也是有段时间没见她了，再加上今晚乔安琛也加班，随即回答，"我现在过去。"

结婚之后初壹就很少去酒吧了，虽然以前去得也不多。

那是一家清吧，但初壹还是给乔安琛发信息报备了一声，顺便找了小吊带和短裤穿上出门。

她骨架小，肩膀、锁骨都是细细的，穿吊带时有种娇小玲珑的可爱感，又带了说不出来的性感魅力。

但她不太敢在乔安琛面前穿，因为他会微皱起眉头，然后从衣柜里给她拿一件薄开衫。

初壹有时候真是受不了他这个古板的老男人。

打车到酒吧时，夜色正浓，初壹进去一眼就找到了程栗，原因无他，程栗周围的男人最多。

初壹径直走过去在她旁边坐下，目光轻扫，对着旁边搭讪的几个人淡淡出声："不好意思啊，她已经结婚了，都生了两个孩子了。"

"啊……"男人露出尴尬的神色，随后对她举了举手里的酒杯，很有风度地颔首，"那我就不打扰了。"

待周围的人都走了之后，面前终于清静了下来，程栗睨了初壹一眼，懒洋洋地拖着长腔道："谁说我孩子都有了？别造谣。"

"你今天怎么这么闲？"初壹没理她，看了眼墙壁上的新品一栏，对调酒小哥招了招手："一杯薄荷之夜。"

"什么叫我今天这么闲？"程栗抓起面前的玻璃杯喝了口酒，酒水把她的嘴唇浸染得无比潋滟，"我这段时间一直很闲。"

"咦？"初壹讶异，睁大眼看着她，"你家那个如胶似漆的亲爱的呢？"

"别说了。"程栗叹了口气，又神色郁郁地端起杯子喝酒，"他最近忙着出差，都快一个月不见人影了。"

"啊……"初壹同情加感慨，脑中费力搜索了一下她那个男朋友的职业，最后不确定地道，"他不是做技术那块的吗？项目负责人？"

"对呀，最近他们公司架构调整，经常要去和客户谈事情，他都连续几个月这样了。"

"那你最近都干吗呢？"初壹好奇地问，也没见她多联系自己几次。

"忙工作啊，我也是有自己的正规职业的好吗？而且我一有空就飞过去陪他了，最近是有些累了，所以想休息一下。"程栗眼波一横，对她嗔道，"哼，哪像某人这么快就有了新欢。"

"不是，那是我在网上认识了好几年的那个朋友。"初壹解释，"这次刚好去北城，我就和她见面了。”

“好吧。”程栗冲她举起杯子，舒展神色，灯红酒绿下，眉眼带着娇艳的风情，“那你今晚得好好陪陪我。”

初壹觉得自己今晚就充当了一个垃圾桶的角色，听程栗倾吐着因为她男朋友最近没空陪她，一个人寂寞、孤单、苦闷的烦心事。

程栗似乎越说越烦，酒跟水似的一杯接着一杯地喝。初壹一阻止，她还发脾气，往初壹手上拍了一巴掌，刺疼刺疼的。

“我一个人喝多没意思，来，干杯！”醉酒的女人毫无理智可言，硬拉着初壹陪她一起喝，不喝就开始闹。初壹拗不过她，认命地给乔安琛发信息，叫他待会儿过来接人。

两人就这样你来我往，到后面一见到杯子空了调酒小哥就自动给她们续上。初壹还算矜持，意思地抿两口就放下了，程栗完全是仰头一口闷了。

晚上十点半，乔安琛推开酒吧的门时，就看到程栗披头散发地靠在初壹的肩上哭得肝肠寸断，就好像刚失恋的女人，被伤害得极深。

初壹还算有几分清明，一边安慰她，一边给她擦眼泪，不经意间抬头看见乔安琛时，明显露出了如释重负的表情。

“这里——”初壹冲他招着手。

乔安琛快步走过去，目光落在旁边东倒西歪的程栗身上：“要送她回家吗？”

“对，先把她送回家吧。”初壹费力地拖着程栗起来。程栗现在喝成这样，软成一摊烂泥似的靠在初壹身上，完全作不起来了。

乔安琛见状搭了把手，同初壹一起扶着程栗出去。被外头的夜风一吹，醉得意识不清的人又清醒了几分，双臂被他们两人架着，腿拖在地上，懵懵懂懂地抬起头：“这是哪儿啊？你们要带我去哪儿？”

“这里是酒吧门口，我和乔安琛一起送你回家。”初壹耐着性子同她解释。

程栗听完哦了一声，又垂下脑袋不省人事了。

把她塞进车坐稳，两人都系好安全带后，乔安琛从后视镜看了一眼后座，接着启动车子。

程栗家离这里不远，抵达小区门口后，初壹从她包里翻出钥匙，又和乔安琛把她架上电梯，最后打开她家的门，把人扔在了床上。

两人不约而同地舒了口气，初壹在这一刻还是感觉到了有个男人的好处，如果只有她一个人，估计这会儿已经累得倒在地板上爬不起来了。

“你在外面坐一下，我把她收拾收拾。”初壹缓了下说。

乔安琛露出些许疑惑之色，却只问道：“有需要我帮忙的吗？”

“不用，你出去吧。”初壹回答。

乔安琛点了点头，很顺从地离开了。

待他关上门，初壹才走过去，把程栗的衣服、鞋子都扒拉下来，然后给她套上睡裙。

在洗手间找到了卸妆水，初壹又打了盆温水，三下五除二地给床上熟睡的那个人把脸上的妆卸了，最后手法粗暴地给她拍上水乳。

“嗯……”程栗被弄醒了，蹙着眉动了动。

初壹乘机泄愤，用力拧了把她的脸：“下次让你再喝！”

床上那个人睡得和死猪一样，毫无知觉。

初壹出去时，乔安琛靠坐在沙发上，手背搭在额头上，闭着眼似乎在休息。

她看了眼时间，已经十一点多了，心里有些愧疚。

“是不是很累了？”初壹走过去，轻声开口。

乔安琛睁开眼，里头还有些残留的倦意，随后他站起身，揉了把脸。

“没有，她……都弄好了？”他朝门内示意。

初壹点了点头：“帮她卸了妆、换了衣服，应该差不多了，我们回家吧。”

“好。”乔安琛颔首，拿起车钥匙。

其实初壹今晚也喝了不少酒，早就累得不行了，全靠意志撑着，一上车就靠着座椅闭眼休息。

脑袋昏昏的，她不小心就睡了过去，车子什么时候停下的都不知道。

乔安琛熄了火，在旁边看了她一会儿，想了想还是拍了拍她的肩膀叫醒她。

“初壹，我们到了。”

“嗯……”初壹迷迷糊糊地醒来，伸手揉了揉眼睛。

“到了吗？”

“到了。”

初壹推开门下车，落地时身体不稳地摇晃了两下，乔安琛牵起她往电梯走去。

夜里很安静，电梯里只有他们两人，头顶灯光发白，四周亮如镜面，初壹把头靠在乔安琛的肩膀上，闭着眼休息。

乔安琛微侧过头，垂眼看着初壹近在咫尺的脸，没说话，只是伸手抱住了她。

回去后鞋都是勉强换下来的，初壹做的第一件事就是去浴室，洗完澡才舒服几分，连保养的步骤都省略了，直接爬上床睡觉，手机都不想碰一下。

等乔安琛收拾完上来，她立刻钻进了他的怀里，闭着眼准备安心入眠。

“今晚怎么和程栗去喝酒了？”他出声问道，嗓音沉沉地压在耳边，带了几分厚重的磁性。

“她心情不好……”初壹抱着他的腰，脸贴在他的锁骨处闭着眼睛嘟囔，“男朋友最近老是出差不陪她……”

头顶的人沉默了一下，就在初壹快要睡着时，又听到乔安琛问：“不陪她，她就要去喝酒吗？”

“嗯……”初壹头重脚轻，困得要命，没去仔细听他说什么，就随口吐出一声回应。

然后整个世界终于安静了。

之后的两天，初壹突然发现乔安琛竟然每次都准时下班了，但都会在书房待到很晚，有时候快半夜了她出去喝水，都能撞见乔安琛满脸疲惫地刚好打开门的模样。

“你干吗不在检察院把事情做完再回来？”撞见了两次，初壹脑中满是疑惑就忍不住问了。

据她所知，在那里查阅资料什么的应该更加方便，为什么他还要特意把工作带回家来做呢？

乔安琛揉眼睛的动作顿了下，随后他拿开手，那双黑眸认真地注视着她，抿了抿嘴唇：“我……就是想多陪陪你。”

“可是你在书房，我在卧室，这和你平常加班又有多大的区别呢？”

初壹真情实感地表达自己的想法，乔安琛闻言脸上浮起失落之色，视线低垂看向地面，很快又掩盖了下来。

初壹立刻后悔了，马上补救：“我的意思是……”她费力地在脑中思索着措辞，诚恳地解释道，“你如果忙的话加班也没有关系，不要特意为了我影响到工作什么的，我可以理解的。”

“可是——”乔安琛抬眼，眸中映着灯光显得很澄澈，面容干净，声音却又似带了丝委屈，“我不想你去喝酒，很危险。你还会哭。”

初壹整个人都怔了一下，有些无语凝噎，又有些哭笑不得：“我什么时候说要去喝酒了？”

“昨晚。”乔安琛也莫名其妙地看着她，眼睛湿漉漉的，“你说程栗的男朋友没空陪她，她就要去喝酒。”

“她是她，我是我。”初壹气笑了，难以置信地说道。

乔安琛动了动唇，想起昨晚问的最后一句话。

“不陪她，她就要去喝酒吗？”

“嗯。”

似乎她真的没有说是她自己。

可是两人同为女人，不应该差不多吗？

如果程栗的男朋友不陪她她会很难过，初壹同样也是吧？

乔安琛费解地思索着，没有再反驳她。

初壹看他低着头站在那里，微蹙着眉，似乎很懊恼，又像是想不通的样子。

她忍不住又出声解释："而且程栗也只是稍微发泄一下而已，并不是说男朋友不陪她她就要去喝酒的。我就更加不会了。"

"哦。"他耷拉着脑袋闷闷地应了一声，又抬起眼慢吞吞地回答，"我知道了。"

初壹望着乔安琛的神色莫名变得柔软，充满爱怜……这可真是个傻孩子。

她忍不住上前一步，伸手抱住了他，双手环着他的腰，微仰起头："你怎么傻乎乎的？"

乔安琛微眯起眼睛："初壹，你最好考虑清楚了再说话。"

"嗯？没人这么说过你吗？"初壹好奇，不怕死地问。

"没有。"乔安琛不假思索地道，"一般人都很怕我。"

"好吧。"初壹含笑看着他，算是相信了。

乔安琛拍拍她的脑袋，吩咐："快去睡吧，我很快就弄完了。"

程栗这段时间比起以前是真的闲了很多，时不时会约初壹一起出去吃饭、逛街，但是初壹是不敢再去喝酒了，程栗邀约时也是断然拒绝。

乔安琛算是没再做出什么一反常态的事情，忙起来的时候两人仍然只能晚上打个照面，周六、周日偶尔放假，抽空也会一起出去看电影、逛逛街。

比起以前来说，他或许没有太大的变化，但感觉似乎又不一样了。

初壹觉得之前是只有她一个人待在小小的空间里，和乔安琛始终隔着一堵墙，怎么呼喊、冲撞都得不到他的回应。

但现在那堵墙已经消失了。

或许他们之间还不够亲密到爱意浓厚，但初壹相信，往后余生这么长，一切总是会越来越好的。

时间过得飞快，感觉一切刚发生在昨日，但转眼又是一年的七夕到来。

初壹很简单地做了饭，从外面回来时特意到花店去买了一小束红玫瑰，回家剪枝弄好插在花瓶里。

她还特意做了一个小蛋糕，用的是两人都喜欢吃的草莓，红红的水果点缀在雪白色的奶油上，周围还有一圈裱花，比起外面蛋糕店卖的蛋糕毫不逊色。

初壹顺便还换上了新的细格子桌布，想了想，又从柜子里拿出一瓶红酒。

这毕竟是过节，总要一点儿气氛，把红酒当饮料喝也不错的。

一切布置完毕，竟然也像模像样的，蛋糕、红酒，三菜一汤分别盛在瓷白的餐具里，碗筷整齐，初壹打量着这一切，突然想起之前给乔安琛庆祝生日时好像还留了几根蜡烛。

她立刻去翻储物柜，果不其然，在角落找到了那两根蜡烛。

晚上乔安琛推开门时，就看到整个屋子光线昏暗，勉强可视物，往日的一切都隐在昏暗中影影绰绰，餐厅似乎有微弱的烛光传来。

他一边扶墙换鞋，一边出声问道："家里没电了吗？"

说着乔安琛摸上了旁边的开关，手指一按，随着啪嗒一声响，整个客厅瞬间亮如白昼。

他走进去，和坐在餐桌前的初壹对视上，她手边的那两根蜡烛还在尽职尽责地燃烧着，只是摇曳的明黄色火光在此刻头顶刺目的灯光的衬托下，显得格外苍白无力。

初壹用力闭了闭眼，深呼吸，然后长长地吐出口气。

"有电。"她保持情绪稳定地回答了乔安琛这个已经被行动证实的问题，接着为自己目前愚蠢的现状解释，"我只是想着今天是情人节，所以稍微布置了一下。

"原本我只做了饭菜和蛋糕，后来想起你生日那天还剩下两根蜡烛，就用上了。"

初壹静静地看着他，平淡地说："你需要吗？不要的话我就把蜡烛吹灭了吧。"

乔安琛："……"

他挠了下头，接着看了她一眼，然后走回玄关处，啪嗒一声又把灯关了。

整个画面立刻变得柔和昏暗，烛光在轻轻摇曳。

“还是要吧。”乔安琛有些不好意思地回答。初壹没再说什么，只是开始盛饭动筷。

两人相对而坐，吃了几口，乔安琛突然停下动作，从外套口袋里摸出一个小盒子，手指按在上面推到了初壹面前。

“这个，买给你的。”

初壹垂眸看过去，那是一个淡紫色的四方小盒子，上头系着浅色的缎带蝴蝶结，很女性化的东西，被乔安琛拿在手上，有种说不出来的感觉。

“这是什么？”她接过盒子，打开了盖子。

黑色丝绒布上是两颗小小的耳钉，碎钻镶成了爱心的形状，小巧而又精致。

这种小物件实在不像是乔安琛会选的东西，初壹没有办法想象他在柜台前挑选时的画面，一想胸腔里那颗心就忍不住乱跳了。

“你自己买的吗？”她还是忍不住问，很不争气地被取悦到了。

“对啊。”乔安琛顿了下，疑惑不解又理所当然地答。初壹没忍住追问道：“你去哪里买的？商场柜台还是……？”

“去柜台挑的。”他说完，微垂下眼，仿佛有些不好意思面对她。

初壹识趣地没再追问了，只是嘴角忍不住弯上去一点儿。

吃完饭，初壹就迫不及待地去试戴了这对耳钉。她对着镜子小心翼翼地抓着那颗小爱心对着耳洞穿过去，直至耳钉牢牢地贴在耳垂上面。

初壹看着镜子里的人，脸颊两旁一边一个小爱心。她开心地晃了晃脑袋，笑意再也不需掩盖。

“好看吗？”乔安琛在外头洗碗，衬衫袖子挽了上去，系着格子围裙，初壹把脸凑到他面前笑着问道。

乔安琛停住洗碗的动作，目光专注地落在她的脸上，定定地看着，像是在认真思考着她的问题一样，初壹竟然有些脸热。

时间仿佛过了许久，久到她都有点儿支撑不住了，然后才听到乔安琛轻声说："好看。"

"我也觉得好看。"初壹抬起眼看了他一下，又迅速收回目光，接着飞快地小跑出去了。

初壹把这对耳钉和乔安琛那次送的项链仔细地用盒子装了起来，两个东西放在一起，愈加璀璨夺目。她端详着，忽然想起自己好像没给乔安琛买过什么。

只有衣服，她逛街时会顺便帮他看一两眼，有合适的或者需要时才会买。

初壹妥善地收好手里的项链和耳钉，考虑自己是不是应该给他回赠个礼物。

乔安琛在生活方面极其简约，物件能少则少，相同用途的东西绝对不会买两种，所以身边用的基本是配套算好了的，没有空缺。

她琢磨了好几天，认真地思考着。

钱包？不行，乔安琛有钱包而且肯定不会换的。

手表？他似乎永远只戴着他那块旧旧的劳力士，估计感情深厚。

衣服、皮带？这些东西不能算礼物，在日常生活中初壹就给他买了。

一个人闷头想了许久，脑中冒出的无数个念头都无果，最后初壹只能选择场外求救，咨询了男人迷程栗和几乎是男人本男的小高。

三个人热火朝天地讨论了半天，从网络资料到现实案例再到个人喜好，最后终于商讨出了一个既可以当礼物又适合乔安琛的东西——香水！

理由是乔安琛刚好没有香水，并且送这个也很特别。

因为送香水的话，他每次用的时候，味道是无时无刻不萦绕在他身边的，这样他就会无时无刻不想起送香水的那个人。

初壹望着聊天记录眼睛发亮，握紧拳头，几乎是不假思索地道："好的！那就它了，我下午就出去买！"

话虽如此，出发前初壹还是在网上做了不少功课，最后列出了一个被推荐排名靠前的名牌的清单，去专柜一个个试香。

闻了一个下午，嗅觉都快麻木了，初壹终于选到了她喜欢的香味。

她选的是爱马仕的一款男士香水，独特清新的木质调，里头成分有佛手柑和雪松木，很像乔安琛身上的味道。

初壹几乎是一闻就确定下来了，眼里绽出惊喜的光，毫不犹豫地去结账付了款。

她叫专柜小姐姐帮她包装了一下，选用了一个深绿色的盒子，看起来很精致特别。

初壹心满意足，提着袋子回了家。

刚好是周六，乔安琛晚上准时下班回家吃饭，初壹一直等他洗完澡出来，才坐在床上把礼物拿给他。

“我给你买了个东西。”她手里握着盒子，递到乔安琛面前，有些紧张又期盼地抿住了嘴唇。

“什么？”乔安琛顿在床边，目光落在绿色盒子上，接着抬起头看她。

“你打开看看喜不喜欢。”初壹冲他甜甜地笑了笑。

乔安琛略微诧异地挑了下眉，随后伸手接过盒子。

他看清里头的东西后，神色有些奇异，把香水拿了出来，握在手里仔细打量着。

“喜欢吗？”初壹越发忐忑，小心翼翼地试探着问。

乔安琛若有所思地道：“我从来没用过香水。”

他拧开香水盖子，按了按上面那个按钮，发出轻不可闻的声音，淡淡喷雾似的液体挥洒在空气中，鼻间嗅到一种特别的香。

初壹露出喜欢享受的神情，乔安琛认真闻了闻，接着皱起眉头：“好重的味道。”

“……”

“那你喜欢吗？”初壹强忍住失落情绪，几乎是不抱任何希望地问道。

果不其然。

“不太喜欢。”沉默了一会儿，乔安琛揉了揉鼻子，把手里的香水放回了盒子里，慢吞吞又迟疑地回答，看向她的眸中似乎还带着些许忐忑之色。

行吧。

初壹把盒子盖好收起来，面无表情地自言自语："既然这样，那就把它用来做厕所清新剂吧，总不能浪费了。"

气氛安静了片刻，乔安琛顿了一下道："这不太好吧。"

"不然呢？"初壹还是面无表情地说，"总不能勉强你，不喜欢就是不喜欢。"

乔安琛再次停顿，似乎在认真思索一个更好的处理方法。

时间仿佛过了许久，他终于无比慎重地做出了决定："好吧，那就只好听你的了。"

初壹："……"

她没说什么，只是把盒子拿在手上，然后倾身过去打开了床旁边底下的柜子，把香水放了进去。

"时间不早了，早点儿睡吧。"初壹拉高被子睡下，语气平平地说。

乔安琛看了眼时钟指向九点半，没敢开口。

空气中还残留着淡淡的香味，两人并排躺在一起，灯关了，黑暗中嗅觉似乎变得更加清晰。

两人都睁着眼，却一动不动，如此静静地躺了会儿，乔安琛突然说："现在闻其实也不是很难闻了。"

"香水分为前调、中调、后调，前调香味一般比较浓，后面会慢慢变淡，味道也会不一样。"

"难怪……"乔安琛仿佛获得了什么新的知识，恍然大悟。

初壹又忍不住和他解释："我们刚才喷的那款后调有安息香和杉木，闻起来很清新的，而且有醒脑安神的作用。"

"你一开始可能是喷太多了，所以味道有点儿浓，一时闻不习惯。"初壹说完，觉得自己好像太过卑微了，好像是一位香水推销员，又立刻挽尊，"我只是简单分析一下，并不是要让你用它，你别误会。"

乔安琛："嗯。"过了几秒，他补充了一句，"我没误会。"

"好。"

初壹翻了个身，摸出手机开始玩，屏幕的荧光幽幽地亮着，乔安琛幽幽地说："你不是说要睡了吗？"

"有吗？"

"有啊，你刚才说时间不早了早点儿睡。"

"哦，突然发现时间还早。"

"……"

乔安琛眼睁睁地看着她玩，自己的活动却被限制住了。他总不能又去开灯吧，就这样干巴巴地躺了半天，最后还是从柜子上摸到手机。

初壹玩了半天，才想起旁边的乔安琛，扭头一看，突然发觉他竟然也在玩手机，忍不住惊了一下。

"你在干吗？"她探过去瞧了一眼，乔安琛面前的屏幕上是百度页面，最顶上搜索栏里清晰无比地写着几个字：男式香水正确使用方法。

"没干吗。"乔安琛明显受到了惊吓，飞快地把手机按灭收了起来，还迅速塞进了被子底下。

"没干吗？没干吗你这么做贼心虚？"初壹故意说，立即坐起身，顺着他的手往下去被子里抢他的手机。

乔安琛当然不给，扭着身子躲避，扬起手放到头顶，初壹又追了上去，整个人趴在他身上去抓手机。

险些让她得手，乔安琛手疾眼快地立刻把手机藏到了背后。初壹恼怒，两只手跟到他背后，几番搏斗下来，终于从他的指缝里把手机抠了出来。

乔安琛哪里都是硬邦邦的，连手指都不例外，坚硬的指节硌得她手上肌肤红了一大片。初壹躺在他身上喘息，马不停蹄地开始查获自己的战利品。

她用指纹解锁后，浏览器页面立刻出现在她眼前。

初壹点了下历史记录，果不其然出现了一排：男式香水应该用在哪里？

香水怎么样才能变得不难闻？

如何习惯香水味？

后面还有一些久远的东西，比如给老婆送什么礼物合适、知名珠宝品牌等。

初壹抬起眼看向乔安琛，他正望着天花板，一脸生无可恋的样子。

“我是不知道，原来百度还能这么用。”初壹忍不住调侃他，“你很聪明啊，乔先生。”

乔安琛放弃挣扎，脸色平静地问：“看完了吗？”

“看完啦。”初壹弯了下唇，把手机还给他，然后准备翻身下去。

人刚动，突然被乔安琛从背后抱住，他沉沉的身躯毫不留力地压着她。

“你干什么？”初壹气恼，手脚并用地扑腾，只是没两下就被乔安琛在腰上掐的那一把弄得发笑。

“哎，别……那里痒，不能碰——”

初壹腰上肌肤最敏感，一碰就痒。某次中途乔安琛不小心碰到，她原本晕乎乎的，立刻弹跳起来，足足笑了好几分钟才停下。

那会儿乔安琛已经无奈地在旁边准备下去冲澡了。

只是她现在一笑，把浑身力气都笑没了。乔安琛似乎要通过另外一种方式把自己先前丢失的尊严找回来，初壹被他折腾得死去活来，第二天下地时两条腿都是软的。

她气得直咬牙，恨不得把乔安琛狠狠挠一顿，拖着酸痛的身子洗漱完，从洗手间出来。初壹突然想起什么，去翻床旁边那个柜子。

里头的绿盒子连同香水都不见了踪影。

她盯着空荡荡的柜子，不知不觉笑了出来，发现后又飞快地收敛笑容，故意严肃起来。

“你是不是把我的香水偷走了？”午休时间，初壹给乔安琛发了这么一条信息。

他过了两分钟回复：“我放在车里了。”

“你不是不喜欢吗？”初壹打出这一条时，脸上的笑意是藏都藏不住的，眼里却又带了那么丝傲娇之意。

“做车载香水还不错。”乔安琛这条回复后面还加了一个笑脸，是系统自带的那种，黄色小圆脸上面咧开大嘴巴，双眼弯成了月牙状，蠢蠢的，又有点儿萌，很不像乔安琛的风格，太违和了。

初壹想象他笑成这样的画面，抱着手机弯腰笑倒在了沙发上。

“行吧。”她最后说，“你开心就好。”

她是这样回复的，可真正一整天都开心的人却是她，就连画稿时都是心情愉悦、脸上带笑的。

这天的更新发上去后，大家纷纷在底下留言。

“哇！今天初大的风格是粉红色的！”

“好少女啊，初大还是适合这种少女恋爱风，一人血书跪求不要再去刻画热血兄弟情了好吗？”

“大大最近是不是心情特别好？糖分十足！”

就连小高都私敲她了，痛心疾首地谴责道：“恋爱的酸臭味能不能收敛一点儿？

“每次一看完更新我都疯狂地想找个男人谈恋爱！还让不让单身狗做人了？

“小初！你变了！你再也不是那个和我说一辈子不结婚、不谈恋爱的纯洁小初了！你已经被肮脏的爱情玷污了！”

初壹：“把你这副戏精嘴脸收一收。

“满屏感叹号看得我眼疼。

“再演拉黑。”

消息一发过去，屏幕上立刻出现了一个咬手绢疯狂哭泣的小人，伴随着小高撕心裂肺的话语：“小初！你变了！你现在心里只有你老公了，再无半分我的立足之地。罢了，我走吧！”

她发完，迅速把自己的状态切换成隐身，并且在线修改了个性签名：此人已死，有事烧纸。

初壹：“……”

她感觉脑壳疼。

还没想好要怎么安抚这个演技突然发作的人，门口传来动静，初壹咦了一声，疑惑地探出头去，看到了乔安琛推门进来。

“你今天怎么这么早？”初壹看了眼时间，才下午三点。

“中午院里聚餐，下午不用加班。”乔安琛解释，换好鞋子到厨房倒了杯水，然后走过来，“一整天在家没出门？”

“嗯。”随着他走近，初壹闻到了一股淡淡的草木香，若有似无却又更加吸引人。

她仰着脸问：“你闻到自己身上的香味了吗？”

“什么？”乔安琛抬起手嗅了两下，皱起眉，“没有啊。”

“我就早上在车上喷了一点儿。”他随即想起什么地解释道。

初壹扬起唇冲他笑了笑，然后伸手一把抱住了他。

“很香。”初壹把脸埋在他胸前蹭着，深呼吸了一口气，满足地感叹。乔安琛顿时感觉自己像一个行走的香包。

他稍微感觉有些不自然，却还是没有推开她，只是过了几秒后说：“好了，你工作吧。”

“不，再抱一会儿嘛。”初壹撒娇，闭着眼不肯松手。

乔安琛抿了下唇没再说话，只是仔细看的话，可以发现他的耳根已经染上点儿异样的红晕。

他感觉自己的脸也有热度。

初壹抱得心满意足了才放开他，坐直了身子。

乔安琛很快调整好自己的神色：“那我回房了，你自己忙。”

“哦。”初壹望着他，眼睛一眨不眨，满脸恋恋不舍的样子，“那你走吧。”

乔安琛见状停下了动作，脑中拉扯片刻，最后犹豫试探地问道：“要不我把电脑拿过来？”

“这样不会影响你吗？”初壹想了想，又想到什么，立即毫不犹豫地开口，“还是算了，你在这里会打扰我画稿，你走吧。”

乔安琛：“……”

他默默地转身出去了。

不知不觉落日西下，天边被染成绚烂的橘红色，云层辽阔，清爽的晚风从阳台吹进来，舒适惬意。

今天晚饭吃得早，是两人一起做的，动作很快。

初壹的工作也早早就完成了，这一天的效率很好，她吃完饭就在沙发上看电视，最近难得有放松的时刻。

乔安琛晚上也没有事情，收拾完后切了盘水果过来，和她一起坐在沙发上看电视。初壹察觉他过来时转过了头，颇为奇异地看了他一眼。

“怎么了？”乔安琛疑惑地问。

“没事。”初壹抿紧唇，摇了摇脑袋。

电视屏幕上放的画面和脸都很陌生，乔安琛这段时间也陪初壹看过几次电视，有时候会撞见相同的一部剧，但是今天这部他是没看过的。

“这是你新看的？”乔安琛随口问她。

初壹点了点头，又侧过脸来看他，随后慢吞吞地回答：“前几天追的，才看一半。”

“哦。”乔安琛没再说话了，专心陪她一起看着。初壹探身从果盘里拿了片西瓜，一边吃着一边看电视，心情愉悦。

立秋之后，天气却越发热起来，暑气浓重，程栗拉着初壹陪她去做头发。

初壹在那里等待时，一位“托尼老师”极力在旁边给她推销，先是夸了一遍她皮肤好、脸小，随后又无比热情、专业地给她推荐了一款短发，打包票一定适合她。

初壹看看图片效果，又看了看镜子里自己的脸，有点儿心动了。

漂亮是其次，主要是她从来没有剪过短发，最短也是及肩。哪个女孩儿心中没有一个短发梦呢？

程栗也在一旁热烈附和：“崽崽，我觉得可以，你看现在天这么热，剪个短发多舒服。况且我从来没看过你短发的样子，人生不就在于尝试吗？”

“对呀，美女，你的脸小，短发其实比长发更抓人。”

“真的吗？”初壹成功被说服，看着两人期期艾艾地问道，两人不约而同都真诚地对她大力点头。

初壹露出视死如归的表情，一握拳、一咬牙就应下了：“好！那我剪！”

被推在镜子前面坐下，身后的发型师往她脖子上系上围布，拿着剪刀开始比画时，初壹突然又有点儿害怕了，担忧地问旁边的程栗：“你说万一我的头发被剪坏了，巨丑怎么办？”初壹越想越担心，有点儿打退堂鼓。

“这有什么的？不要怕。”程栗睁着眼，情真意切地安慰她，“再说就算剪坏了也没事，反正你都结婚了，乔安琛还能和你离不成？”

初壹：“……”

“行吧。”她一想也是这个理，于是毅然决然地做下决定，“剪！”

发型师手起刀落，初壹过肩的头发就齐耳了，再咔嚓两下，变得更短。

初壹全程没敢睁开眼睛，额上感觉有痒痒的触感，像是头发丝在上面晃动，听到发型师问她：“这个短发有刘海会更加可爱一点儿，要不要给你剪一个？”

“嗯嗯嗯。”木已成舟，只能一条路走到黑了，初壹不假思索地答应，“你看着办就好。”

耳边又是咔嚓几声，有头发丝飘落了下来，覆在初壹的眼睛和鼻子上面，痒得难受，她轻轻地吹了口气，又任人摆布着。

不知过去多久，初壹都快要坐得僵硬时，终于听到一声如释重负的感慨。

“好了。”

她睫毛颤了颤，小心翼翼地睁开了眼睛。

面前的镜子里出现了一张熟悉又陌生的脸，像她又不像她，里头的人小脸白嫩，下巴尖尖，蓬松乌黑的碎发贴在下颌处，把那张脸衬得越发小巧玲珑，细碎的齐刘海覆在额上，隐约露出乌黑精致的眉，底下是漆黑圆润的眼睛、高挺的鼻梁、殷红的唇。

齐眉刘海和短发让她看起来更小，不仅仅是脸，连整个气质和年龄都极为幼齿，偏生和她整个人又没有一丝违和感。

初壹将眼睛睁得圆溜溜的，看着里头的人久久不能回神，说不出好看也说不出不好看，就好像……好像……她初中时候的模样。

最大的区别就是感觉五官比初中时精致成熟了几分，更加漂亮。

“你看，我就说你适合短发，这不，起码年轻了十岁。”发型师继续用那种夸张赞美的语气说道。初壹扯了扯嘴角，皮笑肉不笑地道：“这恐怕不止年轻十岁，我感觉自己像是十岁……”

“话不是这么说的，美女，你这样就有点儿自恋了。虽然我对我的手艺很自信，不过年轻十岁已经是极限了。”

“……”

倒是一旁的程栗一言难尽地看着初壹，目光复杂难辨。初壹绝望地转过头和她对视上，须臾程栗极力憋笑地道：“一崽，我待会儿出去都不敢和你走在一起了。”

“……”

“怕被人误会成你妈。”

“你给我好好说话。”

“本来就是，你看我这新发型和你一比，简直了。”

程栗今天特意过来烫了一个大波浪卷，加重了弧度，还染了色，成熟女人的魅力展现得淋漓尽致。

初壹在她旁边坐着，顶着头齐刘海乖乖短发，整个人小小的，刚好还穿了件娃娃领白衬衫，看起来还真是有那么点儿感觉。

假设程栗十八岁就生了她的话。

初壹：“……”

“其实很好看啦，很年轻，我觉得超可爱的啊。”程栗捏了捏她的脸颊，语气真诚地夸赞道，“多少人想要长成你这样呢，走出去人家肯定都以为你十八岁。这种天然的少女感是最难得的。”

初壹完全被她这简单的几句话给安抚了，自己又对着镜子左右照了照，拨动着头上刚剪的短发，似乎……是越看越顺眼了，还挺好看的。

她心里有点儿美滋滋的。

两人结了账走出理发店，热浪滚滚，程栗拿着手机不停地给她拍照，甚至趁初壹不备突然凑过来搂住她的肩膀拍下了两人的同框照片。

“你拍了什么？给我看看！”初壹立刻扑腾着去扯她的手臂，想看清方才的照片内容。

程栗勾了勾唇，手指在屏幕上飞快地点着。

“好了，我发朋友圈了，自己去看。”她收起手机，微抬着下巴对初壹说道。

初壹气得立刻去翻手机。

程栗发了三张照片，一张是初壹的全身照，一张是她的正脸照，最后就是两人一起的自拍。初壹发蒙地看着镜头，齐刘海下的面容乖巧无辜。程栗在一旁红唇轻扬，笑得风情万种。

底下已经有不少共同好友火速评论了。

同学一号：“旁边那个是初壹，我没看花眼吧？”

二号：“别人都是越活越老，她怎么越活越年轻了？”

三号：“简直不敢相信自己的眼睛……”

初壹气鼓鼓地仰头瞪着程栗：“你怎么能不经过我的同意就把照片发出去了？你这是侵犯我的肖像权！”

“行啊，那叫你家乔安琛告我啊。”程栗一边翻着手机一边有恃无恐地回她。

“他是检察官，又不是律师。”初壹愈加憋屈，立即反驳道。

“哦。”程栗漫不经心地应着。

“而且他是负责刑事案件的，不管这些小事！”初壹默了下，又忍不住为乔安琛辩驳。程栗这下终于看完了所有点赞和评论，收起手机，慢悠悠地扫了她一眼，语气轻飘飘地说：“行了，不就说了他一句，你用得着这样吗？”

“我哪样？”

“就像是诬蔑了你的老公一样，恨不得让我立马跪下来忏悔错误。”

“哪有……”初壹被她这样一讲，又有些心虚，垂下脑袋小声嘟囔。

“好了，换了新发型，我们得赶紧去逛街买几身新衣服。”程栗搂着她的脖子往前走，初壹艰难地跟上她的脚步，出声问道：“我们不是前两天才买的吗？”

“小傻瓜，那些过去的衣服已经配不上新的我们了。”程栗神态温柔地说。

“行吧。”

两人在商场扫荡了一下午，提着满手的战利品，去吃完了寿司和甜品才心满意足地打道回府。

初壹剪了新发型，又买到了喜欢的衣服。今天在逛街时初壹的试衣风格和往常完全不一样，不得不说，短发配稍微可爱一点儿的裙子和衬衫简直太好看了，她无论穿什么都十分少女，又萌又甜，让人一点儿抵抗力都没有。

程栗和店员一个劲儿地在旁边吹“彩虹屁”，直呼好看。初壹在镜子前面转圈圈，也觉得非常不错，换了发型就好像换了全新的心情一样。

初壹回到家时已经是晚上九点了，即使身体有些疲惫，却还是处于亢奋状态中。初壹艰难地腾出一只手去摁指纹，随着嘀的一声，伸手拧开了门。

客厅里灯光通明，厨房里似乎还有响动，初壹把手里的袋子放下，探头往里看去。

乔安琛恰好端着杯水走出来，看见初壹的那一瞬间，目光凝住了。

两人沉默了长达三十秒，客厅一片死寂，初壹忐忑地接受着他的打量，正站立不安之际，终于听到乔安琛开口了。

“你……剪头发了？”他十分迟疑地问道，眼里还带着几分难以置信。

初壹点了点头：“嗯……”她的睫毛颤了颤，抬眼看着他，紧张又小心地问，“好看吗？”

“……”乔安琛再次沉默，目光复杂难辨地盯着初壹，从她的齐刘海短发，还有那张忐忑的小脸上滑过，心中突然涌起了奇怪的罪恶感。

他怎么有种……拐骗了未成年少女的错觉？

自己好像老牛吃嫩草的大叔。

“……”他被这种想法给吓到了。

“问你呢。”初壹从他的表情中读到了什么，原本还是开心期待的脸色已经变得越来越难看，忍不住催促道。

乔安琛咽了咽口水，端起手里的杯子喝了口水：“嗯……有点儿不像你了。”

“那你说好不好看？”初壹执着地追问。

乔安琛又顿了许久，认真看了她好几眼，才谨慎迟疑地回：“好像……有点儿不适合你？”

“哪里不适合？”初壹都快被他气哭了，脑中突然想起了程栗白天说的那句话——“就算剪坏了也没事，反正你都结婚了，乔安琛还能和你离不成？”

离是不会离的，可他会不会就不喜欢她了？

初壹越想越害怕，越想越委屈，盯着乔安琛的眼里竟然隐隐冒出了泪意，难过极了。

被她这样一问，乔安琛脑中卡带，反复思考着初壹刚才说的哪里不合适。他仔细搜罗着理由，最后终于找出了一条：“可能……长发更好看一点儿？”他试探着出声，初壹再也忍不住，泪水唰的一下就冒了出来。

太丢脸了，她飞快地低下头，用力推开乔安琛跑进了房间，连新买的那些衣服都扔在地板上顾不上了，趴在床上伤心不已。

乔安琛满脸疑惑地站在原地，看着初壹消失在门后的背影，握着杯子两眼茫然，一头雾水。

初壹过了好一会儿才平复好情绪，去洗脸时看着自己红红的眼又忍不住唾弃自己。

她不就是剪了头发吗，又不是不会再长长了。

别人的喜欢永远比不上自己喜欢来得重要。

初壹倔强地盯着镜子里的人，用力吸了吸鼻子，想通了。

客厅里的乔安琛坐在椅子上认真思索着，仔细回顾了一遍方才的经过，从初壹开门进来到她生气跑开的全部过程。

最后，他似乎明白了什么。

乔安琛起身走到卧室门前，伸手试探地敲了敲门。

第七章　养了个女儿

初壹倒是很快就打开了门，脸上没有太多表情，眼睛有些红。

她没有说话，看着他不吭声。乔安琛抿了抿嘴角，踌躇了一会儿，低声开口："我没有觉得你短发不好看，只是刚才一下没反应过来。"

"哦。"初壹低着头闷闷地应道。

乔安琛看了她几秒，犹豫了下又说："其实你的短发挺好的，看起来很年轻。"

结合之前发生的事情，这句话听起来是十分苍白的客套话，可初壹心里还是舒服了一点儿。其实这根本也不能怪他，毕竟他只是如实地说出了自己的想法。

他就是觉得，她短发没有长发好看而已。

初壹垂着眼，声音很轻地说："没关系，你不用特意安慰我，我刚才只是一时没有控制住情绪而已。"

"真的没事。"她仰起脸朝他弯了弯嘴角，努力想让气氛不这么压抑。

乔安琛盯着她看了会儿，最后目光放柔，伸手揉了揉她的头发。

刚剪得整齐的短发被他的手掌一揉立刻变得乱糟糟的，初壹哎了声，立即抬手整理，又把自己的齐刘海抓了抓。

配着这个动作，她更加像个小女孩儿了。

乔安琛暗叹了口气，眼里闪过一丝无奈之色。

晚上睡觉还是和以前差不多，关了灯乔安琛把她拉进怀里抱住，初壹睁着眼睛久久不能入睡，过了很长一段时间才终于闭上眼。

第二天下班，乔安琛回到家时，初壹系着围裙正从厨房端着菜出来。他将目光落在她的脸上时还是顿了几秒才适应过来。

吃饭时，初壹微微垂着眼，有些避开他的视线。乔安琛察觉到她的情绪似乎有些低落，问了句："怎么了？"

"没事。"初壹飞快地抬起脸摇了摇头，又立刻低了下去。

这一天两人的交流很少，彼此忙完就休息了。早上乔安琛起来时，初壹也醒了。她最近作息时间调整得很好，早上起得早了很多。

乔安琛收拾完准备出门，初壹刚好洗漱完毕出来吃早餐。他在玄关处撑着墙换鞋时，初壹走了过去："今天要加班吗？"

"还不知道。"乔安琛随口回答，接着抬起头看向她，"我先走了。"

"嗯好，路上小心。"初壹点点头，看着他打开门，背影消失在眼前。她低下头，有点儿失落。

乔安琛并没有像以前那样亲她一下再离开。

初壹扭头看向一旁墙上的镜子，里头映出一个短发女孩儿，脸很小，齐刘海下眼仁又黑又大，可爱幼稚，让人生不出什么其他想法来。

她突然转身跑回房，在梳妆台前面翻找着。

对着镜子，初壹手里握着橡皮筋努力尝试着，短短的头发却怎么也绑不起来。她泄了气，又不死心地在盒子里翻出几个小发卡。

她拨弄半天，小部分头发终于被她用一个蝴蝶结卡住了，别在脑后，整个人干净利落不少。

初壹左看右看，少了脸颊那里的短发遮挡，自己看起来似乎没有那么幼稚了，终于有点儿女孩子的模样了。

她想了想，又把头上的齐刘海拨弄了一下，弄到一边去，额头和眉毛也清晰地露了出来。

初壹仔细端详着，和她往常的区别好像也没那么大了。

她咬住嘴角，勉强满意了。

乔安琛晚上回来时看到她愣了一下，随后才打量着问：“怎么突然把头发夹起来了？”

“夹起来凉快一点儿。”初壹面不改色地回答。乔安琛哦了一声，没再说什么。

如此过了几天，初壹的头发都是这样子的，乔安琛渐渐也看习惯了，最初的不适过后，好像和平时差不多。

直到一天晚上初壹洗了头出来，刚吹干的短发整齐地贴着脸颊，乖得不行。

乔安琛翻书的动作停了停，目光触及她后又飞快地收回，他紧盯着书页，似乎是不敢多看的模样。

初壹发觉，动作缓慢地坐到床上，然后掀开被子躺下去。

过了许久，乔安琛收起手里的书，关灯睡觉。

周末时两人打算出去逛超市，初壹没有把头发夹起来，戴着一顶明黄色的渔夫帽，还特意换上了背带短裤，里头是蜡笔小新的 T 恤。

看到她打扮好走出来时，乔安琛半晌没反应过来，直到初壹牵上了他的手。

“走啊。”初壹仰头道，面容白净可爱，像个小小的中学生。

乔安琛心口堵塞，默默叹息，拉着她往外走去。

路过一旁的全身镜时，他心想：早知道这样，刚才也找件年轻一点儿的 T 恤出来，而不是穿着衬衫。

两人这样走在一起，真像社会人士带着女学生早恋。

在超市的生鲜区选购时，初壹挽着他的手臂，指着茄子和黄瓜问他买哪个。乔安琛稍一思忖，拿了紫色茄子放进购物车。

初壹仰起脸朝他甜甜地笑道：“我也更想吃茄子，今晚做红烧茄子怎么样？”

“好。”乔安琛点了下头，神色温和带笑。

两人的互动，让旁边一个也正在挑菜的阿姨看了过来。她先是看了一眼，随后又疑惑地认真打量第二眼，接着有些不满地瞪了下乔安琛，推着车子走了。

乔安琛站在原地，无奈地苦笑。

初壹对这一切都无所察觉，牵着他准备往前走。超市过道狭窄，对面有人推了辆车子过来，乔安琛连忙扶着她的肩膀往里靠了靠。初壹后退两步，跌进了他的怀中。

乔安琛顺势揽住她，从后面把她整个人虚虚地抱在胸前，直到那辆购物车从旁边过去。

推车的那个人是个年纪稍大的老大爷，目光扫过两人，停留了好几秒才移开，最后走时似乎还叹息着摇了摇头。

“我们去买排骨吧，炖个玉米？”初壹往后仰起头对他说道。乔安琛收起脸上的恍惚表情，连忙点头：“嗯，那我们过去。”

“你今天怎么有点儿心不在焉啊？”初壹察觉，轻声问他。

乔安琛立即回答：“没有。”他说完，又欲盖弥彰地补充了句，“别瞎想。”

“哦。”初壹微垂下眼。

两人买完菜回到家，把袋子放好，初壹立刻拿夹子把头发夹起来了，进厨房去帮乔安琛。

家里只有两个人，乔安琛轻松了许多，没有像方才在超市里那般不自在。

初壹前两天关注了一个美食博主，看到她发的红烧茄子教程很简单，卖相好看又好像很好吃的样子。

她决定尝试一下。

点火烧上油，初壹拿着锅铲站在前面跃跃欲试。乔安琛看了眼她身上干净的米色背带裤，把旁边墙上挂着的围裙拿下来，从初壹的头顶套下去，然后低头给她系上。

初壹感觉到他在腰后的动作和力道微微收紧，弯了弯嘴角。

夜里临睡前，乔安琛洗漱完从浴室出来，初壹正坐在床上看着他。

这熟悉的架势让乔安琛生出一种不祥的预感，他面容紧绷，谨慎地走过去，吞咽了一下口水。

初壹拍了拍她旁边的床铺示意他坐过去。乔安琛看了眼，然后屈起膝盖爬上床，在她对面盘腿坐下。

“怎么了？”乔安琛刚问完，话音还未完全落地，就见初壹倾身过来，动作很慢地在他的唇上碰了一下。

“怎么样？”她亲完坐直身子问。

“什么怎么样？”乔安琛一头雾水。

“我现在亲你和以前有什么不同吗？”

乔安琛听初壹说完，面色愣怔两秒，随后很认真地抿了抿唇感受了一下，摇头：“没有。”

“那来吧。”初壹语调平静，伸手解开了她的睡衣扣子。

“什……什么？”乔安琛被她这一番举动弄得讲话都结巴了，愣愣地看着她没反应过来。

“自从我剪了头发之后，你就再也没有对我做过什么亲密举动了。”初壹睁着眼，神色似乎有些受伤。

“我现在把头发夹起来了，虽然没有以前那么好看，但相差也不是太大。你将就着适应一下，再过一段时间，它就长长了。”

“……”

乔安琛一时间什么话也说不出来，胸口像是堵了什么，沉重酸楚，压得他喘不过气来。

他看着面前倔强地仰着脸的女孩儿，忽地伸出手把初壹头上的发卡拿掉了。

一头短发倾泻而下，贴在她的脸颊两侧，乔安琛又伸手整理了一下她的刘海，把她的发型恢复成原状。

他俯身过去含住她的唇亲了几口，接着一点点往里探，手极其自然地扶住了她的腰。

乔安琛亲得深入且温柔，初壹有些招架不住，心脏跳动得过于快了，不知名的情绪从那一处随着血液收放，传到了四肢百骸，身体虚软，手脚轻颤。

终于乔安琛松开了她，唇抵在她的颊边，倾过脸看她，眸子黑而亮，带着湿润的气息。

“初壹，无论你是什么样的头发、什么样的发饰，你都是你，这不会变。”他顿了一下，神情无奈，低声解释，“我只是……有罪恶感而已。”

“嗯？”初壹睁着眼无比困惑。

“太小了……”乔安琛难以启齿，挣扎几番才艰难地道，“你不觉得……你看起来太小了，我们一起走出去都会被人误会。”

“……”初壹完全没有想到是这个原因，这大概就是男人和女人之间的思想差距。

她沉默了一会儿，才憋出一句：“那你……克服一下？”

乔安琛抿紧唇，满脸无奈：“我正在克服。”

互相交流完，气氛突然就安静了下来，初壹一时间有些尴尬，低着脑袋不敢看乔安琛。

煎熬了几秒，初壹正准备说自己去睡觉时，乔安琛突然俯身一把抱住她，像是抱小孩儿那样，把她整个人放在了腿上。

湿热的气息拍打在脸颊上，乔安琛低头亲下来，眉眼轻敛，唇边逸出一声低低的叹息：“好了。现在让我好好地克服一下。”

话是这样说的，到最后一步时，初壹仰面躺在床上，乔安琛在上头定定地注视她几秒，还是叹了口气，抬手按灭了灯。

房间霎时间一片漆黑，初壹只看到模糊的身影。乔安琛又俯下身亲她，紧接着发出一声闷哼。

彼此的喘息变了调，初壹感觉到乔安琛插入她的发中的手指顺着她短短的头发来到她的颈间，然后扶起她的头和她接吻。

唇舌的索求热切又眷恋，初壹的声音通通被他咽入喉咙，额头涌起细密的汗，被阳台进来的凉风一吹，昏沉的脑袋又清醒了几分。

什么也看不清的黑暗中，似乎是半梦半醒的。

结束后初壹躺在他的怀里，乔安琛去开了灯，初壹没有力气，却还是闭着眼睛笑道：“掩耳盗铃。”

“嗯，聊胜于无。”乔安琛抱起她下床去浴室。

洗完澡裹上浴巾，乔安琛站在镜子前给初壹吹干头发。

她还有点儿腿软，双手抱在他的腰间，整个人都依赖地靠在他身前。

头发被吹干后柔顺而蓬松，齐刘海整齐细碎地搭在额上，令她那双眼睛显得特别大，此刻在灯光下看着他，里头像是藏着星星。

乔安琛收起吹风机，然后揉了揉她的头发："好了。"

初壹没动，只是抬起脸，尖尖的下巴在他的锁骨处蹭了蹭，无声地撒着娇，其含义不言而喻。

乔安琛无奈，却还是纵容地弯腰把人抱去房间。

初壹在他怀里手乖乖地揽着他的脖子。

"乔先生，采访一下，现在的你是什么样的心情呢？"初壹搞不懂他的脑回路，即便关了灯，那现在两人的行为也没有好到哪里去。

乔安琛没说话，只是把她放到床上，然后给她盖好被子，盯着只露出一个小脑袋的初壹，压低声音无可奈何地道："像是养了个女儿。"

初壹没忍住，笑了出来。

其实用发卡把头发夹上去，真的还挺丑的，初壹不想再委屈自己了，决定委屈委屈乔安琛。

于是一下班回来刚推开门的乔先生还没站稳，就看到初壹顶着一头可爱的短发朝他扑过来，踮起脚往他唇上亲了一口。

"今天的乔先生还有罪恶感吗？"她故作甜美地问。

乔安琛哭笑不得，一只手解开脖子上的领带，一只手按着她的腰把人好好地亲了一通。

"少了一点儿。"他的唇上染着鲜艳的水红色痕迹，微挑起眼角，声音暧昧低哑地回答。初壹盯着面前这个画风突变的男人，咕咚一声，响亮地咽了口唾沫。

"你是不是被人附身了？"初壹愣愣地睁大眼。

乔安琛弯了弯嘴角，伸出手指弹了下她的脑门。

"你乖一点儿，不要闹。"

乔安琛说完，就松开她换鞋往厨房走去。初壹站在原地望着他的背影，神色有些茫然，胸口剧烈跳动。

呜呜呜——这样的乔安琛她完全抵挡不住啊！

吃饭的时候初壹一直在偷偷打量乔安琛，思索着到底是哪里出了问题。乔安琛发现，一下抬起头抓住了她鬼鬼祟祟的目光。

"你干什么呢？"他夹着碗里的菜，漫不经心地问。

初壹低头扒饭，心虚地道：“你变了。”

“嗯？”

“变得成熟老练了。”

“大概是……”乔安琛顿住动作，抬脸思索了一下，缓缓开口，“你变小了。”

“……”

“所以我只能成长起来。”

“……”

临近中秋假期，乔安琛忙了起来，要赶在节前把手里的事情都处理完，最新的一个周末自然在加班中度过了。

晚上难得有时间，两人一同去小区附近的休闲广场散步，看到一群大妈在洗脑的音乐声中随歌起舞。

夜间清凉，乔安琛和初壹手牵着手，慢慢地沿着湖边小道走着。水里面种了睡莲，差不多已经过了花期，只开了零星两朵，淡紫色的花瓣娇嫩美丽，在夜风中微微颤抖着身子。

“这个花还挺好看的。”初壹随口说道。

乔安琛转头看了眼，点头：“还行。”

前面最热闹的地方就是中心广场，有一些运动娱乐设施，大部分是老人和小孩儿在那里锻炼。初壹寻了个空位，拉着乔安琛也走了过去。

明黄色的横栏杆底下是两个像秋千一样可以摇摆的脚踏，人踩在上面稍微用力，就一前一后地动了起来。

初壹手搭在横栏上，双腿随着节奏有频率地摆动，玩得还挺开心。

乔安琛在一旁看着觉得有些幼稚，可又忍不住心底的蠢蠢欲动，还是站上了初壹旁边的那个脚踏。

两人动作如出一辙，两只手搭在横栏上，看着前方，脚下前后摆动，做着难得的消遣活动。

“我小时候特别喜欢玩这个。”初壹说，“每次都缠着我妈带我去小区楼下玩，还认识了许多小伙伴。”

“你以前玩过吗？”初壹突然转过脸看向他问，乔安琛摇了摇头：“没有。”

“不可能吧。”初壹十分惊讶。这种东西几乎是每个小区必备的运动设施，再说附近的公共场所基本也会有。

“嗯，小时候住在我奶奶家，基本一放学就被她接回去了。”这个初壹听乔安琛说过，好像是因为那时候他爸妈都忙，所以整个童年他基本都是在奶奶家度过的。

“那你每天玩什么啊？”初壹突然好奇起来，乔安琛小时候是什么样子的？她已经脑补出一个安安静静的小男孩儿每天抱着本书看的样子了。

“那个时候还挺喜欢和楼下的小孩子玩弹珠的，但是奶奶独自带我，她出去时不放心我在外面玩，所以基本都会把我反锁在家里，我只能一个人看书或者看电视。”

乔安琛神色平静地说道，丝毫看不出有其他情绪。初壹怔怔地望着他，不知为何，心就是酸酸的，连同鼻子、眼眶都是。

她飞快地垂下头，觉得自己最近的情绪真的经不起一丁点儿起伏。

“难怪。”初壹仰起脸故意开玩笑，“你现在成了国家栋梁，我变成了一个荼毒少女们的感情杀手。”

乔安琛看着她笑了一下，在霓虹灯照耀下的夜色里，目光泛着浅浅的温柔之意。

感觉差不多了，两人准备回去，绕过人声鼎沸的广场就是他们家，乔安琛牵着初壹往前走着，突然看到台阶旁边有个卖花的女生。

她面前的筐子里摆着玫瑰、雏菊、康乃馨还有一些不知名的花，虽然不太新鲜了，但胜在品种、颜色繁多，放在一起很好看。

而让乔安琛顿下脚步的，是边上那几枝蓝色的睡莲。

卖花的女孩儿很快就发现了他的视线，立刻站起身出声招呼：“先生，要不要买枝花？可以送给……”她看向一旁的初壹，刚巧那会儿初壹回复了一条手机消息，松开了乔安琛的手。

女生顿了顿，又飞快地热情道：“可以送给你妹妹。小女孩儿都很喜欢花的，尤其像她还这么可爱，肯定很喜欢。”

乔安琛："……"

他也没有去解释什么，只是指了指角落的睡莲，出声问："这个怎么卖？"

"原价十块一枝，给您打个折，三枝就二十五吧。"

"二十卖不卖？"初壹在一旁开口。

女生没怎么犹豫，立即答应下来："行吧，我也快收摊了，就给你们优惠一点儿。"

乔安琛付了钱，女生把花包好给他们。临走前，初壹牵着乔安琛的手，和他十指紧扣，声音甜甜地清脆叫道："老公，这花真好看。"

乔安琛："……"

一旁的卖花女生："……"

直到两人走出老远，行人渐少，周围变得有些安静，乔安琛似乎还没反应过来，脸上的表情看不出开心还是不开心。

初壹抬头打趣他："你应该感到庆幸。"

"嗯？"乔安琛垂眸看她，初壹狡黠地弯了弯嘴角，拖长声音道："幸好人家没说——先生，给您的女儿买枝花吧。"

乔安琛："……"

他抿着唇，似乎已经不知该说什么了，无奈过后又有些恼羞成怒，定定地盯着初壹，眼神深不可测。

初壹被他这神情弄得惴惴不安。

沉默过后，乔安琛表情恢复如常，突然开口："你先前叫我什么？"

"……"初壹仰头，还没来得及回答，就听乔安琛继续出声，自问自答，又像是回味。

"老公？"

"……"

"再叫一声。"

"……"

安静三秒，初壹环顾四周，眨了眨眼，接着有些犹豫地探头过去，靠近他耳边不确定地低声问："在这里吗？"

乔安琛原本只是想逗逗她的，但是没料到她会是这个反应。

他也沉默了片刻，回答：“还是回家吧。”

初壹想笑又飞快地憋住了，清咳一声，故作严肃地点头：“好的。”

回到家，谁也没有再提起这件事，乔安琛面色如常地去洗漱，初壹等他出来，又替换进去。

直到要睡了也没人再提起，彼此都十分默契地互道晚安，进入梦乡。

初壹这晚睡得非常好，而且还做了一个很美好的梦，整个人熟睡时脸上都挂着甜甜的笑。

只是这份好心情很快就被毁掉了。

旁边的手机疯狂振动时，她正梦到自己在乔安琛怀里被他命令着叫他老公。

初壹半推半就，很配合地就答应了，正羞涩着期期艾艾地要开口时，不知哪儿就传来了一阵聒噪的音乐，刺耳又熟悉，让人从心底本能地感到厌烦。

初壹不想理，张开嘴想继续，但已经先回过神来，一个激灵立即睁开了眼睛。

啊啊啊啊啊——她怎么会做这种梦？初壹，你简直不要脸！羞耻！

脑中闯进来的第一个念头就是这个，初壹深刻地自我唾弃检讨完毕，才注意到旁边还在不知疲倦地尖叫振动的手机，上面来电显示是程栗。

她刚滑开手机接通，那头就传来了疯狂的咆哮：“一崽，我疯了！赵乾！赵乾这个畜生竟然出轨了！老娘要去打断他的狗腿！”

初壹握着手机呆愣不已，后知后觉地反应过来，赵乾就是程栗总挂在嘴边那个“亲爱的”的名字。

所以，程栗的男朋友，出轨了。

宛如惊雷在脑中炸开，一道白光闪过，初壹两眼昏花，呆若木鸡。

“我还打算中秋给他个惊喜，订了机票准备和他一起过节，好了，现在可以直接去捉奸了——”程栗还在那里激动不已，滔滔不绝地说着，“一崽，你和我一起去，给我壮胆，看我打不死那对狗男女！”

“不是……”初壹终于找回了自己的声音，弱弱地插了一句话，“你怎么发现他出轨的？”

初壹明显听见了那头传来一阵清晰的吸气声，似乎是程栗在平复自己的情绪，静了几秒之后，程栗的声音冷静了很多。

“我早上起来收到一条信息，陌生号码发来的，上面有一张照片和一个房号。”程栗冷笑了一声，讥讽道，“那张照片里头只有个后脑勺，可化成灰我都认得，那就是赵乾的。

“况且，赵乾的手机位置和我是共享的，我一查刚好对上了。

“他就在那家酒店里面！”

“啊……”初壹咽了咽口水，还有点儿没反应过来，愣愣地问道：“他的手机和你开了位置共享还敢出轨啊？这胆子也太大了。”

“你是不是傻？”程栗恨铁不成钢地骂道，“当然是我偷偷拿他的手机开的，不然他会这么轻易被我发现吗？”

“……”

“好吧。”初壹说完，立刻想起了什么，没多思考直接问，“那看情况他应该也不是刚开始了吧，你怎么才发现？而且还是别人告诉你的……”

“……”程栗再开口时，话音有点儿丧气，像是一只斗志昂扬的大公鸡被斗败了，蔫蔫的，“我这不是太相信他了，从来没有查过岗吗？谁知道咬人的狗从来不叫，冷不丁就给我一口，连皮带肉都扒下来了。”

初壹沉默。程栗在那头破口大骂时，她反而舒服几分。如今程栗一消沉下来，她反倒也不知该说什么了，似乎在这种糟心的事情面前，说什么都是没办法开心起来的。

初壹绞尽脑汁，最后终于憋出了一句：“没关系，小栗！拜拜就拜拜，下一个更乖！”

“都说了不要这么叫我！”程栗在那头几乎低吼道，被惹毛了似的怒道，“强调多少遍了，请叫我大美人！”

“哦，好的。没关系大美人，拜拜就拜拜，下一个……”

“够了，闭嘴，我现在去给你买机票，你立刻起床给我收拾东西，我们下午出发去——”她停顿了一下，几乎咬牙切齿地道，“捉奸。”

挂完电话，初壹趴在床上捧着手机愣了一会儿神，才一个垂死梦中惊坐起，一边给乔安琛拨号，一边跳下床冲进洗手间。

嘟声过后，那头的人接起电话，初壹吐掉嘴里的白色泡沫，喂了一声。

“怎么了？”一般这个时间初壹不会给他打电话，乔安琛停下手里的事情，声音微沉地问。

“程栗的男朋友竟然出轨了！”初壹迫不及待地立即向他报告了这个爆炸性消息，重重感慨过后，才说起正事，“我得和她一起过去捉奸，所以不知道晚上能不能回来，先和你说一声。”

“去哪里？”乔安琛蹙起眉头问。

“捉奸！”初壹又重复了一次。

乔安琛眼里闪过一丝无奈之色，揉了揉额头：“我问去哪个地方。”

“哦哦。”初壹反应过来，马上回答，“深城，她男朋友在深城出差。”

乔安琛在心里估量了一下，飞过去大概得三个小时，顿了顿，还是忍不住说：“这种事情虽然我没有经历过，但是叫程栗和她男朋友都冷静一点儿，大家都是成年人，好好谈谈，不要闹得太难看。”

主要是就两个女生跑过去，他有点儿担心初壹的安全。

乔安琛一想到那个场面都有点儿忧心忡忡。

“不然你让程栗直接叫她男朋友过来两人摊开聊聊吧，没必要大老远地过去……捉奸什么的……”

“你懂什么？”初壹难以置信地叫道，“这种事情气都气死了，谁还要和他好好谈？必须把那对狗男女痛揍一顿才能解气啊！”初壹说完还重重地叹了口气，“你们男的不懂，只顾着自己快活，完全无法体会女人在背后的心碎。”

乔安琛：“……”

他不敢再说了，怕再说战火就蔓延到了他身上，只是很不放心地交代：“那你们两个过去多注意安全，实在不行……防身器具可以多带一些。

“哦，对了，可能过不了安检，过去再买，自己多加小心。”

“知道了。”初壹雄赳赳气昂昂，握紧拳头充满斗志，“我们行得正站得直，该害怕的是他们才对。”

最早的一班飞机是下午两点的，吃过饭后初壹和程栗在机场会合。

虽然大美人脸上妆容精致一如往常，甚至更加明艳，用上了正红色的口红，艳光四射到让人隐隐不敢直视，但摘下墨镜，初壹依旧从她那残留红肿的眼睛中看出她是哭过的。

“唉。”初壹叹了口气，伸手过去抱抱她，“你应该感到庆幸。”

程栗一脸疑惑。

“幸好不是结婚后才发现他出轨，不然会更惨。”初壹无比认真地安慰她。

程栗：“……”

“谢谢。”她扯了扯嘴角，皮笑肉不笑地道，“您这安慰人的功夫还真是一如当年。”

当初大学时程栗和她的初恋男友分手，一个人在宿舍痛哭，初壹发现之后，小心翼翼地给她递了纸巾，听完缘由也是这样诚恳地安慰她：“幸好你们只谈了四年，及时止损，要是十年八年，那更惨。”

程栗当时竟一时拿捏不准初壹是真心为她感到庆幸还是变相地嘲讽她。

机场广播在通知着旅客准备登机，拖着行李箱的人匆匆走过，程栗认真地看着初壹，真诚地建议：“你以后还是不要随便安慰人了，我怕你会被打。”

初壹：“……”

三个小时的飞行，程栗一直戴着眼罩睡觉。初壹知道她现在没心情说话，便安安静静地坐在一边，塞着耳机看平板电脑里提前下载好的动漫。

飞机即将降落时，一旁的程栗动了，拿下眼罩，眸中却一片清明。

她目光沉静地盯着舷窗外的景色，脸上没有太多表情，不知在想什么。

初壹猜想，可能她是在跟一些东西告别吧。

出了机场，两人直接打车前往酒店，程栗手机上显示的赵乾的定位一整天都在那里没有动过。

抵达前台，程栗没有多犹豫，径直走向电梯，按了早上收到的那条信息里的房号楼层。

那扇门终于出现在眼前，程栗站在那里未动，久久盯着面前的暗色门板。

初壹担忧地扯了扯她的袖子，程栗才如梦初醒般回神，勉强地对她笑了笑，接着抬手按响了门铃。

一下、两下，里头传来了一道不耐烦的男声，隔着一扇门似乎变了样。

“谁呀？”

初壹紧张地咽了咽口水，按照来时路上的说辞，提高音量道：“您好，客房服务。”

“我没有叫啊……”里头的人似乎在低声嘀咕，随后扯着嗓子回道，“我们不需要。”

初壹无措地看向程栗表示询问，程栗像是没有听见，面无表情地一下下按着门铃，力道稳而重。

尖厉刺耳的铃声在安静的走廊上不停的响着，让人心慌意乱，初壹暗自提起心神，不自觉地处于戒备状态。

房间里传来趿踏的脚步声，越来越近，接着房门被一把拉开，怒骂声传来：“是谁啊？”话音未落，就已经变了调。

“栗子……你……你怎么来了？”男人一瞬间变得慌乱无比，目光本能地往身后看。顺着他的视线，外面的两人看到房内不远处，穿着吊带睡裙的陌生女人正站在那里，神色慌乱而无辜。

程栗绷紧了脸，只盯着赵乾冷冰冰地问了句：“她是谁？”

“栗子，你听我解释——”男人慌张地说，甚至想伸手过来抓住程栗，像是怕她立刻走掉。

程栗身形未动，双手环胸，抬了抬下巴：“好，你解释。”

男人却一下卡壳，表情忐忑，半天吐不出一个完整字眼。倒是房间内的那个女人对着程栗鼓起勇气般开口：“就是你看见的这样，对不起，都是我的错。”最后一句话她却是看着赵乾说的，眼里带着哀伤和痛楚之色。

男人转头看向她，目光立刻变得自责又心疼：“丽丽……”

啪——

程栗再也忍不住，抬手一个耳光重重地甩到了赵乾的脸上，用力之狠，他的脸颊迅速浮起五个手指印。

“狗男女。”程栗冷着脸，一字一顿吐字清晰地骂道。

赵乾眸中浮现愣怔之色，捂住脸，微张着唇，一句话也说不出来。

程栗打完，慢条斯理地甩了甩自己发麻的手掌，还准备骂两句解恨时，一旁看起来柔柔弱弱、像朵绝世白莲花的女人却突然猛冲出来，一把推向程栗：“你凭什么打他？你有什么资格打他？”女人叫道，“有本事你打我啊！”

初壹：“……”

果不其然，程栗听到这句话瞬间炸了，气疯了，完全失去理智，直接冲过去就扯住了那个女人的头发。

两人立刻纠缠在一起，不要命似的厮打着。

赵乾在旁边立刻着急出声，伸手去拉开她们：“不要打了……不要打了……”

初壹被这变故弄得呆了两秒，看到赵乾帮着那个女人推了程栗一把，胸口的火噌的一下就上来了，脑中什么都不剩，撸起袖子就冲了上去。

大概这辈子初壹都不会再经历这样的战争了。

扯头发、狠掐、推搡、脚踢，到后头她甚至不要命地开始用牙咬。程栗拉扯着她离开时，初壹还紧紧揪着那个女人的一把头发，牙齿咬着女人的手臂死死不放，牙龈都泛酸了。

赵乾在旁边大叫着，声音焦急得带了哭腔：“程栗，求求你让她松开吧，再这样下去丽丽会受伤的——”

还有女人发狠的喘息声：“怕什么？大不了和她同归于尽！”

“呸，你想得美。”程栗最后发力扯开初壹，临走之际又重重推了那个女人一把，还对着两人吐了口唾沫，“祝你们百年好合别再出来祸害别人。”

直到逃离酒店，被凉凉的夜风一吹，初壹激动的情绪才渐渐平复下来，体内熊熊燃烧的愤怒才归于冷静。她后知后觉地嘶了一声。

“怎么了？”程栗立刻看向她，初壹哭丧着脸，感到身体四处都传来了疼痛，难受极了。

“程栗！我好疼啊，呜呜呜……”

乔安琛见到她们时，两人正狼狈地坐在马路边上，初壹卷起袖子露出白嫩的手臂，低头一下下吹着上面的伤口，程栗手边放着几个空啤酒罐，妆花了一脸。

他大步走过去叫了声初壹，女孩儿立刻仰头愣愣地看着他，小脸上有几处红痕，接着一下从地上爬起来扎进他怀里，哇的一声哭了出来。

埋在他胸前抽泣了好一会儿，初壹才抬起头来，短发乱糟糟的，白嫩的脸上布着泪痕和伤痕，弄得乱七八糟，眼睛通红地望着他，要多可怜有多可怜。

乔安琛伸出手，用大拇指揩去她脸上的泪迹，其间不小心碰到旁边的红痕时，初壹痛得嘶了声，乔安琛眸色一沉。

“去医院了吗？”他的目光扫过后头的程栗，后者露出心虚的神色，微垂下眼不敢看他。

“这么点儿小伤不用去医院。”倒是初壹抱着他委屈地开口，“就是有点儿疼。”

“万一留疤了怎么办？”乔安琛神色丝毫没有缓和，低头在她身上打量着。

初壹来的时候穿的是长裤和短袖，此刻裤脚卷起，膝盖那里青了一块，两条手臂上更是有被掐红的印子，胳膊上头甚至有一个牙齿印，更别提她脸上那几道被指甲刮出来还带着血丝的痕迹了。

乔安琛深吸了一口气，提起她瘦弱的手臂，径直去马路边打车：“走，去医院简单处理一下。”

这边车流多，很容易就拦下一辆出租车，乔安琛把初壹推进去，自己再跟上。程栗默默地蹭到前头，很自觉地打开了副驾驶座的门。

乔安琛对司机说去最近的医院，报完之后就没再开口。深城限速得厉害，时间流动得缓慢无比，车内空气有些安静。

初壹伸手抓住乔安琛放在膝上的手指慢慢攥紧，握着他坚硬温热的指节。

“你怎么过来了？”她小心地试探着问，抬起眼打量着乔安琛。

初壹是在和程栗从酒店跑出来时接到他的电话的，那会儿乔安琛的飞机已经落地，先前他给她拨号一直无人接听。

初壹那时正忙着手撕渣男，手机还开了静音，哪里会听到他的来电。

问清两人的地址之后，乔安琛就立刻打车过来了，然后出现在眼前的便是方才在马路边的那一幕。

“你说呢？”乔安琛低头看过来，薄薄的眼皮半垂着，眸中含着轻微的不悦之色。

初壹心虚地避开视线，无意识地舔了舔唇。

想起来时乔安琛不放心的叮嘱，初壹现在只后悔当时为什么没有听他的话去买点儿防身器具。

都怪她对现在的“小三”和渣男太粗心了！

那两个人简直是不要脸到了极致，真的只有想不到，没有他们做不到的。

初壹一回想起方才经历的那场战争，还忍不住气愤地咬牙握紧拳头，恨不得重新再和那个女人打一场。

怎么说她也要让那个女人哭着满地找牙才够泄愤。

“怎么？还没打过瘾是不是？”

见她低着脑袋，放在一旁的左手不知不觉握成了小拳头，又露出一副义愤填膺的样子，乔安琛了然地瞥了她一眼，淡淡出声。

初壹立即就泄气了，眨巴着眼睛咽了咽口水，讨好地看着他。

“没有，我就是……”她想了半天，憋出一个字，可怜兮兮地转移他的注意力，“疼……”

乔安琛沉默了两秒，看着她抿了下嘴角，还是问："哪里疼？"

初壹原本想说哪里都疼的，可恐怕会招来更大的不满，于是想了想，小声说："手疼。"

她伸出白白的手臂，上面红色的印子很明显，乔安琛想起刚来时看到的那个画面，突然握住她的手肘，低头往上面吹了吹。

轻柔的热气从肌肤上头拂过，微凉的短暂接触抚平痛感，乔安琛吹了几下抬眼，望着她低声道："好了，不疼了。"

初壹愣愣地看了他好一会儿，然后默默地缩回手臂，低下脑袋看脚下，被他吹过的地方似乎泛起了火辣辣的热意。

此时的医院人不算多，乔安琛直接去了急诊科。穿着白大褂的医生看过两人的伤口，推了推脸上的眼镜："消一下毒就好了，伤口看起来挺多的，但都不严重。"

"只是……"他仔细看过初壹手臂上的牙印，不深不浅的一个明显印记，颇为感慨地说，"幸好没破皮，不然还得去打破伤风针。"

"真是狗男女。"初壹又忍不住小声骂，立即被乔安琛听见了，他转头过来瞪了她一眼："初壹，不准随便骂人。"

"本来就是……"初壹有些委屈生气地叫道。原本只是挖闺密的墙脚之仇，现在已经变成了不共戴天的仇。

一看到这满身的伤痕，初壹就忍不住想再上去大战三百回合。

"那也不准骂。"乔安琛把她带到一旁去上药，随口回，"小姑娘家家的。"他说完又看到了初壹委屈不满的脸色，顿了下，看向前方的程栗："让程栗去骂就好了。"

突然被点名的程栗："……"她就不是小姑娘家家的了吗？

初壹坐到椅子上，医生拿了药过来，径直握着她的手臂开始擦消毒水，整个动作流程公事公办，看不出丝毫温柔之意。

她手上被抠出了好几个深深的指甲印子，此刻被药水一浇，痛得眼泪都要出来了。

她重重地吸气，咝了声，眼泪汪汪地看着乔安琛。

"疼。"初壹压根儿不敢往旁边看。医生消完毒，开始用棉签上药水，凉凉的棉签头一碰到伤口，她就忍不住抖了下。

“好疼。”她想要缩回手，有点儿怕。

乔安琛制止住了她的动作：“马上就好了。”

初壹还是眼泪汪汪地凝视着他，咬紧嘴唇，小脸都快皱成一团了，全部注意力却还是放在手上，只要医生稍微有个风吹草动，就跃跃欲试地想要逃开。

乔安琛盯着她，忽地伸出手握住她的后脑勺揉了揉。

初壹被转移注意力，有些直愣愣的。

他飞快地倾身在她的唇上啄了一下，动作快到不可思议，初壹都怀疑刚才那几秒是她的幻觉。

初壹蒙了片刻，直到手上又传来刺痛，本能地抖了抖，听到医生宛如天籁的声音。

“好了。”

初壹如释重负，长出了一口气。

“还有另一只手。”

天籁之声立刻变成了地狱之声，初壹哭丧着脸转过身子，犹豫着把手伸了出去：“医生……你轻点。”

医生明显不想理她，脸上都是司空见惯的神色，手上动作轻没轻初壹不知道，但比起之前好像快了很多。

她把脸埋在乔安琛的怀里，安安静静的，半天不说话，与先前完全不同。

医生处理完毕，收拾东西离开，乔安琛有些担忧地望着初壹，只见她终于抬起了脑袋，眼睛憋得通红。

“你再亲一下。”初壹靠在他胸前小声说。

乔安琛神色一怔，不自觉地打量着四周。房间内还有不少病人，此刻说话声、呼痛声交杂在一起。

乔安琛收回目光，初壹还在那里仰着头等待着，眼睛睁得很大，里头水光泛滥，微微一眨，就闪烁一下。

她的鼻子、眼角都还是红红的，整个人可怜又狼狈。

乔安琛伸手捧住她的侧脸，徒劳地挡住周边视线，然后很快地低头在她嫣红的唇上亲了一口。

初壹心满意足地抱住了他，笑得很乖：“不疼了。”

一旁正在被医生上药水，痛得龇牙咧嘴的程栗，目睹全程：“……”

三人走出医院，乔安琛去拦车。此时天色已晚，他们买的机票是晚上十点的，还有两个小时时间。

夜风中，程栗和初壹站在一起，程栗目光复杂地注视着初壹。

“怎么了？”初壹察觉，扭过头来疑惑地问。

程栗定住视线不动，须臾惆怅地叹息了一声：“我发现傻人真的会有傻福。”

莫名就变成傻人的初壹：“……”

“你看吧，当初你天天哭着和我吐槽婚姻不幸，我每天和赵乾谈恋爱谈得柔情蜜意难舍难分的，唉，没想到才短短半年……赵乾竟然出轨了。我大老远地跑来捉奸不说，还把自己搞得像个泼妇，反而你和乔安琛现在好得不行，两个人伉俪情深的。”

“哪有……”初壹有些害羞地低下脑袋。

“所以说啊，这男人浪不浪漫、嘴甜不甜都不重要，什么都比不上‘真诚可靠’这四个字，我算是看透了。”程栗发自肺腑地感慨，说完还拍了拍初壹的肩膀，语重心长地道，“崽崽，你可要好好珍惜。”

三人半夜一点抵达岚城机场，把程栗送回家后，初壹和乔安琛再转道回来。

先是经历了一场大战，之后又是长时间飞行，下车时初壹已经垂着脑袋困得不行了。

回去准备洗澡时，乔安琛不准她碰水，把初壹的两只手臂用保鲜膜裹起来让她举高，然后自己拿着淋浴喷头帮她简单清洗了一下。

以前都是事后迷迷糊糊时偶尔会让他打理，现在是清醒状态，初壹非常不好意思，全程紧闭着眼睛不敢睁开。

换好睡衣后，也不知是热水熏的还是羞的，初壹的脸红扑扑的，身上肌肤也白里透红，齐刘海下的眼睛水润又明亮。

乔安琛拍拍她的头，嘱咐她待会儿擦药。

初壹对着镜子仔细端详，幸好脸上那几个印子不深，现在已经消得差不多了。她轻轻地抹上药水，疼得轻嘶了声。

她弄完后还是有点儿不放心地给程栗打了个电话，听到她在那头状态还行，两人聊了会儿天，程栗说自己要睡了。

程栗的声音里的疲倦不加掩饰，情绪明显低落了下来，就好像她先前强撑着的东西随着精力的消耗慢慢无所遁形。

初壹有点儿难过，只说了句让她早点儿睡，多注意休息。

初壹挂断电话时，乔安琛刚好洗完澡。他推开门走出来，就见原本坐在那里的初壹突然冲他小跑过来，张开手臂紧紧抱住了他的腰，脸贴在他的胸前。

乔安琛后退两步才站稳，放下手里的毛巾，揉了揉初壹的头发。

“怎么了？”他温声问道，初壹闭着眼好一会儿没作声，就这样抱着他，许久才抬起脸来，一头短发乱糟糟的。

“乔安琛，”初壹轻声叫他，睁大眼神情无比郑重地说，“你真好。”

话音落地，她又点了下头，加重语气认真地补充：“很好很好。”

初壹的伤养了好些天才恢复，刚开始掉痂后还有浅浅的痕迹，再养了阵就彻底没了，又变成了白白嫩嫩的肌肤。

为此她还特意做了顿大餐庆祝。

程栗消沉了几天，之后看起来恢复如常。初壹也不知道她是真恢复还是假恢复，平日里不敢去刺激她，只是尽量多关心她一点儿。

放假时初壹和乔安琛回了趟家里。中秋节因为脸上的伤害怕让二老担心，两人就哪里也没去，自己在这边独自过了节。

这算是初壹剪完头发后第一次回去，果不其然，田婉一见到她就惊讶地睁大了眼睛，露出难以置信的表情：“一崽，你这是……”

“呃，妈，剪了个头发。”初壹抓了抓头顶，有些不好意思。

原本规规矩矩的短发被她这样一弄变得乱糟糟的，乔安琛看见了，伸手又帮她梳理整齐。

初壹抬头望着他抿唇笑了一下。

两人站在那里对视，乔安琛低垂着眸子，神色分外柔和。

田婉看着这一幕，莫名地感觉他好像养了个小孩儿。

得，他们也不用自己生了。

饭桌上多了好几盘辣菜，自从上次被乔安琛说过之后，每次他们过来田婉都会给初壹准备两个辣菜，弄得初壹特别不好意思，只拼命多吃一点儿，不辜负这满满的爱意。

那道水煮肉片有点儿辣，初壹也不知怎么就突然被呛了一下，然后整张脸被辣得通红，猛喝水。

乔安琛伸手帮她拍着背，担忧地问："没事吧？"

初壹连忙摆手，一边咳嗽一边喝水："没事、没事。"

"也不知道小心一点儿。"乔安琛轻蹙眉头，见她在那里缓和的样子，推开椅子起身到厨房翻出蜂蜜给她冲了杯温水。

"喝点儿甜的东西休息一会儿。"他把玻璃杯搁在初壹面前，对面的乔父和田婉都担心地望着她。

"还好吗？"

"没事。"弄出这么大的动静，初壹真的特别不好意思。她喝了两口带着淡淡甜味的蜂蜜水，感觉喉咙里火辣辣的痛感被缓解了很多。

"你们都吃饭吧，不用管我了。"初壹清了清嗓子，低头扒饭。

乔安琛见状出声："慢点儿吃。"

"嗯嗯。"初壹猛点脑袋，还抬起眼偷偷看他，鼓着腮帮子似是心虚。

乔安琛没忍住，揉了下她的头顶。

初壹有些抗议，伸手抓了抓被他弄乱的头发。

她发现最近乔安琛非常喜欢揉她的脑袋，以前虽然也会这样，但次数很少，每一次都让初壹脸红心跳的。

可现在，说实话她觉得有一点点烦人。

原因无他，每次乔安琛摸她的头时，初壹就感觉好像是一个大人摸着小孩子的脑袋，带着那种打趣和关爱，好像从前的柔情缱绻半分都寻不到了！

这几天一直在下雨，傍晚雨终于停歇，空气清新干净，阴云散去，翠绿的树叶上滑落着晶莹剔透的水珠。

田婉和乔父饭后惯例要出去散步，乔安琛原本要回屋，被叫住了。

“你们俩整天待在家里，也应该出去运动运动。”乔父板着脸正色道。

乔安琛蹙起眉：“我们有运动。”

“哎，走吧。”初壹在旁边拉了拉他的袖子，小声说，“爸可能就是想和你一起多待会儿，说说话。”

乔安琛闻言垂下眼睑，似乎思考了两秒，没说什么，只是脚下换了个方向，往门外走去。

初壹悄悄松了口气。

四人一同往外走去，乔安琛虽然还是那副淡淡的神情，却和乔父并肩走在一起，两人时不时会交流几句。

初壹挽着田婉的手臂，望着那一处，嘴角轻轻弯起。

“还是你有办法。”田婉凑近她含笑说，“乔安琛从来不肯和我们一起出来。”

“啊……”初壹微怔，愕然地张了张唇。

“小时候我和他爸爸感情不太好，分居了好几年，他一直住在奶奶家里。后来等我们想起去关心他时，乔安琛已经变成这样了，那会儿他才八岁吧……”田婉眼中露出回忆之色，掺杂着惆怅、后悔等一系列复杂的情绪。

小区里树荫下很安静，偶尔不知哪里传来两声鸟叫，旁边是一大片草地，不远处有小孩子在上面踢足球。

雨过天晴之后，淡金色的夕阳冒了出来，柔亮的光线笼罩着大地。

田婉眼神有些放空，表情如常地缓缓道：“还是个孩子，五官都没有长开，站起来才刚过他爸爸的腰。

“那天正好停电了，小区外面天还是亮的，他一个人搬了张椅子坐在花坛前面写作业，规规矩矩的，很安静。

“在他旁边是一群玩闹的孩子，和他差不多大，一个个奔跑嬉戏着在踢球，乔安琛就像是没有看见一样，专注地盯着手里的本子。”

“我走过去蹲在他面前问他为什么不去和他们一起玩。”田婉转头看着初壹，眼底积聚了一些难以觉察的水光，温柔地笑了笑道，“你知道他回答了什么吗？”

初壹摇了摇头，田婉转回头望着前方乔安琛的背影，声音轻得似乎从空中飘来：“他说比起踢球，他更喜欢写作业。

“在同龄人里，他安静得太过分了，把自己的事情都安排得条理分明，一点儿都不让人操心。他就好像被揠苗助长了一般，过早地成熟长大了起来，有些东西却永远缺失了。”

这段时间雨水充沛，低洼路面不免有积水，前头的乔安琛和乔父停顿了下来，转身望着后面的两人。

田婉和初壹一同走了上去：“怎么了？”

“这里有个水坑，能过去吗？”乔父出声问。

田婉看了眼脚下的黄褐色水坑，一米多宽的样子，试探着跨步过去。

乔父在那头握住她的手接住了她。

“现在这个小区的物业也是越来越散漫了，找时间要去投诉一下。”他自顾自地嘀咕着。

乔安琛看向正在低头尝试的初壹：“能行吗？”

初壹今天穿了条窄窄的A字裙，这个距离若是平时是没有问题的，但她抬腿试了试，好像脚步没办法跨这么大。

她抬脸望着乔安琛苦恼地摇了摇头。

“要不我从那边绕过去吧。”初壹环顾了一圈，旁边是个小花坛，从里头也可以走，但就是要绕一段。

“等一下。”乔安琛又从水坑那头跨了过来，站在她面前，然后打量了一下两人，出声道，“我抱你过去。”

“啊，不用了吧……”初壹有些不好意思，乔安琛已经单手圈住了她的腰，轻轻松松地把她提起。初壹压下喉间的惊呼，连忙抱住了他的脖颈。

乔安琛长腿一跨，两人就越过面前的水坑，到了另外一边干净的地面。乔安琛站稳松开手，初壹踩到了实地。

整个过程大概只有几秒钟，初壹还有些意犹未尽，没回过神，直到目光瞥见乔父和田婉假装什么都没看到、忍着笑意的脸，转过身继续往前走。

“……”初壹羞窘地低下脑袋，揉了揉额头，“你下次在爸妈面前能不能注意一点儿？”两人跟在后头慢慢走着，初壹忍不住低声和乔安琛抱怨。

他愣了一下：“我怎么了？”

“就……就不要对我动手动脚！”初壹气鼓鼓地道。

乔安琛觉得自己十分无辜：“我哪里动手动脚了？”

“刚才！而且还老喜欢摸我的头——”初壹说着说着，自己都说不下去了，脸一红，加快了脚步避免和他走在一起。

乔安琛张了张嘴，愣然两秒，还是跟了上去。

他抿紧唇默不作声地走在一旁，垂着眼安安静静的。初壹没走几步，又想起方才田婉和她说的话，心头一软，放慢了步子。

“我会很不好意思。”初壹低声和他解释，“因为是在长辈面前，和我们两个人待在一起不同。”

“哦……”乔安琛点了点头，神色似懂非懂，也不知道有没有听进去。

初壹正打算补充两句时，又见乔安琛朝她伸出了手，试探着问：“那可以牵手吗？”

“……”

牵也不是不可以，只是初壹看着前面并肩而行的两位老人的背影，仰头看着乔安琛，打商量道：“要不你还是忍忍吧？”

“……”

四人散了一圈步回来，天色渐黑，两旁亮起了路灯，前头有父母在呼唤自己的小孩儿回家。

又路过那个草坪时，旁边传来一阵脚步声，初壹来不及转头，身子就被轻轻地撞了一下，接着那个虎头虎脑的小孩儿就立刻冲她道歉。

“对不起姐姐！”话音刚落，他就迈着小短腿跑远了，一头钻进等候着他的妈妈怀里，然后被自己的父亲一把打横抱起，骑到了肩膀上。

小孩儿银铃般的笑声混合着男人的说话声传来，似乎在讨论球技长进，一家三口其乐融融地渐行渐远。

乔父突然感慨了一句："人家和乔安琛差不多同一年的，孩子都已经这么大了。"

画面诡异地安静了几秒钟，谁都没有开口说话。

接着，又听到乔父出声，刻意中带着假装随意地问："哎，初壹，你们打算什么时候要小孩儿？"

初壹："……"

她有些紧张，咽了下口水，脑中飞快地组织着理由和措辞。

旁边的田婉不满地瞪了乔父一眼，伸出手撞了撞他，反被乔父瞪了回来。两人你来我往间，初壹终于想好了怎么回答。

"爸，那个……我和乔安琛打算过一段时间再考虑这个问题。"

她说完对旁边的乔安琛使了个眼色，他反应过来立即点头附和："对。"

乔父目光深深地看了两人一眼，没再执着这个问题，只是意味深长地感慨一句："不要考虑得太久啊，再久乔安琛就真的要变成老来得子了。"

"……"

两个人晚上还是没有住在这边，成年之后似乎就不喜欢变动地方，在自己的专属空间里才是最舒服自在的。

开车回去也很快，没十分钟就到了，洗漱完上床，初壹还想着先前的那件事情，欲言又止。

乔安琛倒是淡定得很，洗完澡出来就拿本书看着，等时间差不多了，收起眼镜，拉开被子准备躺下睡觉，就好像当初要和她生孩子的人不是他一样。

初壹心里有事，做什么都心不在焉的。其实这段时间她偶尔也会想起这个问题，只是都被刻意忽视了。

但今天已经被公开摆到了明面上，她似乎已经无法再逃避了。

"乔安琛。"她叫了声，然后转过身侧躺着，看着乔安琛安静的面容。

“嗯？”他转过头来，眸色在橘色灯光下变得很淡，仿佛泛着温柔的浅光。

“今天爸说的那件事……”初壹犹豫着开口，先问他意见，“你怎么看？”

乔安琛似乎蹙眉回忆了一下，随后想起来：“孩子吗？”他说完立即理所当然地回答，“你不是打算过段时间再考虑吗？”

“那你呢？”初壹认真地问，“你的想法呢？”

“我等你准备好。”乔安琛也转过身和她面对面，神色如常地说，“你觉得可以了，我们就生。”

初壹眨了下眼睛，因为他的这句话，心里短暂轻松后又变得更加沉甸甸的。

她开玩笑道：“你就不怕到时候真的变成老来得子？”

乔安琛也笑了，牵起嘴角，眼睛轻轻弯了下：“那只能说，这就是命运的安排。”

安静的房间里，两人注视着彼此，初壹大半张脸都缩在被子里，静静看了他一会儿，身子忽地动了动，挪过去靠近乔安琛。

她快要触到他的肩膀了，呼吸间都能感觉到从他身上传来的温热气息。

“乔安琛，你喜欢小孩儿吗？”她小声问。

乔安琛垂眸看她，想了想道：“还行。”

“还行？”初壹对他的这个答案有些不满，又好像是意料之中。

“那假如我们真的有了一个孩子，你有时间陪伴他、爱他，尽到一个父亲的职责吗？”

初壹问完，乔安琛认真思索了片刻，接着点头：“我会尽量做到。”

“我一直觉得自己还是一个孩子，”初壹过了会儿说，神色带着显而易见的迷茫，“所以有点儿怕。”

“‘母亲’这个词太遥远，我可能需要一年、两年，或者三年才能去接受它，乔安琛……”初壹试探着开口，“你会介意吗？”

她说完，还没等乔安琛回答自己又难过起来，一头扎进他的怀里，四处乱蹭着：“呜呜呜——我好像太不讲理了，但是真的不想这么快生孩子……要不然你实在很想要的话，我们就先生一个试试看？”

初壹最后抬起脸，在他怀里仰着头眼巴巴地望着他，楚楚可怜的样子要多委屈有多委屈。

乔安琛揉了揉她蹭得一头乱的短发，眼含无奈，俯身在她的唇上亲了两下安抚道：“别想太多了，顺其自然就好。”话音刚落，他又加重语气补充了一句，“我也不急，伺候你一个已经够累了，另一个可以先缓一缓。”

“我哪里需要你伺候了？”初壹顿时忘却愁思，气鼓鼓地瞪着他。

乔安琛无奈地叹了口气：“现在。”

“……”

“你好烦啊。”初壹无法反驳，恼羞成怒，只能在被子底下踹了他一脚以泄愤。

乔安琛承受住，在她再次提腿过来想踢第二下时，抬起腿压制住了。

初壹抽了两下没抽回腿，于是开始上手推。乔安琛轻而易举地握住她的两只手腕，初壹完全动弹不得，生气得不行，一边叫一边仰起头去咬他。

乔安琛的脖子被她咬了两口，还挺疼的。他干脆松开初壹，伸手捏住她的下巴：“你属狗的？”

“你才是狗！”初壹气呼呼地反驳。

“还骂人？”乔安琛眯了下眼睛，压低声音威胁，“我得好好惩罚惩罚你。”

“你想干吗？嗯——”初壹气势汹汹地刚开了个头，就被他捏着下巴被迫张开唇，乔安琛毫无阻碍地探了进来，勾着她软软的舌头用力吮了两口。

压着她的姿势渐渐变味，乔安琛用膝盖顶开了初壹的双腿，整个人覆了上去。

这真的是痛苦的“惩罚”。

初壹眼眶通红，双眸含泪地望着头顶虚幻又晃荡的天花板心想。

第二天乔安琛神采奕奕地去上班了，初壹躺在床上腰酸背痛爬不起来。

吃完早餐浑身发软地瘫在沙发上时，初壹觉得乔安琛昨晚肯定是在报复她不肯给他生孩子，所以才下手这么狠。

幸好她的漫画已经完结了，今天她不用画稿。

初壹美滋滋地点开了最近疯狂迷恋的一部青春偶像剧开始看。

这里面的男主角长了张惊为天人的脸，全方位契合初壹心中的审美，五官堪称精致，眼睫毛纤长，鼻骨挺直，一双秀气的桃花眼，脸又小又白，气质可高冷可软萌，初壹简直被他迷得不要不要的。

不说别的，她最近才转型成功的美食博主已经改朝换代变成追星博主了。

每天她都在给这个男主角的扮演者季木白打榜，各种花式表白疯狂舔屏，甚至都不知道给他画了多少手绘图了，丝毫没有一个拥有数十万粉丝漫画博主的庄重。

不过初壹可能是天生运气好的吸粉体质，画的那几张季木白的图因为画风独特，并且把季木白本身干净漂亮的五官和气质美化得更加完美，在饭圈广为流传，吸了好一拨季木白的粉丝，每天都在评论区催着她交“粮”。

初壹最近刚好空档期，追完电视剧更新有时花痴心控制不住，就手痒痒地会涂两张发上去，这样一来她的微博涌进的粉丝就越来越多了。

小高就这样看着她的粉丝数日益剧增，以肉眼可见的速度快要突破下一个十万大关了，忍不住给她发来一张图——白色背景上是一棵巨大的绿树，枝丫上结满了皱眉哭泣的黄色柠檬，树底下写了一行字：柠檬树上柠檬果，柠檬树下只有我。

图上还有一个同款委屈哭泣的表情。

初壹抱着手机笑得不能自已，给她连发了六个小黄鸡伸手推脸上的墨镜的表情包，又酷又贱：“也祝您六六大顺。”

那头的人回过来一个巨大的“滚”字。

今日份的剧追完，初壹浑身都在冒着粉红泡泡，刚刚看的那两集更新的电视剧男、女主角刚好告白在一起，并且献出了彼此的初吻。

季木白对女主角说出喜欢的那一幕深深刻在初壹的脑子里，久久挥之不去。她按捺不住地下去拿了纸笔，熟练地开始在纸上勾勒他的脸部线条。

花了几个小时，终于完工，她几乎是把他告白一幕的神态、表情全部复刻了下来。

初壹越看越满意，喜欢得不行，突然觉得不给他上色有点儿可惜了，于是用手机多方位地取角度拍了几张照片之后，跑到书房打开了电脑。

涂涂改改，时间过得飞快，不知不觉天色就黑了下来，初壹开了灯继续工作，眼里闪烁着专注而兴奋的光。

客厅门被推开时初壹丝毫没有察觉，乔安琛换好鞋子，环顾四周没见初壹，倒是看到了书房透出来的光。

他正准备走过去，路过沙发时，余光突然瞥见了搁在茶几上的那张画。

乔安琛弯腰拿起画，看清上面的男人时目光微微一沉，仔细打量过手里的这张脸之后觉得有点儿眼熟。

他在脑海里搜索了一下，想起是初壹最近常追的那部剧的男主角，每次都能看到她抱着手机开心地在被窝里打滚儿。

所以，她现在不仅仅是追剧，已经发展到为他画画的地步了。

乔安琛把手里的这张纸放回原处，继续朝书房走去。

他推开门，果不其然看到初壹正坐在电脑前埋头专注地涂涂画画。听到声响时她只抬起脑袋对他说了声："下班啦。"

"今天这么早。"她说完又立刻低下头去，乔安琛看到了她面前忙碌的作品。

屏幕上的画面放大又缩小，她仔细上着色，男人的每个细节，包括睫毛都被认真描绘过。

画已经完成得差不多了，里头的那个男人的脸堪称完美，和他本人有八九分相似。

乔安琛看了眼初壹专注且兴奋的神色，胸口堵塞，只默默深吸了一口气又吐出，然后问了句："你吃饭了吗？"

“还没呢，等下就去吃。”初壹随口答道，手上动作不停，似乎在进行最后的收尾。乔安琛没再说什么，独自转身出去了。

等初壹终于完工，满意地端详过后将图发到微博上，才想起乔安琛来。

她立即起身推开门出去，闻到了一股香味，厨房有个身影，拿着筷子在搅拌锅里的面条，白色热气蒸腾着。

“你帮我煮面啦。”初壹跑过去惊喜地问道。乔安琛嗯了声，拿起旁边的碗将面出锅。

“好香啊，我原本还打算叫外卖呢。”乔安琛把面条装好，上头还有西红柿炒蛋，撒上了葱花，红、黄、绿三种颜色点缀，色香味俱全。

初壹捧着碗深吸了口气，满足地叹息。

“你自己吃，我去洗澡了。”乔安琛把锅拎到水龙头下面冲干净，然后面色平静地说。

初壹眨了下眼，有几分遗憾：“好吧。”

晚上临睡前，初壹在翻她微博底下的评论。今天这张图的反响十分热烈，转发很快就破千，甚至上了热门话题。

评论五花八门，粉丝们基本在旋风式表白，初壹看得捂住嘴笑出声，忍不住在被子里打了个滚儿。

乔安琛侧目看了她一眼。

过了会儿，初壹似乎笑得更加开心了，趴在枕头上双颊染上兴奋的红，手指噼里啪啦地敲着键盘，不知道在干些什么。

乔安琛一把合起手里的书，抬手关上灯，声音冷硬地道：“时间不早了，睡觉。”

房间一瞬间黑了下来，只剩下初壹的手机屏幕发出来的微弱光芒。她有些莫名地看了眼手机右上角的时间，困惑地出声：“可是现在才十点多。”

“我累了。”乔安琛不含情绪的话语传来，初壹哦了声，转过身子抱着手机自己玩，只是默默地不发出声音了。

刷完全部评论，初壹又点开了季木白这部剧的话题，迅速浏览了今日更新后的首页，看到网友都在疯狂呐喊甜甜甜、暴击哭泣时，又忍不住笑，肩膀隐约颤抖着。

过了一会儿，她再次听到了乔安琛毫无感情的声音："初壹，你能不能不要玩手机了？"

"怎么了？"初壹微侧过头，有些委屈地问。

"光太亮了，刺眼。"

"……"初壹看了眼自己手机微弱的亮光，没作声，只弓着背整个人往被子里钻了钻，埋进去紧紧捂住手机。

"这样不会刺眼了吧？"她蒙在被子里说，声音瓮瓮的，手机的亮光果然也被捂得死死的，不露出半分。

乔安琛哽住，好一会儿说不出话来。

相安无事了几分钟，初壹在被子里憋得有些喘不过气，于是动了动身子冒出头来呼吸新鲜空气，调整好状态正准备重新钻进去时，又听到乔安琛说话了。

"初壹，你不要动来动去的。"

"……"初壹忍不下去了。

"你到底想怎样？"她气呼呼地瞪着乔安琛，昏暗的光线里，他的面容像是蒙了层黑色雾气，模糊得看不清楚。

"我不想和你吵架。"他格外冷静地说，"快点儿睡觉。"

初壹快要被他气哭了。

他太不讲理了，太过分了。

虽然玩手机是她不对，可乔安琛说话也太气人了。

这种久违的感觉让初壹心脏不适。

她气鼓鼓地把手机关掉，扔到了床头柜上，拉高被子，整个人直挺挺地躺在那里。

干躺了半天，旁边的人没有任何反应，甚至转了个身背对着她，似乎没有打扰之后很快入眠了。

初壹气得完全睡不着觉，脑中想了数十个要和他分房睡的情景：她义正词严地大声宣布这项决定，乔安琛惊愕过后，开始痛哭流涕地向她道歉，抱着枕头可怜巴巴地求她回来。

初壹想着想着，就忍不住弯着嘴角笑起来，然后不知不觉地睡着了。

早上醒来，乔安琛在换衣服，初壹迷迷瞪瞪地睁开眼，看见他在扣衬衫扣子，目视着前方，脸上透着一种严肃的冷漠，不再有其他表情。

初壹半闭着眼大脑空白了两秒，想起了昨晚的事情，原本要起床的念头顷刻没了，把被子一拉，高高盖过头顶。

乔安琛察觉到她的动作，正在穿衣服的动作顿了顿，接着面色如常地继续。

初壹一直竖着耳朵，等待外面的动静都消失了之后，才慢吞吞地爬起来，揉着眼睛出去。

谁知道她一打开门，本以为那个已经去上班的人却还在那里。

乔安琛看起来像是刚吃完早餐的样子，手里拎着外套准备出门。

“你怎么还在这里？”初壹嘟囔着问。

乔安琛看着她回答：“做了早餐，你的放在微波炉里了。”

“哦……”初壹走过去打开瞧了眼，是简单的烤吐司和煎鸡蛋，还有杯牛奶。

“我去上班了。”乔安琛同她说，初壹点点头，拿着盘子放到餐桌上。

“我要出门了。”过了两秒，乔安琛又加重语气强调道，初壹打了个哈欠准备去洗漱。

“那你路上注意安全。”她闻言随口叮嘱，乔安琛站了一会儿，忍不住又说：“你不送送我吗？”

初壹自从作息时间调整过来之后，不出意外的话基本都是和他同时起床，每次都会把他送到门口看着他出门。

因为昨天的那件事情，初壹还有些意难平，但还是不情不愿地走过去望着他：“好了，送你了。”

乔安琛不满地抿了下嘴角，目光很沉，没说什么。

他换好鞋拧上门把，临走之际又停住动作，突然倾身过来掌心握住她的后脑勺，在她的唇上亲了一下。

“我走了。”他低声丢下一句话，身影就彻底消失在门后，随着咔嗒一声，客厅恢复安静。

初壹愣愣地站在原地，唇上还有些温热的触感。她伸出舌尖舔了舔，想起自己还没有刷牙。

她惊醒过来，立刻直奔盥洗室。

还好还好，镜子里的人除了脸有点儿油，其他都很完美。

初壹长松了一口气，看着看着又忍不住翘起嘴角。

入秋之后天气就慢慢转凉，乔安琛因工作安排要下乡两天。

初壹最近晚上玩手机都玩得很低调，生怕哪里不对又惹得他不舒服，连翻身的动作都是小心翼翼的。

但突然人一走吧，一个人在空荡荡的房间里又莫名有点儿孤枕难眠的滋味。

初壹觉得日积月累的习惯真的是一种很可怕的东西，毕竟在两人刚结婚那大半年的时间里，乔安琛出个十天半个月的差，她都没有太大感觉的。

两人晚上视频，他躺在硬板床上，盖的是一床薄薄的碎花棉被，屋子里摆设简陋，墙壁发黄。

“这是哪儿啊？”初壹出声问。

乔安琛手枕在脑后动了动，调整了一个更舒适的姿势：“一个村干部的家里。”

“难怪……”初壹担忧地看着他身上那床薄被，“乡里应该更冷吧，你那床被子行吗？有没有更厚一点儿的？”

“还好，一个晚上应该没事。”乔安琛说，“这已经是人家儿子结婚用的了，因为我们来，特意拿了出来。”

初壹忍不住笑，打趣道：“那乔检一定要好好工作，不辜负人民群众的信任。”

乔安琛也笑了一下，那笑容轻轻浅浅的，在头顶不甚明亮的灯光下显得格外温和，初壹看得有些心痒痒。

“你晚上一个人睡会不会害怕？”她原本是想问“会不会想我”，话到嘴边又害羞了，改口了。

乔安琛略为诧异地挑了下眉头："害怕？我又不是三岁小孩子。"

"哦。"

"你是不是害怕了？"乔安琛蹙起眉，盯着她严肃地吩咐，"门窗有没有锁好？晚上睡之前不要看乱七八糟的东西，喝杯牛奶，冷的话可以开空调——"

"知道了、知道了。"初壹实在忍不住打断他，强忍住翻白眼的冲动，"我也不是三岁小孩子，我不害怕！"

秋后天气多变，一场雨下来人们的穿着就骤然由衬衫变成毛衣了。

乔安琛下乡回来第二天就感冒了，一开始只是气色不太好，精神不比平时，后面还咳嗽起来，脸色惨白不由得让人心生怜悯。

初壹给他买药吃了两次也不见效，看着乔安琛一边咳一边喝热水的模样，她本能地唠叨起来："就和你说那晚被子太薄了，你不听，现在好了，生病了吧？"

乔安琛没作声，任由她在一旁说，倒是初壹讲完自己先反应过来了。

她怎么一不小心就成了自己最讨厌的那种人？

以前她生病的时候就特别害怕文芳女士这么说她，身体不舒服的同时心里也不舒服。

初壹沉默了一会儿，别扭地开口："别人都说川贝炖雪梨止咳很好的，我今天去超市的时候顺便买了点儿，待会儿帮你炖了喝看能不能好点儿。"

乔安琛听完露出思索的神色，没几秒便认真地发问："可是川贝炖雪梨不是寒性的吗？适合热症咳嗽，我这种是受凉引起的感冒，喝了应该更加严重吧？"

"……"初壹目露绝望之色，"你怎么知道这么多？是在念法律的时候顺便修了医学吗？"

乔安琛也很无辜，看着初壹理所当然地回答："这些不都是常识吗？"

"哦。那太巧了，我是个没有常识的人。活了这么多年，我第一次认清了自己的定位。"

“……”乔安琛大概在初壹身上看出了“恼羞成怒”四个字，体贴地没再开口了。

初壹自己缓了片刻，又冷静了下来：“那像你这种情况应该怎么办？多买点儿其他的药来试试吗？还是去医院看一下？”

“一般来说，成年人体内都带有感冒抗体，过几天就会自动痊愈。”乔安琛理性地分析，缓缓道来。

初壹点了点头：“那好吧，只能祝你身体里的抗体和你一样聪明了。”

事实证明，有些时候光有理论知识是完全不行的，几天之后乔安琛的感冒不仅没好反而加重了。

晚上睡觉他都在咳，安静的房间里时不时响起咳嗽声，吵得人完全没办法入睡。乔安琛辗转两番之后，拿起枕头准备去客房。

“你干吗？”初壹发现他的动作，立即出声。

乔安琛解释：“在这边吵得你也睡不好，我一个人去隔壁睡。”乔安琛说着，又忍不住手握拳抵唇咳了两下。

初壹坐起身拍了拍他的背，眼里藏着心疼：“不用，你躺着吧，我去给你烧点儿热水，你喝了看能不能好点儿，明天我们还是去医院看看。”

“不……”未等乔安琛制止，初壹已经下床，背影消失在了门口。

初壹把水烧开，又稍微放凉了一点儿才端进来，手里还拿着一瓶止咳糖浆：“你再吃一次药吧，看看有没有作用。”

“嗯。”乔安琛从床上坐起来，头有点儿昏沉，眼皮重得抬不起来。

他接过初壹递来的杯子，小口抿了下，慢慢喝着水。

喝完好像真的好了点儿，乔安琛躺下许久没咳了。

初壹快要睡着时，又听到头顶传来隐忍的咳嗽声，闷闷的，仿佛在极力克制，胸腔都隐隐震动起来。

她无意识地伸出手拍了拍乔安琛的背，像是哄小孩儿一样抚摸了两下。

睡到半夜，初壹被热醒了，面前宛如有一个大火炉，闷得她额头冒汗，喘不过气来。

她睁开眼，发现这热度是从乔安琛身上传来的。初壹猛地伸手贴上他的额头，掌心滚烫。

霎时间睡意全无，初壹立刻翻身坐起，啪的一声打开房间的灯。

床上的乔安琛紧闭双眼似乎陷入了昏迷状态，脸颊带着异样的红晕，眉头难耐地蹙起，唇却干裂翘皮。

初壹惊慌失措，连忙去推他，嘴里焦急地呼唤着："乔安琛，你醒醒啊，你发烧了，没事吧？"

一连推了好几下，面前的人都没有反应，像是真的昏迷过去了，初壹吓得半死，哆哆嗦嗦地摸出手机开始拨打120。

乔安琛昏昏沉沉间只听见耳边有人在不停地叫唤，似乎是初壹的声音，隐约还带了哭腔。

"乔安琛，你坚持住，我已经叫救护车了，你千万不要出事，你出事了我可怎么办啊？"

听到这里，乔安琛费力地睁开眼，模糊的视线中出现一张含泪的脸。他皱起眉头忍不住打断她，声音沙哑地道："哭什么？我又没死。"

第八章　恋爱脑

初壹的哭声戛然而止，她愕然地张大嘴，眼泪还挂在脸上要掉不掉的。

乔安琛艰难地撑起身子，准备从床上坐起来。初壹连忙过去扶他，含着泪害怕地问："乔安琛，你还好吗？"

"嗯……"他打起精神应了一声，头痛欲裂，手示意了一下旁边的水杯。

初壹连忙端过杯子来递到他面前，开水已经放凉了，乔安琛喝下去，冰冷的液体滑过发烫的喉咙进入胃里，冷热交加。

他低着头紧皱着眉头，缓和了好几秒才适应下来。

"你发烧了……"初壹担忧地说，"怎么叫都叫不醒，所以我——"

她话音还未落地，外面的马路上似乎就传来一阵阵急促的鸣笛声，高音一秒，平音一秒，熟悉的节奏和停顿令人心头慌张。

初壹望着他怯怯地出声，把后面的话补完："所以我……叫了救护车。"

白色救护车停下，医护人员火速而专业地下车，拿担架的拿担架，准备做急救的提着药箱，门一打开，乔安琛看到的就是这声势浩大的一幕。

他被初壹搀扶着，除了脸色苍白一点儿看不出任何不对劲儿。为首的那名医护人员上前，疑惑地问："先生，请问你的身体哪里出了状况呢？"

初壹在一旁不敢作声，乔安琛安静三秒，才镇定地回答："我发烧了。"

去医院的路上，窄小的长形车厢里，初壹并膝和乔安琛坐在一起，垂着脑袋乖乖地接受教育。

"小姑娘，下次不能随便乱叫救护车了知道吗？你这是浪费社会公共资源，万一那些真正需要帮助的人没有及时得到救助，那该怎么办呢？"

"对不起。"初壹诚恳地道歉，说完又立即解释，"我当时是看他晕过去了，怎么叫都叫不醒，一时情急才叫的救护车，下次我会谨慎一点儿。"

"还下次？"那个护士被逗笑了，打趣道，"你该祈祷没有下次。"

初壹咬唇，偷偷看了乔安琛一眼。乔安琛揉了揉发痛的额角，暗自叹气。

车子抵达医院，多亏了救护车开路的架势，乔安琛直接被送到了急诊室，一量体温，三十九点八摄氏度。

医生看着体温计有些感慨："幸好送来得早，再晚一点儿差不多就烧傻了。"

"啊……"初壹真的被吓到了，愣愣地张着唇半天没反应过来。

乔安琛无奈地解释："他逗你的。"

初壹更加晕乎了，望着面前脸上明显带笑、低头在开单的医生，表情呆呆的。

"好了，去缴费拿药找护士打点滴就行了。"

"哦哦，好。"初壹拿了单子，和乔安琛一起往外走，刚到门口就忍不住问了："那个医生是不是在嘲笑我们？"

"嗯。"乔安琛低头看了她一眼回答。

“我长得很好笑吗？”初壹打量了一下自己，衣着整齐，发型没乱，哪里好笑了？

“他是指救护车的事情。”乔安琛神色越发无奈，因为生病，声音都是有气无力的。

初壹立刻反应了过来——再晚一点儿差不多就烧傻了。

医生的意思是他们来得太快了……

初壹有些无语，现在的医生骂起人来都这么高级了？

“他怎么知道的？”这才几分钟，这件事就已经传遍整个医院了吗？

乔安琛想起刚进门的时候前台护士望着他们讨论偷笑的目光，没作声，只拍了拍初壹的头，一切尽在不言中。

乔安琛要打的点滴太多，各种各样的药水瓶一大堆，用一个小筐装着，然后两人去找护士。

医院给他安排了一个临时病房，初壹让他躺在床上休息，自己去缴费拿的药。

乔安琛没有拒绝，毕竟他现在确实没有什么力气走路了。

额上已经冒出薄薄一层冷汗，眼皮重得睁不开，脑子浑浑噩噩，先前是勉强保持清明，一躺到床上整个人的骨头都像是要散架了，仿佛一闭眼就能陷入昏迷。

乔安琛一直等到护士给他插上针管输液，看到初壹坐在一旁替他掖好被子，才轻不可闻地道：“初壹，我先睡一会儿，你……”

“你睡吧，我帮你看着。”初壹帮他擦去额上的薄汗，轻声开口。

乔安琛终于安心地闭上眼，几乎陷入了半昏迷状态。

初壹也很困，但是不敢睡，强打着精神坐在一旁玩手机，时不时仰头看一下输液进度，快没了立即按铃叫护士。

等乔安琛终于输完所有药水，天色已经泛白，初壹摸了摸他的额头，温度退下去不少。她稍微安心了一点儿，趴在床边很快睡去。

这一觉睡得昏天暗地，乔安琛醒来有种不知身在何处的恍惚感，过了几秒，看到握着他的手趴在旁边的初壹时才反应过来。

他费力地探身去拿自己的手机，屏幕显示上午九点。乔安琛立即点开手机，发现闹钟被人关掉了，还有一条新的信息躺在里面。

靳然："好的，我待会儿帮他请假，早日康复。"

乔安琛滑到上面，是初壹让靳然帮忙请假的信息，发送时间是凌晨三点，靳然早上才回复的。

乔安琛微微放松身子，往后靠在枕头上。

护士推门进来，手里拿着验血报告单。初壹被这番动静弄醒了，揉着眼睛坐起身，脸上带着没睡好的憔悴之色。

"你这个是病毒性感冒发烧，可能会反复，最好住院观察两天。"护士说完，看向旁边的初壹，又叮嘱："这种感冒传染性挺强的，身边的人注意不要被感染。"

报告到了乔安琛手里，他表情专注地仔细看过上面的一项项数据。初壹探头看了眼，什么也没看懂。

"难怪……"乔安琛的声音还有点儿沙沙的，神色了然，"病毒性感冒很难靠自身抗体自愈，挺麻烦的。"

"要住院吗？"初壹只关心这个问题，脑中还一直循环着那句可能会反复发烧的话，紧皱着眉，不掩担忧之色。

"不用，今天再输一次液应该就差不多了。"乔安琛不假思索地道。初壹没有什么发言权，点了点头。

"我去下面超市买点儿洗漱用品，顺便给你带早餐上来，想吃什么？"

"白粥吧。"乔安琛稍　思考道，"我没什么胃口。"

买完东西上来，初壹也简单洗漱了一下。乔安琛除了身体有些虚弱，其他看起来和平时差不多。他从洗手间里出来，脸色也好了很多。

初壹已经在床上架起了小桌子，打开白粥盖子，给他递过来一个勺子。

勉强吃下大半碗白粥，乔安琛就放下了勺子，看向初壹开口："你回去吧。"

"嗯？反正我也没什么事情。"初壹有些莫名其妙地回答。

“病毒性感冒传染性很强，通过空气、呼吸就可以传播，你不要和我待在一起，容易被感染。”

“没关系……”初壹还没说完，就被乔安琛打断了：“你看到我这几天和昨晚的模样了吧，如果被传染了，这就是你以后的样子。”

“……”

“我对我的身体有信心。”须臾，初壹有些底气不足地回答。

乔安琛看着她平静地开口：“我对你的身体没有信心。”

“……”初壹又沉默了一会儿，执拗地小声说，“反正我不回去。”

“初壹——”乔安琛深吸了一口气，欲再教训她，初壹立刻耍赖似的嚷嚷：“好了，你不要再说了，反正我不会让你一个人待在这里的。我不走。”

乔安琛气闷，脸色沉沉地盯着她。初壹垂下眼不敢看他，低声嘟囔：“别说是感冒发烧了，就算是非典我都不走……”

乔安琛一听，气笑了，捂住额沉默了片刻，试图和她讲道理：“初壹，你在这里除了增加被传染的风险，没有太多作用，我现在都可以自理了。退一万步讲，哪怕真的是非典，你除了搭上一条命也没其他意义，所以为什么要做这种徒劳的事情？”

“那我愿意和你一起死。”初壹突然冒出一句。

乔安琛的话音断掉，脸上露出怔然的神色。

“别闹小孩儿脾气。”许久，他喉咙里挤出这句话。

初壹低着头不作声，就这样固执地站在他的病床前。气氛安静了很长一段时间，最后还是乔安琛妥协。

“真拿你没办法。”他低声自言自语。

初壹听到，露出了如释重负的表情，抬脸朝他笑得分外灿烂：“那我去把垃圾丢掉。”

乔安琛本身的身体素质还是不错的，在医院待了一天回去就好得差不多了，睡一觉起来连昨日的虚弱感都消减不少，整个人看起来也精神了很多。

而初壹，脸疼。

她早上起来就觉得头重脚轻，吃过早餐后开始流鼻涕。初壹立刻翻出医生给乔安琛开的药吃了，然后回到床上捂紧被子，企图通过发汗把感冒挥发掉。

睡一觉好像好了点儿，她又压根儿不敢让乔安琛知道，已经可以想象到时候被训斥得狗血淋头的样子了。

她谎称今晚和程栗一起出去逛街，要很晚回来，让乔安琛不要等她。

餐厅里，初壹一边吸气一边用纸擤鼻涕，对面的程栗浑身上下裹得严严实实，恨不得和她保持十米远的安全距离，戴着帽子和防病毒口罩，只露出一双警惕的眼睛。

“我说一崽，你都这样了就不要出来当移动病毒传染别人了吧？”

“你以为我想啊？”初壹把原委和她说了一遍。

程栗听完连连点头：“也是，我要是乔安琛，看我打不死你。”

“……”

“不过我说你这又是何必呢？这次我可是站检察官这边的。”程栗调整了一下坐姿又说。

初壹吸了吸红红的鼻子，瞪了她一眼。

“你懂什么？”她的声音带着浓重的鼻音，瓮声瓮气的，“我这叫为爱献身。”

“行吧……”程栗听不下去了，翻了个白眼吐槽，“我只能用三个字来概括你的这种行为——恋、爱、脑！”

初壹故意在外面待到很晚才回来，小心翼翼地推开门时，已经过了乔安琛睡觉的点，客厅漆黑一片。

她蹑手蹑脚地走进去，没敢回卧室，走到旁边的客房，悄悄关上门。

“偷渡”完成，初壹长松了一口气，从被子底下翻出早已准备好的睡衣去浴室洗漱。

洗完澡出来，初壹又到厨房接了杯热水吃药，连灯都不敢开，借着手机微弱的光照明。

吃完药她转身准备回去，结果刚迈步就看到了不远处一团黑乎乎的人影，吓得原地尖叫一声，手机差点儿掉在地上。

“初壹？你在干什么？”乔安琛率先出声，并且打开了旁边墙上的开关，眼前霎时间变得一片亮堂，初壹像一只出来偷食的小老鼠突然暴露在光明之中。

她心虚地咽了咽口水：“我……我出来喝水。”

“你什么时候回来的？怎么不回房？”乔安琛打量了一眼她身上的睡衣问。

初壹谨慎地回答：“刚回来没多久，我怕吵醒你，所以就去隔壁客房了。”说完，她还做贼心虚地来了一句，“你不是生病刚好吗？睡眠很重要。”

乔安琛的眼里露出狐疑之色。他上下打量了她一番，没有发现什么异样，蹙起眉正准备说让她回来睡时，初壹突然忍不住地用力打了一个喷嚏。

她那副小身板都抖了抖，在深夜安静的房间里，响亮的喷嚏声似乎还有回音。

两人四目相对，乔安琛神色莫名，看不出喜怒，初壹站在那里大气不敢出一声，世界上的一切好像都静止了。

“你……感冒了？”

可能是几秒钟，也可能过了几分钟之久，命运的审判姗姗来迟，初壹鼓起勇气直视着乔安琛，故作镇定地道：“没有，可能是刚才不小心。”

话刚说完，她又打了一个响亮的喷嚏，声音震耳欲聋。初壹还没来得及辩解，这一次乔安琛的疑问句已经变成了肯定句，还伴随着一个面无表情的点头：“你感冒了。”

初壹整整呆立数十秒不敢作声，画面一度静止。最后她实在忍不住，伸手揉了揉发痒的鼻子，还吸了两下。

乔安琛见状，看到了她身上单薄的睡衣，脸上依旧是喜怒不明的模样：“快点儿，回来睡觉。”

说完他便转身，初壹缩着肩膀跟在他后面，垂头又丧气。

“吃过药了吗？”回房间后，乔安琛出声问。

初壹老实地点头。

“什么时候感冒的？”

“早上起来。”

“故意出去不敢让我发现？”

听到这一句，初壹偷偷地抬眼打量乔安琛，被他发现后又飞快地收回视线，小声答：“嗯……”

乔安琛按了按眉心。

“还有哪里不舒服吗？”他最后看向初壹问道。

初壹摇摇脑袋，小心翼翼地说：“没有，我感觉我自己睡一觉起来就会好了。”

你还感觉自己不会被传染呢。

乔安琛把这句话咽下去了，没说。

“睡觉吧。”他拉开被子，朝站在那里宛如接受审讯的初壹示意。她哦了一声，动作缓慢地爬上床钻进被子里，朝他露出一个小脑袋，还眨巴着眼睛。

乔安琛忍住心软，板着脸躺到她旁边，然后伸手按灭了灯。

初壹离他老远，中间起码能再躺下一个人。乔安琛按捺两秒，忍不住出声：“你睡那么远干什么？”

“我怕传染给你。”片刻后初壹弱弱的声音传来。

乔安琛忍不下去了，一伸手把她抓了过来，拖进怀里：“我刚好，身体里还有抗体，不会被传染。”

“哦。”初壹听完放下心，乖乖地抱住了他。

乔安琛表情稍霁，掌心抚摸了一下她的头发，轻轻拍了拍：“睡吧。”

初壹的感冒来得快去得也快，她在家休养了几天，除去刚开始浑身乏力难受，后面差不多便好了。

乔安琛这几天都对她不冷不热的，或许也没有，只是初壹自己心虚所以脑补太多。再加上他原本话就少，每天下班回来两人也没太多时间相处。

双重夹击之下，初壹就不免有些心头惴惴，绞尽脑汁地想着该怎么讨好一下乔安琛。

这晚加了一天班的乔安琛刚洗完澡出来，就看到初壹一骨碌从床上坐起，冲他笑得分外讨喜："乔安琛，你每天在电脑前面坐着会不会肩膀酸痛？"

"我每天并不是都坐在电脑前面。"乔安琛不假思索地说着在床边坐下，困惑地望着初壹，"我还要去走访、出庭、见当事人，有时候还得自行侦查案件取证。"

"哦。"初壹咽了下口水，继续自导自演，热情招呼，"你加一天班一定累了吧！我帮你按摩一下吧！"

乔安琛："……"

"快来。"初壹拖着他的手臂把他拉过去，乔安琛一头雾水地半推半就，试探地趴在床上，任由她摆弄。

初壹跪坐在他身旁，活动了一下手指："我开始啦！"

乔安琛："好……好的。"

初壹是今天跟程栗去按摩时突然想起来的，因为技师按得十分舒服，初壹就想让乔安琛也尝试一下。但他工作这么忙，初壹就只好自己学了回来帮他按。

她才不会说，是因为这里的技师都是女的……嗯。

乔安琛感觉到肩上传来适中的力道，颇有手法地按压着他的肩椎。一阵阵的舒适感传来，他不由自主地闭上了眼睛，语气慵懒地问："你去哪儿学的？"

初壹侧头问他："怎么样，舒服吗？"

"按得挺好的。"乔安琛如实回答。

初壹得意地笑了笑，下巴忍不住一仰："我今天和程栗去按摩了，找人家偷学了两招。"

"不错……"乔安琛动了动，找了个更舒服的姿势。

"长大了。"他小声自言自语，却被耳尖的初壹听到了。她蓦地有种女儿突然懂事伺候起老父亲的错觉。

初壹恍惚两秒，惊恐回神，手下原本轻柔的动作用力过度，乔安琛蹙眉闷哼了一声，初壹不满地开口："我最近只是剪了个头发。"

“嗯？”

“心智又没退化。”

乔安琛低头闷笑了起来，似乎克制不住，肩膀微微抖动着，笑了好一会儿才停下。

他煞有介事地点点头，假装严肃地道：“挺好的。”

说完，他似乎怕初壹生气，又补充了一句：“比以前好。”

“那我以前什么样？”初壹听着来了兴趣，好奇地和他探讨。

乔安琛沉吟几秒，缓慢出声：“看起来沉稳一点儿，有什么事情会放在心里。”乔安琛又认真思考了一下，肯定地回答，“其他的没有了。”

其实他没说的是，之前的初壹更像是一个故作成熟的小孩儿，把真正的自己用一个玻璃罩子关了起来，只有偶然间才会露出几分真面目。

听他说完，初壹倒是了然了，理所当然地回答：“那是因为我们之前不熟嘛。”

“不……熟？”乔安琛有些不确定地反问。

“对呀。你看看你之前，每天只有工作，我们平时除了床上沟通外还有其他相处的机会吗？”

“就是最熟悉的陌生人！”初壹说着，手上又加重了力气。

乔安琛皱起眉，连忙附和：“对，是我们沟通太少了，现在就刚刚好。”

初壹满意地轻哼了一声，又仔仔细细地给他捏了一遍，还不忘问：“舒服吗？”

“舒服……左边，对，左边再过去一点儿。”

“这里吗？”

“嗯……对。”乔安琛闭上眼睛，满脸享受的样子。

下半年比起之前明显更加忙碌一点儿，乔安琛的病没好多久又开始繁忙地工作。初壹之后仔细查了感冒发烧的原因，网上给出的答案是身体的抵抗力不行。

于是她趁着程栗出国，找程栗代购了一堆保健品，什么维生素、鱼油、螺旋藻之类她听说过的口碑不错的产品，买回满满一箱子。

初壹献宝似的拿到乔安琛面前，和他说着每种保健品的作用，可以补充哪些东西，简直是吃了差不多就会长命百岁。

乔安琛只是一个个拿起细细查看上面的说明书，最后挑选了两三种留下，其他的让她送给爸妈。

“这些都不要了吗？”初壹期盼地问。

乔安琛还在看手里的一瓶澳洲保健品，闻言嗯了一声：“还不用吃那些。”

“可是我听说人一旦过了三十岁就要开始养生了，保健品这些都要吃起来，你不是……”初壹想说他前几个月才满的三十岁，可瞥见乔安琛危险的眼神，又将话咽下去了。

“你最近是对我有什么不满吗？”乔安琛着重强调，“比如体力方面？”

初壹立即想起了昨晚的激烈战况，现在腰还在隐隐发酸，咕咚地咽了一下口水。

“不是不是，我是被你上次发烧吓到了，人家说抵抗力下降才会感冒生病，所以我们一起吃吧！远离病毒！”

求生欲使她舌灿莲花，初壹冲他讨好地笑着，露出整齐的八颗牙齿。

乔安琛收回目光，掩住唇边的笑意，点了点头：“哦，这样啊，那好吧。”

快要立冬时，乔父的生日就在这段时间，初壹开始着手准备礼物。

老人平时没有什么爱好，就是喜欢看球，还是中国足球，并且有一个特别喜欢的足球运动员。

初壹托一个在俱乐部工作的大学同学，辗转要到了那个球员的签名照，还有一件球衣。

另外她和程栗逛街时又特意去买了一些补品，提了大袋小袋东西回来。乔安琛刚巧在家，一打开门就看到了艰难地进来的初壹。

“怎么买了这么多东西？”乔安琛帮忙接过她手里的袋子。

初壹卸下重负，揉了揉发酸的手腕，还没来得及回答，又见他提起手里的礼盒打量着问：“燕窝？鹿茸？买这些东西干吗？打算去看望父母吗？”

初壹闻言换鞋的动作一顿，莫名地打量了他一眼：“你不知道……下周是你爸的生日吗？”

“……”乔安琛的表情凝固了几秒，反应过来后他艰难地答，“我最近太忙……一时没想起来。”

初壹换好鞋，上上下下又看了他一番，随后点了点头，毫不惊讶甚至有些理所当然的样子：“也是，这种事情你也不是第一次干了，毕竟是大忙人。”

乔安琛：“……”

他整个人僵在了那里，心底传来一阵凉意，冻得他呼吸不畅，似乎心脏都在这重压下骤停了。

乔安琛咽了咽口水，艰涩地道：“我记得日子，只是没想到你这么快就准备礼物了，没反应过来，还有上次……刚好和其他事情撞到一起，所以……”

“好了，你别解释了，都过去这么久了。”初壹打断他的话，是真的已经不在意的模样。

“你忙也没关系，我会帮你记住的。”她把手里的东西一一摊开放在他面前展示着，“喏，我买了这些。哦对了，还有爸最喜欢的那个足球运动员。”初壹冲他眨了眨眼睛，狡黠一笑，转身从柜子里拿出一个包装好的袋子：“我托同学要到了他的签名照和球衣！怎么样？到时候爸会乐疯吧？”

“初壹……”乔安琛定定地看着她，脸上露出了一种极其复杂的神色，似是感动、愧疚，或许又掺杂了一些其他的东西。

“你干吗呀？突然这样……”初壹打趣的话还没说完，就被乔安琛拉住手腕一把拥入怀中。

他紧紧抱着她，声音沉沉地响在她的耳边：“谢谢你。”

“没关系的啊。”初壹顿了两秒，下巴枕在他的肩上，脸上露出温柔的笑意，伸手拍了拍他的背，“我们是一家人，我都没有谢你，你还谢我干吗？”

“谢我什么？”乔安琛松开了她，黑眸沉静地盯着她问。

初壹抿了下唇，有些不好意思：“就觉得自己有时候还挺幼稚的，小孩子气，又经常没有常识，对你还这么多要求，也很谢谢你能够包容我啊。”

初壹说完，乔安琛好一会儿没有开口，就这样面色复杂地注视着她，客厅有些安静，透露着和往常不同的气息。

初壹自己先觉得别扭起来，开玩笑缓和气氛：“啊，难道今天是感恩节吗？我们怎么就突然感谢起对方来了呢？真是奇怪。”

“大概是都觉得自己很幸运。”乔安琛思考了下，缓缓地弯起嘴角，“遇到了对的人。”

别人的婚姻是什么模样他不知道，但是自从遇见了初壹，乔安琛的生活由之前的单调色彩变成了五彩缤纷的。

日复一日简单贫乏的生活里渐渐多了甜、多了酸，又似乎加了一味辣。

晚归时的一盏橘色小灯、睡觉时的一片温暖、无时无刻不记挂着的牵绊……喜怒哀乐都出现得频繁起来，他习惯了波澜不惊的情绪时常被她弄得起起伏伏，无奈有之，生气有之，可更多的还是不由自主地从心底涌上来的笑意。

乔安琛觉得，遇见她很好很好。

两人回去给乔父过生日时，原本一切都好好的，乔父收到礼物果不其然脸上也笑出了褶子，十分惊喜也十分开心。

最后大家都欢欢喜喜地唱着生日祝福歌准备吹蜡烛、切蛋糕时，乔父却突然幽幽地叹了口气，有几分顾影自怜的感慨：“唉，我都六十岁高龄了，什么时候才能抱上孙子啊？”

初壹：“……”

乔父自顾自地说完，接着双手合十闭上眼睛开始许愿，还喃喃出声了，音量恰好能让每个人都听见。

“希望新的一年里能早日让我抱上孙子。”

许完愿后他就弯腰呼的一下把蜡烛全部吹灭了。

三人静静地站立在那里，被微弱的光芒照亮的脸上没有太多表情，就这样看着他，仿佛欣赏了一场自导自演的个人电影。

没有人接话，也没有其他反应，乔父自己尴尬了几秒，出声招呼：“都愣着干什么啊？快，开灯切蛋糕了。”

开关就在初壹旁边，她按亮，明晃晃的灯光下神色如常，似乎方才那几乎明示的话不是对她说的一样。

乔父切好蛋糕，她还胃口很好地吃了两大块，原因是这家的蛋糕做得实在太好吃了，水果又多又甜不说，用的还是动物奶油，甜而不腻，香浓可口。

回去的路上，乔安琛有几分奇异地频频打量她，被初壹抓住，挑眉逼问：“干吗？”

“就是……觉得你和以前不一样了。”乔安琛手里扶着方向盘，抿了下嘴角说，很快看了她一眼，又立刻转头盯着前面的路况。

“丝毫没有被催生的感觉了是吧？”初壹了然地说道。

乔安琛闻言扬唇一笑，几不可见地点了下头：“是，上次回去你还多愁善感了许久。”她还和他闹。

“因为我也想通了。”初壹放松身子靠在椅背上，看向窗外的风景。

“嗯？”

“反正我也不生，就让爸去折腾吧，嘴长在他身上我也管不了。”初壹托着腮，幽幽地叹了口气，“那就只能调整自己的心态了。”

乔安琛听完摇头笑了笑，没说话了。

这边虽然不甚如意，初壹另一边却收到了一个天大的好消息。

她的漫画前几个月完稿之后，影视方已经立刻进入筹备状态，编剧正在漫画基础上创作剧本，演员方面也开始物色人选。

现在制作人联系她，说演员已经定下来了。

男主角选的是目前当红的“小鲜肉”季木白，女主角是一位刚出道的新人，外形和气质都很符合人设。

消息跳出来的那一刻，初壹眼中自动忽略了其他信息，脑海全部都被“季木白”三个字给填满了。她立即从床上弹跳而起，握拳尖叫，光着脚在地板上疯狂地蹦跶。

我的妈呀，这该是何等的绝世好运气？竟然可以让季木白弟弟出演她的作品，初壹大口呼吸，捂住胸口，激动得心脏都快要停止跳动了。

她咽了咽口水强制自己冷静，然后盯着手机屏幕，一字不漏地把那条消息看过，确定对方表达的就是已经和季木白的经纪人签约之后，才彻底释放，一个人兴奋许久才平复下来。

初壹稍稍冷静之后，立刻把这条信息复制，发给了程栗和小高。

没出两秒，同款尖叫文字出现在对话框里，小高差不多就是她刚才那副模样。

“啊啊啊——这是什么神仙消息啊？疯狂化身柠檬精，姐们儿！苟富贵勿相忘！记得帮我要几张签名照！

“呜呜呜——我现在都还有些不敢相信，我的姐们儿是真的要让季木白出演你的作品了吗？你要红了吗？你就此打入娱乐圈了吗？我还挺喜欢姜欢的，下次能不能让她演你的女主角给我们创造一个见面的机会？”

“……”

初壹还没来得及回她，那头又疯狂刷屏，一条条消息迅速弹出，打字速度简直突破人类极限，小高好像已经疯了。

“天哪！我真的太激动了，我能不能和你一起过去探班？

“小初，我要在真实中看见明星了吗？你觉得我到时候见到了季木白向他索求一个拥抱过分吗？

“我还从来没有见过活着的明星，呜呜呜。”

“难道你以前看到的都是死了的明星吗？”初壹实在忍不住回了句吐槽。

小高立刻在线反驳：“隔着一个屏幕看得见摸不着，和死了又有什么区别呢？”

“你这样会被打的，我告诉你。”

小高撤回了一条消息。

“嘻嘻，我什么都没有说过。我现在眼里、心里、脑海里只有我的季木白弟弟。到时候我该以哪种风格出现在他面前才不会吓到他呢？”

“我看安静如鸡的风格就很适合你。”

“狗子，你变了。”

接下来两人之间就是表情包大战。

斗了一轮图下来，初壹的心情也平复得差不多了，只是脸上的傻笑久久未曾退下。

这时候，程栗的回复姗姗来迟，她就冷静克制许多了。

“这不是你最近疯狂喜欢的那个男明星吗？恭喜你啊朋友，梦想照进了现实。”

“嘿嘿嘿嘿嘿……”初壹只知道痴汉笑了。

“啧啧，乐疯了吧？出来，今晚姐们儿请你跳舞。”

“怎么就突然跳起舞来了？”

“说出来你不信，我家里给我介绍了一个相亲对象，我打算先蹦个迪吓死他。”

“相亲对象招你惹你了？你看我和乔安琛不也是相亲认识的？现在过得多好？你别给我作妖，我告诉你！”

“你们那是千分之一的概率，我才不相信沦落到来相亲的男人会是什么好苗子。好了，你不要再劝我了，不来拉倒，我自己上。”

“……”

程栗向来胆子大，有自己的主见，初壹没办法，只能在心里默默为她的那位相亲对象祈祷。

朋友的妙处就是用来镇定安神，等到晚上乔安琛回来时，只感觉初壹心情十分好，不过整个人还是正常的。

晚餐也是极其丰盛的，不仅有乔安琛最喜欢吃的芙蓉虾，还有道松鼠鳜鱼。

这两道菜可是以做工复杂著称的，虾要一个个去头剥壳挑出虾线，松鼠鳜鱼就更不用说了，对刀工和火候的要求都非常严格。

初壹这半年来厨艺一直在慢慢长进，偶尔做两次这种大菜也能勉强驾驭。

乔安琛看着面前这一桌菜还是有些受宠若惊的，抬起眼看向初壹，小心地试探："今天是什么特殊的日子吗？"

"没有。"初壹笑眯眯地摇摇头，喜笑颜开，心情极好的模样，"只是收到一个好消息，所以庆祝一下。"

"什么好消息？"乔安琛闻言诧异地挑眉，正在盛饭的动作都停了停。

"就是……我的漫画被改成电视剧了你知道吧？"初壹压低了声音凑过头来神秘地道。

乔安琛点了点头。当初还因为这件事情初壹特意跑过去签约，他记得的。

"现在要准备开拍了。"她开心地说。

乔安琛也由衷地为她感到高兴："那太好了，恭喜你。"

"不过这都不是重点！"初壹露出难以掩饰的兴奋之色，激动得眼睛里几乎快要冒出星星，"重点是我的男主角竟然是季木白！"

"……"乔安琛原本拿筷子夹菜的动作都顿住了，看着这一桌丰富的菜，他顿时没了一丝胃口。

原来今天的菜不是给他做的，她是给别的男人做的。

乔安琛忍了忍，深呼吸好几口气才平复下来，面色如常地夹了一个虾，放到嘴里却尝不出半分味道。

初壹还在兴奋地说着："我一直喜欢的那个男明星季木白啊！这简直是活生生的梦想照进了现实！我可以见到他本人了！我简直太开心了，整整平复了一个下午才缓过来，感觉激动得今晚都要睡不着觉了。"

"是吗？"乔安琛淡淡地说，低头挑着碗里的饭，看不清脸上的表情。

"是呀！那当然啦！"初壹毫无所察，以为乔安琛对这个话题不感兴趣，说完又转到了其他事情上面，只可惜乔安琛始终反应平平。

"你今天是不是心情不好？"吃得差不多时，初壹试探地问他。

乔安琛抬起眼皮，深深看了她一眼，没说话，收拾碗筷走到了厨房。

初壹一头雾水地坐在那里，神色困惑。

到了晚上，初壹差不多体会到了乔安琛那个眼神的含义，因为她何止激动得睡不着觉，完全是没有办法睡觉。

男人的力道毫不收敛，又重又狠，初壹不过几个回合就趴下了，后面一直求饶。

可以前没一会儿就放过她的乔安琛今天不知道吃错了什么药，恍若未闻。初壹含着泪，身体仿佛已经不是自己的了。

说什么激动得睡不着觉，她简直是累得失去意识，哭到嗓子都沙哑了，脑子模模糊糊的。初壹疲惫至极最后昏睡过去时，乔安琛似乎都没有停下的趋势。

初壹第二天完全下不了床，腰酸背痛不说，稍微一动两腿间就是一阵疼痛传来。

床单上全是水渍，身上也黏糊糊的，乔安琛昨晚竟然什么都没收拾就让她这样睡了。

初壹痛得吸气的同时，又气得要命。

这个狗男人!

乔安琛这晚还加班了，初壹原本想找他好好算账的，经过一天气也差不多消了。她恨死自己这副好脾气了。

手机对话框那一栏还停留着她对他的辱骂，长长的一大段，是早上刚起床时初壹发过去的。那时候她义愤填膺地想找乔安琛大吵一架，结果人家压根儿没回她。

时钟指向十一点，乔安琛还没回来，初壹仔细回想了一下昨晚她支撑不住累晕过去的时间，似乎已经是凌晨两三点了。她不无恶毒地想，这么操劳他怎么不猝死呢?

这个念头刚冒出来，初壹又呸呸呸地打自己的嘴巴。这不是诅咒自己吗？她可不想年纪轻轻就变成寡妇。

她正胡思乱想间，门边传来响动。一见到乔安琛那张脸，初壹就冷哼一声，转过身子背对着他，紧闭上双眼，完全就是一副“我生气了不想搭理你”的模样。

乔安琛开门的动作一顿，接着他神色如常地走进来，看着明显换过的床单、被套，想着初壹前一天的情绪似乎都已经消减。

初壹窝在被子里头，小小一团，令他不由自主地想起了昨晚她哭花了小脸，颤着声音哀求他的画面。

乔安琛心头一软，走过去单膝跪在床边，手伸进被子里，把她的身子抱了过来。

“还疼吗？”他在她耳边低声问，丝毫不见昨夜的冷酷，嗓音带着惯有的冷静，却又多了丝柔软的温和之意。

初壹很不争气地想哭。

“你走开。”她用力去推乔安琛抱着她的手，压着嗓子说道，声音里的委屈几乎要满溢而出。

乔安琛的神色越发柔软：“我看看。”他说着探手下去，似乎要摸到她的腿间。

初壹连忙抓住他的手，脸本能地一红：“你干吗？”

“走开！”

初壹扭动着从他怀里脱离，然后转过身把他整个人推开，就像个闹脾气的小孩儿。

乔安琛安抚似的往后退，轻声哄道：“好，我走，你好好睡觉。”

初壹气呼呼地瞪了他一眼，然后又恨恨地背过身子，拉高棉被从头捂到了脚。

晚上睡觉时初壹还不肯让他抱，乔安琛实在太累了，尝试了两次被她狠狠拍开之后便躺在一旁，闭上眼竟不知不觉地睡着了。

初壹等了一会儿发现他没了动静，扭头一看，旁边的男人已然酣睡，呼吸沉稳又均匀，她原本已经消下去的火气又冒了出来。忍了忍，忍不下去，她用力地在被子底下踹了他一脚。

乔安琛吃痛，蹙起眉动了动，嘴里逸出两声呓语，接着又沉沉地睡去。

初壹：“……”

早上起床后初壹收到了一个快递，小哥打电话给她，说在小区门口，保安不肯放行。

她穿着睡衣踩着拖鞋吭哧吭哧地跑下去，发现是两个大泡沫箱子。

初壹疑惑，自己好像没有买这个东西。

关于网购，初壹是钻石会员，每年到了年底身边的朋友开始疯狂集福、扫福字、浇水答题的时候，她便已经轻而易举地获得所有的福卡和稀有卡了，一度令人艳羡。

这足以证明这个会员的含金量之高，当然，相应的消费额也是不容小觑的。

所以初壹时常记不得自己买了些什么东西，反正每天的快递是必不可少的，毕竟这也是她宅女生活中为数不多的乐趣了。

签了快递单，初壹从快递小哥手里接过箱子。箱子到她手上那一刻，初壹差点儿支撑不住这个重量，身体往下一沉。

小哥吓了一跳，连忙伸手过来。

“要不要帮你送上去？”他是这样问的，目光却频频看向自己停在门口那辆装满快递的车子。

初壹贴心地拒绝了他：“不用了，我没多远。”

她坚强地抱着两个箱子走回去，穿过小区长长的道路绿化区，从一开始的勉强支撑到后面的咬牙坚持，终于上电梯抵达家门口时，内心长松一口气。

一进屋初壹立刻把手里的泡沫箱子扔在地上，人先坐在那里缓了缓，揉了揉被压红的手臂，才提起精神找了把开快递专用的小刀出来，沿着箱子边缘把胶带割开。

她一打开泡沫箱的盖子，里头一颗颗被包裹严实的鲜红大草莓就露了出来。初壹睁大眼咽了下口水，接着拆开了后头的那个大箱子。

果不其然，里头是大颗饱满接近黑红色的车厘子，估摸着是她一星期都吃不完的数量。

难怪这么重，让她扛了一路。

初壹又是生气又是好笑，立刻拍照发给乔安琛，顺便还把自己被压红的手腕拍给他，控诉他的罪行。

这次他很快就回了：“不好意思，我下单的时候没有注意数量……那个快递员也太不负责任了。”

“哼。”初壹傲娇地给他回了一个字就不理他了，埋头处理这些草莓和车厘子，想办法把它们都塞进冰箱里。

弄到一半，她又受不了诱惑，忍不住捧了一堆草莓和车厘子拿去厨房洗了，然后吧唧吧唧地吃了起来。

吃完继续奋斗，几乎搬空了整个冰箱，还剩下一半塞不进去，初壹蹲在地上飞快地运转大脑，忽地灵光一闪。

她送回家就好了，顺便去看看自己的爸妈。

初壹美滋滋地为自己的智慧感到骄傲。

她拿起手机正准备联系她的母亲大人，就看到了上面那条静静地躺在她和乔安琛的对话框里的未读消息。

“别生气了。”

简简单单的一句话，映入她的眼帘的那一瞬间，就好像是乔安琛本人站在她面前，微抿着嘴角，眼神湿漉漉地对她道歉，初壹顷刻便原谅了他。

“你买的车厘子和草莓实在太多了，冰箱塞都塞不下。我拿回去给我爸妈吧，晚上顺便在那边吃饭。”

初壹发完就找出了文芳女士的头像，跟她报备完之后，换衣服准备出门。

水果用一个箱子装好，初壹提前叫了车在楼下，换好鞋抱着箱子出去时，乔安琛的回复也到达了。

“那我今晚早点儿下班过去接你。”

初壹看到有些受宠若惊，乔安琛突然这么体贴，真是令人感到惊讶。

“那你要过来吃饭吗？”她也很体贴地问。

“可以吗？”那头的人小心翼翼地发来一句话，初壹的脑门上冒出一行粗线。

“好好说话。”

“哦。”乔安琛顿时变得干脆利落，“叫妈随便多做两个菜就好了，我吃得不多的。”

“还想给你多做两个菜，要是来晚了你就直接吃剩菜吧！”

乔安琛看着初壹发过来的消息，唇边不由自主地挂上笑意，正摩挲着屏幕准备给她回复，门口就传来了叫声。

“乔检，之前的那个案子嫌疑人过来了。”

“好，我马上过去。”

乔安琛立即按灭手机，收拾桌上的东西推开椅子起身，脸上的表情已经恢复成以往的严肃庄重。

见到自己的亲妈，初壹就随意很多了，把手里的箱子塞给她，开始吐槽乔安琛的盛举。

给她买了两大箱水果吃不完就算了，他还让她自己从楼下抱上来，手都快废了。

自古以来丈母娘都是偏心女婿的，这话不假，听到初壹噼里啪啦地吐槽，文芳女士抬手给了她头上一巴掌，骂道：“人家安琛还记得你喜欢吃的水果，特意买了两大箱回来，你见过谁家的丈夫这么贴心的？还不知足？”

“我看你啊，真是身在福中不知福！”

“……”初壹不服地争辩，“那是因为——”她开了个头就说不下去了，难道要讲因为自己在床上被欺负惨了，所以这是乔安琛的赔礼道歉吗？

初壹怏怏的，一副垂头丧气的样子。

文芳女士一见，认定她是心虚了，越发数落起她来，吃了颗洗好的草莓赞叹：“嗯……甜！比我在外面的水果店买的甜多了。你瞧瞧，安琛真是有心。”

“妈！你干脆认乔安琛当你儿子算了！”初壹忍不住叫道。

她妈瞪了她一眼，理直气壮地道：“女婿不就是半个儿子吗？你想什么呢初壹，整天待在家里脑子都不灵光了？”

“您真是我亲妈。”

嘴上是这么说的，初壹一回来，她亲妈还是在厨房忙前忙后地给她准备好吃的，什么酱肘子、卤味、凉拌鸡爪等。

初壹躺在沙发上边看电视边吃水果，闻到味道就忍不住了。

她按捺不住地跑到厨房偷吃了几口，还特意拍照发到朋友圈，手里握着只鸡爪啃着看人家给她的点赞评论。

她竟然还在评论里面看到了乔安琛。

“给我留一点儿。”

初壹哼了一声，给他回复了三个字：“想得美。”

她舒舒服服地在家待了一天，还和她亲爸下了两局象棋。初天是很喜欢下象棋的，退休后每日就去街道边那棵大榕树底下，和一群老大爷执子相互厮杀。

初壹小时候还被他特意送到象棋兴趣班上了半学期课，对象棋的启蒙就是那时候开始的。最后是文芳女士看不下去了，女儿整日对着棋盘思考，越来越呆傻，才力排众议地把她带了回来。

其实初壹还是喜欢下象棋的，只是她一思考脑海中就不由自主地冒出许多乱七八糟的故事，不知不觉就走神了，在外人看来，就是她对着棋盘发呆，两眼无神，面容呆滞。

现在年纪大了，她可以稍微控制住自己的思维，下棋时看起来就正常了很多。

乔安琛进门时刚好看到她和初天对弈的场景，有些诧异，倒是没想到初壹还会这种东西。

在他的印象中，初壹应该是更喜欢小孩子的玩意儿。

乔安琛在她旁边坐下，初壹手里正按着一个“车”，沉思着往哪里走，眉头凝重的模样，很是正经严肃。

乔安琛忍不住弯了下嘴角，出声提醒：“去对面，吃他的炮。”

初壹眼睛一亮，仿佛迷雾散去，立即把手里的圆形棋子移过去，推掉了那个炮。

初天不干了，叫道：“观棋不语真君子，你们这是耍赖，不行、不行。”

“你就说还来不来吧，不来我去吃饭了啊？”初壹恐吓他。

初天一噎，没话说了，认命地低头继续，嘴里碎碎念：“安琛不能再帮忙了，再帮忙我就不干了，你们年轻人不能这样欺负老人家……”

初壹憋着笑，侧头看了乔安琛一眼。他眼里也含着笑，两人忍住，极力郑重地点了下头：“好。”

之后乔安琛真的全程没有再开口，初壹和初天经过漫长的拉锯战之后，终于在晚饭前分出胜负。

初天以一子险胜。

他抹了把头上不存在的汗，面上长松一口气，有些得意地摇头：“唉，没想到过了这么多年，你的棋艺毫无长进。”

初壹：“……”

“哪里比得上你每日练习，我都多久没碰棋子了？”她还差一点儿就赢了呢，初壹忍不住暗自腹诽。

初天孩子气地哼了声，还是有些扬扬得意。

“好了，快点儿来吃饭了。”文芳女士在前头叫道，手往身前的围裙上擦了擦，摆好碗筷。

三人起身，从客厅转移到餐桌边。

才坐下，初壹就见她亲妈从厨房端出满满的一盘卤味和泡鸡爪，放在乔安琛面前殷勤地招呼道：“安琛啊，听说你要来特意给你留的，快吃。”

“妈！”初壹瞪大眼睛。难怪她中午没吃够想去厨房再盛一盘时，锅里已经空荡荡的只剩下汁了。被她一问，她妈还理直气壮地说都被吃完了。

初壹当时一头雾水，明明看到很大一锅的，怎么她才吃了这么一点儿就没了？

原来都是被她妈偷偷藏着给乔安琛的，初壹也是气到没有脾气了。

“谢谢妈。”乔安琛笑得分外讨喜，礼貌地朝文芳女士道谢。

初壹暗自翻了个白眼，又被她妈敲了一下：“瞪什么瞪？你中午都吃了这么多了，给安琛留点儿怎么了？”

“……”初壹垂下眼没说话了，文芳女士转身进厨房继续忙碌。突然旁边一动，初壹落在餐桌上的视线内闯入一个白色盘子，里头盛着满满的卤味和鸡爪。

乔安琛附在她耳边小声说："初壹，给你吃。"

两人吃完饭回去，夜色正浓，路边秋意泛滥，树木的叶子都枯黄掉落，有户人家屋前种的梨树结满了饱满金黄的果实。

乔安琛牵着她的手往前走着，入夜凉意加深，一阵冷风吹来，初壹不由自主地缩了缩肩膀。

白天还是大太阳，初壹出门时只穿了一件针织外套，现在看来有些单薄，乔安琛见状，伸手把她揽进了怀里。

"车子停在外面，很快就到了。"

初壹往他怀里钻了钻，乔安琛天生体热，就算冬天睡觉时也是散发着源源不断的暖意，靠上去很舒服。

此刻也不例外，初壹把泛凉的手贴在他的腰间，舒适地眯起了眼睛。

对面有一对牵着小孩儿的中年夫妻路过，看到两人这般亲昵的姿态，目光不由得多停留了几秒，视线在他们脸上打量着。

乔安琛的神色有几分不自然，他却只是把初壹的脑袋往身前按了按，挡住她的脸。

怀里传出一声轻笑。

乔安琛低下头，对上了初壹含笑的眼。

"你猜人家会怎么想我们？"她悄声问。

乔安琛摇了摇头："不知道。"

初壹眨了下眼睛，脸上已经换成了另外一副表情，拿腔作调地道："现在的年轻人啊，简直没眼看，大马路上就搂搂抱抱，真是世风日下，人心不古。放到古代呀，那可是要被浸猪笼的！"

她模仿得惟妙惟肖，乔安琛方才的几分窘迫全无，他忍不住捏了下她的脸，笑出了声。

十一月，初壹的漫画正式开机了，更名为《我的少女心》。

初壹在网上看到了开机仪式和当天的发布会，兴奋得一连转发了三条微博。

在此之前，粉丝都知道了季木白要出演男主角的消息，早就已经狂热地恭喜了她一番，此刻更是不掩激动，直呼初大是追星界第一人，竟然能让男神出演自己的作品，真是做梦都可以笑醒的那种。

当然，也有不少季木白的粉丝在底下不掩担忧地说，只怕初壹辣手摧花，去玷污他们的季木白弟弟，甚至有些激动的女友粉开始发私信警告她了。

初壹为此还特意发了一条微博安抚众人。

“大家放心吧，虽然我年轻又貌美，但本人确实已经‘英年早婚’，而且我和我先生感情非常好，请组织放下戒备，我真的只是单纯颜控而已。另外，这年头已婚妇女就不能追个星欣赏一下小弟弟们的美貌了吗？生气！”

底下评论都是一连串的“哈哈哈”，刚冒出一点儿苗头的硝烟就被初壹已婚妇女的身份给掐灭了，微博现在每天都是一片和谐场景。

初壹转发了开机的消息之后，全是恭喜她的评论，尖叫表白花式激动，简直比她这个当事人还激情四射。

初壹挑选了几个老粉的评论回复，然后继续刷开机的新闻。

原本影视方那边是邀请了她过去的，可是初壹不习惯在媒体记者面前露脸，觉得还是等开机之后自己有机会悄悄过去看几眼就好了。

这么大一个好消息，初壹当然是按捺不住地四处宣扬了。小高和程栗都给她发来贺电，乔安琛推门进来时，她正躺在沙发上和小高互吹“彩虹屁”，一边打字一边打滚儿，脸笑成了一朵花。

“在干吗呢？这么开心？”乔安琛微挑了一下眉梢，出声问道。

初壹抽空看了他一眼，随口答道：“我在和小高聊天呢。”

“哦。”乔安琛应了一声过后，又突然问，“聊什么？”

“啊，就是聊……”初壹想起了上次的教训，话到一半改了口，“随便聊聊。”她含混地道。这个样子更像是藏着什么见不得人的秘密，乔安琛压下眼底的情绪，面上不动声色。

“你们经常一起聊天？”他扯开领带，去厨房倒了杯水，声音遥遥传来。

初壹毫不设防地答：“还好吧，一般有事才聊。”

乔安琛端起杯子走过来，初壹是背对着厨房那边的，因此完全看不到后面的状况。

乔安琛的脚步放得很轻，直到靠近初壹，已经可以看见她手机屏幕上的内容。

他暗自瞟了两眼，又收回视线，板着脸严肃而正直地道：“初壹。”

“啊？”听到他的声音乍然在耳边响起，初壹惊了下，但还是很快反应过来，抬头望过去。

“我刚刚不小心看到你的聊天内容了。”乔安琛不苟言笑地说。

初壹被他的态度吓到，微微坐直了身子，认真地对待：“然后呢？”

“没什么，只是和你说一下。”乔安琛抿紧嘴角，神色十分坦然。

初壹：“……”

在她如炬的目光中，乔安琛握着杯子神色自若地转身，回厨房把里头没喝完的水倒掉，接着将杯子冲洗干净。

初壹呆了几秒，这时手机振动提醒，她垂眸一看，是小高发来的新消息。

“怎么说到一半没影了？我问你我新买的小裙子好不好看？”

“好看。”初壹点开她发的图片细细放大缩小之后评价。

小高立刻给她回复：“哈哈哈——我也觉得好看，我要穿这条裙子去见我的季木白弟弟！”

“……”

乔安琛把洗好的杯子放在柜子里，然后又穿过客厅去卧室。初壹还在那里敲着手机聊天。

他回想了一下刚才看到的界面，上面是条碎花小短裙，一时有些赧然。

正直如他，当然不会干那种背地里偷看别人聊天的事情，所以他很坦荡地提醒了初壹。

他是因为不小心才看到的。

临睡前初壹守口如瓶，绝口不提今天自己的漫画开机的事情。上次的教训似乎还在眼前，她虽然不知道哪个点戳到了乔安琛，但女人的直觉让她闭上了嘴。

却没料到，今晚乔安琛突然心血来潮地和她深夜闲谈起来。

“你最近好像很久没买衣服了？”关了灯之后房间很黑，乔安琛的声音从耳边传来，分外温和动听。

初壹微鼓了一下腮帮子，泄气道：“是呀，因为最近每天在家不出门，买了也没机会穿，所以干脆不买了。”她的衣柜里还有不少连吊牌都没拆的新衣服呢。

乔安琛听到她的回答，原本放在小裙子上的心思转到了别处，好奇地问：“那程栗呢？你怎么不和她一起出去走走？”

“她呀。”一提到这个初壹就来劲儿了，转了个身看向乔安琛。

“她前段时间不是去相亲了吗，本来见第一面的时候打算蹦迪吓跑人家的，结果人没被吓跑，反而把自己贴上去了。”

初壹微微瞪大了眼睛，眸子看起来亮而圆。

“对方是个大学教授，白衬衫的扣子从第一颗扣到最后一颗的那种，程栗见第一眼的时候就魂飞魄散啦！”

“是她当年的大学老师？”乔安琛试探着猜测。

初壹简直哭笑不得：“当然不是啦！是对方长得太好看啦！程栗对他一见钟情、欲罢不能，现在每天去学校堵人，哪有空搭理我呀。”

“……”乔安琛沉默过后，突然想起什么，出声问她，“那你呢？当初第一次见我的时候，是什么感觉？”

初壹：“……”

她死死抿住嘴角，半晌不吭声。

“嗯？”乔安琛催促，不仅从鼻腔里逸出一声询问，还侧过身面朝着她，目光似乎有实质般投射在她的脸上。

初壹吞咽了一下口水，在这短短的时间内，已经组织出了语言：“就……觉得你长得挺好看的。”她把当时脑中火星撞地球的画面勾勒成简单至极的语言。

初壹才不会说，第一眼见到他时就犯了花痴，如同程栗这般欲罢不能，泥足深陷了。

“就这样？”乔安琛听完问，似乎有些不满。

初壹坚定地嗯了一声，死死咬紧牙关不松口。

又是令人心悸的沉默后，初壹脑中灵光一闪，反将一军：“那你当初第一次见到我是什么感觉？”初壹太想知道了，在自己的心口宛如中了一箭时，对方是否也有同样的感受？

乔安琛仔细回忆了一下，然后缓缓地说道：“嗯……粉红色，有点儿可爱，不反感。”

“就这样？”初壹和他方才的反应如出一辙，几乎是脱口反问。

两人在黑暗中直直对视着，不约而同地想起了刚认识时的事情。初壹想起了自己一开始就对他的喜欢，后面的牵手、接吻、拥抱，这些第一次都是她主动的。

不满和委屈顿时就一股脑儿地涌了上来，她气鼓鼓地哼了一声，扯着被子挪到了床边，和乔安琛中间能隔出一条银河的距离。

乔安琛明显也想到了这些事情，眼中闪过无奈之色，苦笑着扯了一下嘴角，朝她伸出手。

“其实那是我最后一次相亲。”他抱着初壹轻哄着。

“你还能算出来自己是不是最后一次啊。”初壹瓮声瓮气地道，态度不太好。

“因为在此之前我已经和家里说了不打算相亲了，结果他们已经约了你，我只好守约过去。现在我很庆幸，自己是个重视承诺的人。”

“为什么？”初壹克制住内心的喜悦，依旧故作严肃地问。

“因为遇见了你。”乔安琛说出这句话的语气温柔又深情。可初壹忍不住提高了音量：“我问你为什么不打算相亲了！”

“……”乔安琛默了下，然后才带着些许悻悻然地开口，“觉得没有意义，不想浪费自己的时间了。”

“那你以后万一一直遇不到合适的对象呢？”

“那就不结婚。”乔安琛不假思索地道，“以前我一直觉得一个人也挺好的，是因为家里催促才去相亲的。”

“那你真幸运，遇见了我。”初壹转身回抱住他，语气充满怜爱，拍了拍乔安琛的头，“不然就得孤独终老了。”

“……”

初壹这天晚上做了一个梦，梦里回到了两人第一次去看电影的时候，那时刚拿到票还没进场，乔安琛就被一个电话叫去了医院。

老人已经到了最后时刻，躺在病床上虚弱得像是一张苍白的纸，被风一吹就能飘走，只是眼里的慈祥和手心的温度依旧透着专属于长辈的温暖。

乔安琛和她单独在病房里说了一会儿话，出来时低着头，声音很哑，乔父和田婉没细看，就率先担忧地快步走进了病房。

初壹看着他的背影消失在楼道口，踟蹰了几秒，还是跟了上去。

昏暗而安静的楼梯间内，乔安琛背靠着白色的墙壁，垂着头，手盖在额头上挡住眼。

听到推开门的响动，他抬起头来看了一眼，这一眼顷刻暴露了他浅红色的眼睛。

初壹心头一悸，一时间竟不知道是应该上前还是转身回去。

“你怎么来了？”很明显，看到她的瞬间乔安琛调整好了情绪，眼底的红色退去，只剩下些许残留的痕迹。

初壹踌躇着走到他面前，想了想小声开口道：“听说一个人难过的时候，给他一个拥抱会好一点儿……”

她张开手，笨拙又勇敢地抱住乔安琛，胡乱地把他的双臂都包裹在其中，就像是抱着一个大型玩偶。

乔安琛听到她小声问：“你现在好点儿了吗？”

“嗯。”他低低应了一声，从她的臂弯中抽出手来，轻轻地回抱住了她，“好一点儿了。”

今年的圣诞节在周五，初壹很早以前就和乔安琛说过想要去坐一次摩天轮。

他特意把事情都提前做完，晚上的时间空了出来，不用加班。

晚上七点，初壹穿着美美的大衣和小裙子等待在游乐园门口。她站在冷风中有些忐忑，乔安琛这种一言不合就能放人鸽子的工作，真是让人信任不起来。

好在被温暖灯光映亮的夜空中，乔安琛从重重人影里穿过马路，朝她走来。

初壹心头松了口气，朝他踮起脚挥了挥手："这里——"

乔安琛在人群中茫然搜索的目光仿佛找到了焦点，他立刻望过来，露出明朗的笑容。

初壹已经提前买好了票，两人直接进去。她挽着乔安琛的手臂，整个人依偎着他，宛如找到了一个可以挡风的支柱。

"你吃晚饭了吗？"初壹问。

乔安琛摇了摇头："一下班就开车过来了。"

"那我们先去吃点儿东西吧。"

游乐园里面是有餐饮的，只是里头小孩儿居多，环境不算好，但很热闹，周围都用圣诞老爷爷的头像和小彩灯装饰着，小朋友在里头跑来跑去。

初壹看着那些带小孩儿的父母焦头烂额，微微吐气，有些感慨："幸好我们没有生小孩儿。"

乔安琛顺着她的目光看过去，不置可否，只是出声道："吃饭吧。"

天已经彻底黑了下来，四周却亮如白昼，巨大的摩天轮散发着彩色的光，在夜幕下十分美丽。

今天是圣诞节，前面排队的人不少，初壹手里拿着一朵巨大的棉花糖吃着，像个小孩儿似的伸着舌尖舔来舔去。

她吃了两口，想起什么，把手里的棉花糖递到了乔安琛面前："吃吗？"

乔安琛看着那蓬松而柔软的东西，摇头拒绝："不吃。"

"很好吃的，我这个是草莓味……"初壹嘟囔，自己又吧唧吧唧地吃了起来，等排到他们的时候，那一朵巨大的棉花糖已经变成一根细细的竹扦了。

初壹把竹扦扔进了垃圾桶。

面前停下了一个红色的四方盒子，周围是透明的，像是一个小房间，从高处缓慢降落，没有落地。工作人员催促他们上去，初壹率先抓着门跳上去飞快地坐好。

乔安琛在原地打量了几眼，然后躬身在初壹旁边坐下。

红色的小盒子缓缓上升，有些晃荡，底下的景色慢慢缩小，渐渐变成了一幅奇特的风景。

周围很安静，两人并肩坐在一起，看着透明玻璃外的城市中斑斓的灯光。

突然乔安琛肩上被砸下来一个小脑袋，有着熟悉的重量，他侧过头，对上初壹狡黠的眼睛。

乔安琛弯起嘴角，伸手把她揽入了怀中。

摩天轮晃晃悠悠地到了最高点，整座城市的面貌都映入眼中，壮观又瑰丽。

远处的一条江穿过高楼密集的城市中央，宛如分割出两片土地，满目明黄色的灯火中间点缀着彩色光斑，在无边漆黑的夜空下充斥着无法言喻的浪漫色彩。

初壹靠在乔安琛的肩上仰起脸，望着他小声说："听说在摩天轮最高点亲吻的情侣会一辈子不分开。"

乔安琛扭过头，目光定定地注视着她。初壹在他这种眼神中不由自主地心虚起来，刚要垂下脑袋，就被他俯身吻住。

他亲完抬起脸继续望着面前的夜景，没有说话，空气安静地流逝。

初壹咬了咬唇，握住他的手低头偷偷笑了。

乔安琛映着满城灯火的眼中，也荡漾出淡淡的笑意。

从摩天轮上下来，初壹心情很好地蹦蹦跳跳，抓着他的手臂，肆无忌惮地暴露着欢快的情绪。

路上两人看到有卖气球的大叔，捏着一大把造型可爱、颜色漂亮的氢气球，衬着身后的城堡十分好看。

初壹拖着乔安琛的手走过去，仰着脸朝他说："哥哥，想要。"

"……"

她在过来的路上已经买了一个米老鼠耳朵的发箍，此刻一头齐耳短发、小脸、大眼睛，说是刚成年也没人会怀疑。

乔安琛穿着灰黑色笔挺大衣，面容清俊，轮廓分明，虽然长相也很出众，但一看年龄就是比她大的，那个卖气球的大叔没有多想。

他见乔安琛一脸无奈地盯着初壹不说话的模样，以为乔安琛不愿意，出声劝道："先生，既然你妹妹想要就买给她吧，也不贵，出来玩不就是图个开心吗？"

初壹继续眨巴着眼天真无邪地看着他，乔安琛摇了摇头，掏出钱夹："你自己选一个。"

"好的！"初壹美滋滋地上前，仔细地从那里面选了个有粉色蝴蝶结装饰的米老鼠，和她头上戴着的发箍上的米老鼠耳朵很像。

初壹甜甜地对他笑道："谢谢哥哥。"

乔安琛没理她，径直牵着初壹的手离开了，卖气球的大叔看着两人紧握着的双手才反应过来。

原来只是人家小情侣在玩情趣，他摇摇头，也是搞不懂现在的年轻人的想法了。

"哥哥，我还想吃棉花糖。"初壹玩上瘾了，路过先前那个卖棉花糖的摊子时，她又伸出手指了指叫道。

乔安琛已经从一开始的无语适应下来，沉默了会儿，接着有些随意地答："哥哥不想吃，不买。"

"又不是你吃，是我吃！"初壹扭头望着他严肃地纠正。

乔安琛眼皮往下一压，意味不明地看着她："我刚才尝了一下。"

"……"

"太甜了。"

"嗯？"

"所以我们不要买了，乖。"

"……"

初壹足足过了三秒才反应过来他的尝是指什么，气势汹汹地仰起头准备质问："骗人！明明你——"他连舌头都没有伸……

话到嘴边初壹说不出口，放弃了。

乔安琛却能意会，牵起嘴角微微一笑，拉长音调缓慢地说道：“没骗你，现在嘴巴上面都是甜甜的。”他弯腰倾身，把脸凑到初壹面前，朝她微勾起唇，气息湿热而暧昧，“不信你尝尝？”

“……”初壹宛如吃了“安静如鸡丸”，站在原地绷紧脸一言不发。

“妹妹？”乔安琛睫毛颤了颤，又催促着叫道。

初壹面无表情地推开他，往前走去：“闭嘴。”

乔安琛在她身后无声大笑，引得周围投来了异样的眼光。他手握拳抵唇收敛了几分，嘴角却还是不受控制地高高扬起，眼睛弯成了一轮新月。

乔安琛看着前方初壹倔强瘦小的背影，提腿追了上去，掌心按着她的头顶揉了揉，接着把人揽入怀中，声音带着残留的愉悦笑意：“妹妹，怎么不等等哥哥了？”

初壹咬牙：“乔安琛，你能不能闭嘴？”

乔安琛还是盯着她笑，那笑容灿烂至极，初壹只觉得十分碍眼，继续凶巴巴地质问他：“这个梗过不去了是吧？”

“我没有。”他露出无辜的样子，眼睛湿亮地望着初壹，“不是你先开始的吗？”他说完又补充了一句：“妹妹。”

“……”

初壹彻底不想搭理他了，埋头大步往前走着。

乔安琛揽着她的肩膀，轻而易举地就跟上了她的步伐。

“我的头有点儿晕。”他突然开口，初壹虽然仍旧很气但还是本能地关心他，掩饰住担忧地硬着声音问：“怎么了？”

“刚才笑得太多，好像缺氧了。”

“晕死你活该！”

这个圣诞节过得令初壹十分难忘，因为她不仅被乔安琛嘲笑，回去时原本是一个很美好的夜晚，却出现了意外情况。

即便路上发生了点儿小插曲，初壹仍然拿出了早已准备好的圣诞礼物送给他，是她亲手织的一条围巾，没有花色，很简单的深灰色，大方又保暖，上下班、出门他都可以用上。

乔安琛明显有些意外，却和上次收到香水时的反应不同，立即试着围了上去，然后朝她温声道谢："我很喜欢，谢谢你，初壹。"

他站在灯光下，大衣未脱，下巴被宽大的灰色毛线围巾半掩着，露出的五官越发深刻俊朗，还带上了浅浅的温柔神色。

大概是目光太过专注，抑或脸上笑意太过柔软，初壹难得地生出了一种缱绻的情绪。

她不好意思地弯了下唇："你喜欢就好。"

"我也给你准备了礼物。"乔安琛说，语调温和得和之前不同。

看到他拿出一个纸袋递到她面前，初壹略微诧异地睁大了眼。

乔安琛还从未送过她除饰品之外的东西。

她有些好奇地接过袋子打开，里头是两件款式一模一样的白色毛衣，唯一不同的是衣角那里各自绣着一半的红色爱心，合起来刚好是一颗完整的心形图案。

初壹惊喜地抬头，望着他难掩脸上的喜悦之色："你怎么想起买这个了？"

"你不是说从来没有穿过情侣装吗？"乔安琛抓了抓头发，被她此刻发亮的眼睛盯得有些赧然。

是之前两人出门闲逛时，初壹看到旁边有对年轻男女走过去，身上穿着情侣装，很抢眼也很般配。

她忍不住发出艳羡的感慨。

当时她只是随口一提，之后并未放在心上，没想到乔安琛却记住了。

"这件衣服好好看。"她拿着毛衣开心地说，并且立刻拉着乔安琛兴致勃勃地去试穿。两人并肩站在镜子前面的那一刻，初壹发呆似的移不开眼了。

他们穿着同款白色毛衣，并排站在一起，衣角上的爱心合二为一，就像是两人身体之间连着一颗鲜红的心。

初壹忽地伸出双手捧住脸，掌心贴着脸颊，仰头看向乔安琛，微鼓起腮帮子睁圆了眼，带着些许羞涩地说："好看。"

乔安琛垂下眸，唇轻轻上扬，点头道："我也觉得好看。"

初壹盯着他漆黑的眸子，里头全是她。她没忍住，伸手过去抱住了乔安琛。

“呜——”她埋在他胸前发出一声类似呜咽的声音。

乔安琛回抱住她，拍了拍，含笑问道：“怎么了？”

“就是突然觉得自己好幸福。”初壹埋在他怀中的头抬起，下巴搁在他的胸膛上，散乱着黑发，微红着脸颊，发亮的眼睛就这样充满爱意地注视着他。

乔安琛定定地看了她几秒，没忍住，俯身把她从地上拦腰抱起。

初壹被他扔在了床上，卧室没有开灯，只有客厅的光从门外打进来，昏暗又暧昧。

乔安琛已经迫不及待地去脱她的毛衣，初壹推了推他埋在她颈间亲着她的头，声音含混不清地道：“还没洗澡……”

“没关系。”乔安琛的唇覆了上来，彻底吞噬了她的理智。

一切都很美好，这是一个顺理成章又甜蜜的夜晚，摩天轮约会、互送礼物，彼此都是情难自禁的样子。

如果没有最后——

初壹昏昏沉沉地将脸埋在枕头上，无意识地啜泣着求饶。

身后的人咬着她的耳朵，气息湿热，突然发出低沉沙哑的诱哄：“初壹……叫哥哥，叫一声我就放过你。”

初壹哪里还管得了这么多，一听“放过你”三个字，立即迫不及待地执行了命令。

然而一声哥哥变成了无数声，而后又增加了无数个让人脸红心跳的词汇，乔安琛才意犹未尽地放过她。

当时她不觉得怎样，整个人的意识都是半脱离出去的。

但事后初壹回想起自己的口不择言，恨不得原地淹死在浴缸里。

乔安琛还在那里笑，一边给她擦干身上的水珠，一边回味似的低头莞尔。

初壹涨红了脸，一巴掌打掉了他的手。

“变态！”她怒骂道。

乔安琛诧异地挑了下眉梢，又想起什么，脸上的笑容更加愉悦。

“对不起。”他很诚恳地道了歉。

初壹狐疑且谨慎地盯着他，没过一秒，又听乔安琛真挚且郑重地说道：“我以为你很喜欢。

“先前在游乐园听你叫得很开心，所以就想在家里也试试。

“别生气，我错了。”

“……”

第九章　无辜妻子

初壹发现，时间和相处真的可以改变一个人。

就像她现在回忆一下，都快想不起刚结婚时乔安琛是什么样子的了。

她也是如此。

在这段婚姻中，他们都一点点地接纳对方，然后呈现出了彼此最舒适、最真实的状态，也露出了自己都不知道的模样。

初壹最后在乔安琛的怀里安然睡去，因为她已经没有精力和心神再去同他生气了，只想有一张床、一个温暖的被窝，再安安静静地睡上一觉。

圣诞节过后没多久，天气放晴了一段时间，冬日里的阳光明媚舒适，连日阴云过后的晴朗显得分外珍贵。更巧的是，这两天剧组刚好要来岚城取景。

初壹当初的漫画背景就设立在岚城，但由于各种问题，制作方最后把拍摄地定在了风景更加秀丽也更加繁华的申城。

制作方过来取景的理由是初壹原著里有一段，男、女主角共同去某座古刹烧香拜佛，并且在里面住了一晚。

漫画里关于寺庙的景色细节描绘得非常清晰，画风清幽而雅致，剧组在申城找了好几个地点都感觉差了些意境，再加上还有另外几个取景的镜头放在岚城也更加适合，于是便提前过来待一周。

那座古刹是有原型的，在岚城挺有名，就在城外的一座山中，开车过去需要一两个小时。当然，初壹并没有和乔安琛一起去过，她是以前跟程栗一同去上过香，并且在里头住了一晚上，所以景色细节才能描绘得如此清晰。

剧组决定就把这座古刹当作拍摄点，联系了寺院负责人，费了很大功夫才取得许可，并且不准拍摄正殿和供奉菩萨处，最多就是在外围取景以及后院住宿处拍摄。

剧组已经开机快两个月了，初壹一直想找时间过去探班，不然人家都要杀青了。

正蠢蠢欲动时听到了这个消息，初壹立即就按捺不住了，尤其是第一天的拍摄地就在她经常去的商业广场附近。

剧组选的时间是周一白天，因为刚好是工作日，人没那么多，初壹确定好行程之后还是没忍住和乔安琛分享了。

“我明天要去探班！”

静谧闲适的夜晚，两人并肩躺在床上，乔安琛在看书，初壹收到了制作人给她的消息回复，立刻兴致勃勃地和他说着。

乔安琛顿了两秒，眼中露出若有所思的神色，接着转过头：“探班？”

“嗯！”初壹重重点头，迫不及待地解释，“就是我的漫画拍摄的那个剧组，刚好明天到岚城取景，就在以前我们常去的那个广场。”

“所以我过去看看！”初壹开心地说，眼睛都快弯成了一条缝。

乔安琛想了想，然后出声问：“所以那些主演也都会来？”

“当然啦！”初壹叫道，“不来怎么拍呀？”

她说完就自顾自地傻笑起来，明显想到了什么。乔安琛目光沉了沉，没说话。

见他似乎没兴趣地转头继续看起书来，初壹也不奇怪，反正对这些话题乔安琛每次总是说不了几句便结束，她又埋头刷着手机，十分满足，却没发现乔安琛手里的书许久都没有再翻动一页。

翌日天朗气清，冬天的阳光带着些许热度打在身上，柔弱的光辉笼罩着万物。

初壹睡到自然醒然后收拾好出门，临近中午，顺便吃了饭，快到目的地时想着空手去探班好像不太好，于是在经常去的那家奶茶店里订了一批奶茶叫工作人员帮忙一起送过去。

她抵达剧组时已经是下午茶时间，制作人大老远就认出她来，连忙上前同她打招呼。

两人之前在北城见过一面，简单寒暄过后，制作人领着初壹进去，给她介绍着这部剧的导演等工作人员。

目前场上正在拍摄，是男、女主角刚抓完娃娃出来，在广场上牵着手走路。

这是初壹第一次亲眼见到这部剧的主演。季木白真人看起来似乎比屏幕上瘦一点儿，脸也显得更加精致，走在路上真是让人移不开眼。

明显女主角选得也很好，个子有些娇小，清新脱俗的脸带着满满天然的胶原蛋白，少女感在她身上展露得淋漓尽致，一颦一笑间都透着讨巧可爱的气息。

这一幕是初壹根据当时和乔安琛真正发生过的事情记录下来的，此刻看到被年轻的演员重新呈现在眼前，怔怔地移不开目光，胸口涌起不知名的情愫和感动的情绪。

画面里的女孩儿身上挂满了娃娃，几乎和初壹那时一模一样。女孩儿一边晃着身上的娃娃，一边抓住男生的手，仰头朝他笑着说话。

旁边有个小孩子看到她挂了满身的娃娃，眼中露出艳羡之色，然后跑向自己的妈妈要娃娃。

女孩儿脸上闪过狡黠之意，扯了扯前面的男生。

他回过头，猝不及防之下，女孩儿踮起脚亲了上去。

“Cut（停）——”坐在摄像机前面的导演叫了一声，面露满意之色，男、女主角迅速分开，互相笑了笑，朝他们走来。

“刚才的状态不错，一遍过了。”导演出声道，然后拍了拍手掌，提高音量道，“大家都休息一下，我们的漫画原著作者今天过来探班，还给大家买了奶茶。”

被他这样一介绍，所有人都望了过来，目光仿佛自带闪亮特效。

初壹有些承受不住，脸上露出几分赧然之色，垂下眼看着地面。

“谢谢小姐姐！”有些年纪不大的姑娘活泼一点儿，朝她晃了晃手里的奶茶杯子笑着道谢。

初壹立即回道：“不用谢。”顺便附赠了一个羞涩的笑容。

“啊！是初一老师！我可喜欢你的漫画了，能给我签个名吗？”还有一两个自称是她的粉丝的女孩儿跑了出来。初壹受宠若惊，连忙低头给她们签名。

“哇，初一老师看起来好年轻哦，一点儿都不像结了婚的人！”问她要签名的小姑娘赞叹出声。

初壹揉了揉自己的短发，弯起眼睛：“因为最近剪了这个头发，所以看起来比较显小，其实都快奔三了，哈哈。”

“羡慕！”

“童颜作者！”

“漫画画得这么好，人长得还这么漂亮，果然优秀的人都是完美的。”

几个小姑娘围着她吹起“彩虹屁”来。初壹隐隐有些抵挡不住，幸好导演过来给她解了围：“好了、好了，都散了吧。”他一挥手，宛如发号施令的老大，其他人偷偷交换了个眼神，恋恋不舍地抱着签名走了。

导演看向初壹，朝她说道：“初一老师，来，给你介绍一下我们的主演。”他带着初壹走到了那对年轻演员面前，伸出手出声介绍，“这位是季木白，这是秦芫，有什么心得体验或者意见，可以同他们好好说说。”

“谈不上谈不上……”初壹惶恐，立即摆手，“他们都演得很好，我刚才站在这里看了，就和我当时的场景一模一样，不，画面比我和我先生更加青春动人。”

导演被她这副模样逗笑了，季木白和秦芫也跟着笑。女孩子明显更活泼一点儿，立即便按捺不住地追问：“初一老师，这部漫画是根据你自己的真实经历改编的吗？”

初壹从来没有在公众面前透露过自己的创作来源，因此大家几乎不知道这部漫画和她本人有所关联，除了当时签影视合同时提过一下。现在大家听秦芫这么一说，当然讶异不已。

初壹闻言思考了一下，随后摇头：“不，只是有几个素材是取自我和我先生之间的相处而已。”

“哇！”秦芫双手捧住脸，眼中冒出憧憬和羡慕的色彩，“那你和你先生感情一定很好，我特意去看了这部漫画，真的超甜！”

“嗯……最近感情比较好。”初壹嘴角上扬，表情带着几分神秘之意。秦芫还欲再追问，被季木白打断了。

“初一老师。”他白净漂亮的脸上带着礼貌和煦的笑容，嗓音也是磁性动人的，“我也很喜欢你的漫画，尤其是《白间行》这一部，画得特别好。”

“真的吗？”初壹惊喜地睁大了眼睛，脸上都是掩饰不住的兴奋之色。

入行多年，她终于找到知音了！

《白间行》是初壹当年创作的第三本作品，那本成名作的广告语号称燃爆少女心的恋爱漫画火了之后，编辑让她再接再厉，创作了第二本同类型的漫画。

第二本的销量和口碑都延续了处女作的辉煌，彻底巩固了初壹的人气和地位，然而第三本时初壹一意孤行，坚称要追求自己心中的热爱和理想，画了一部兄弟情的热血漫，之后数据教她做人。

初壹为自己的一意孤行付出了代价，不仅销量滑铁卢，就连口碑也平平，甚至不少从第一本就追随她的忠实粉丝在底下不掩失望地评论：

“大大这一本没有以前的好看了。”

“找不到当初心动的感觉了。”

“有点儿失望，等了这么久。”

初壹那会儿还是个刚入行的小新人，突如其来地感受到了大家的热爱和喜欢，又一下跌入谷底，顿时感觉整个世界的天都黑了。

她把自己一个人关在房间里，抱着那本漫画哭了一下午，最后把它锁进了柜子里。

初壹擦干眼泪，打开电脑，发誓从此以后只画甜甜的恋爱漫画。

再后来，初壹的第四本、第五本漫画依旧大受欢迎，粉丝数量比之前翻了数倍，名和利轻而易举地朝她涌来。初壹的心态也好了很多，她再回想起那会儿的挫败和痛苦，那种天塌下来的难过，似乎微小得不值一提。

她重新捡起了当初热爱的东西，依旧会画热血漫，依旧被粉丝吐槽，虽然比起当年那本《白间行》，后面的那些漫画销量不及她的恋爱漫，但仍然达到了及格线。

可后来的每一本热血漫，都比不上初壹心中的《白间行》。

因为那是她付出了所有精力和激情，凭着一腔年少无知的热烈欢喜，一笔一画地认真打磨出来的作品。

要说初壹从业这么多年最喜欢的一部漫画，除了她当初那本甜甜的处女作，就是《白间行》了。

这是她的白月光。

初壹没想到它竟然会被人喜爱，会被人记住，这个人还是季木白。

“对呀。”季木白似乎被她的反应吓到了，顿了一下，又补充道，“我整整看了三遍。”

初壹的画风是唯美细腻的，注重布景，每一个画面都可以截图保存下来当壁纸，因此用在甜甜的恋爱漫中几乎是如鱼得水，十分完美契合。可这些季木白看不下去，他随手一翻时，竟然看到她里头还有偏男性的作品。

初壹刻画兄弟情依旧保持着个人习惯，每个场景都盛大华丽，男性角色画得很有美感，而且人物立体。

《白间行》里头的打斗场面，一度让季木白惊艳感叹，每个细节都一一认真看过，舍不得错失分毫。

可以说第一遍他看的是剧情，第二遍是看画面，第三遍便是最单纯至极的怀念和回顾。

初壹所有的热血漫，季木白都看过，但他最喜欢的、印象最深的还是这部《白间行》。

听完季木白的回答，初壹简直激动得快哭了，说是百感交集也不为过。

她现在脑中只有一个念头：不愧是她粉的人，眼光真是独一无二！

“那也是我最喜欢的一本！”初壹克制住情绪重重地道，随后又迫不及待地问他，“你最喜欢里面的哪个角色？”

“间然。”季木白不假思索地说。间然是里面的一个男主角，白衣剑客，冷漠孤傲，接近于无情，剑术高超无人能敌，普通人在他手下过不了三招。

他不爱说话，一般是不耐地用武力解决问题。

可就是这样一个人，最后为了另外一位男主角，在决斗中死于旁人手中，一身白衣染上鲜血，长发飘荡在空中，执剑后仰缓缓坠地。

这一幕几乎刻在季木白的心中，那晚看完结局后他缓了好久才把情绪调节过来，第二天拍戏时都神情低落。

这样一个人，是叫人永远忘不掉的。

“我也是！”初壹这次是真的控制不住了，甚至激动地想上前同他握手。

当初画完间然的结局之后，初壹整整哭了两个小时，用完了大半包纸巾，最后红肿着眼看了十集甜甜的韩剧才缓过来。

她盯着季木白感动得简直快要泪目了，死死地忍住才维持住形象。

接下来两人相谈甚欢、相见恨晚，称知己也不为过。

乔安琛下班过来接她时，就看到他们满脸笑容地聊着什么，非常开心。初壹低头在那个季木白的衣角上签了个名，然后对方还拿出手机和初壹互相扫了一下，似乎是交换联系方式。

两人并排坐在椅子上，低头说话时脑袋凑得极近，都是年轻养眼的长相，看起来竟然还有几分赏心悦目。

乔安琛顿时感觉胸口堵塞，深吸了好长一口气才勉强平复下来。

初壹在剧组待了一个下午，和季木白畅谈漫画过后便彻底熟悉起来。从年龄上来说，初壹大他三岁，可心理年龄两人似乎半斤八两。

两人同样喜欢追漫画，喜欢网上冲浪，看搞笑日常，偶尔玩两把游戏，当然技术都很“菜”。

初壹开始很好奇他怎么会看到自己的作品，季木白抓了把头发，有点儿不好意思：“就是……经常看到粉丝评论 @, 还有头像带的都是你画的图，觉得很好看，就顺便点进你的微博主页看了眼。”

结果他就发现原来人家的正职是位漫画家，一翻作品，竟然还被吸引进去了。

不过季木白还是很理智的，即使被人家的漫画迷得七荤八素不能自已，还是在心里提醒自己，对方是他的粉丝，要保持距离、保持距离，不能去要签名，不能认识她，不可以主动靠近！

直到——他接下这部电视剧。

发现对方恰巧是原著作者，心中紧张的同时还伴随着一丝窃喜，这样的话她应该就会来探班吧，他终于可以见见真人长什么样了。

而让季木白彻底放下戒备的，还是初壹发的那条已婚微博。

是的，虽然他不敢主动干什么，但是用小号偷偷关注她的微博还是可以的。季木白发现初壹的每条微博都特别有趣，从中可以看出她是一个热爱生活的人。

而且自从公开已婚身份之后，她偶尔也会在微博里分享自己和另一半的生活日常，看得出他们的感情很好。

季木白渐渐就把她当成了一个普通作者和博主来看待，不过那份好感依然在——那种不含其他东西、纯粹是读者对创作者的喜欢和敬佩、本能地想要亲近了解的心情。

两人聊得差不多时，刚好导演把季木白叫去拍戏了。初壹坐在一旁看他们表演，有时候不对的地方会一遍遍地重来，最后成品可能才几十分钟的画面，足足拍了大半个下午。

季木白一下戏就跑过来和她聊天，似乎早有准备，拿出了自己珍藏的那本《白间行》，凑到初壹面前要签名。

初壹看着那有些破旧发黄的扉页，明显是时常被人翻阅的，弯起唇笑了，接过笔。

to：白白

鲜衣怒马，年少有为。

不忘初心，万事胜意。

——初一

初壹签完把漫画递给季木白，看着他专注查看的侧脸，想起什么：“对了，我有个朋友特别喜欢你，所以拜托我和你合影给她看看。”

初壹脸不红心不跳地说着，顺便拿出早已准备好的相机打开盖子，拨开电源。

季木白睨了她一眼，慢吞吞拖长腔调道：“哦……”

他很配合地凑过来，和初壹一起自拍。

不知道按了多少次快门，初壹从剪刀手到比爱心，最后还让别人帮忙拍了几张站立着的合照，才心满意足地收起相机，一边翻着照片一边心里美滋滋的。

“要签名吗？”季木白很是上道，又在一旁问她。

初壹一听，面露惊喜之色，忙不迭地点头：“要的，那可真是再好不过了！”

她打开身上的双肩包，从里头拿出早已准备好的季木白的照片，然后一整沓都递到他面前，笑容灿烂地道：“就这些，麻烦你了！”

“……”看着面前颇有厚度的照片，各种各样、各种时期的都有，季木白咬开笔头，漫不经心地一张张签上自己的名字，“你哪里来的这么多照片？”

“网上买的。”初壹撑着下颌，期待地盯着他手上的动作。

“要这么多签名照干吗？”季木白状似不经意地问。

初壹不假思索地道：“收藏。”

“……”季木白签名的动作一顿，他抬眼看她，神色莫名。

初壹反应过来，坐直身子，眼神飘忽了几秒：“你不要多想。”

“我没有。”季木白低下头继续一张张地把照片给她签完，然后松开笔，揉了揉发酸的手腕。

“真是辛苦你了。”初壹很殷勤地给他开了瓶饮料递到他手边，一脸感动地道，“季木白弟弟。”

听到她这么一叫，季木白倏地笑了，薄薄的一层双眼皮扬起弧度，莫名带着些眼波流转的意味：“突然听你这么叫我，还挺不适应的。”

“怎么？”

“你看起来太小了。”

他话音刚落，初壹扑哧一下笑出声，眉眼弯弯地道：“我家里那位也是这样说的。”

“你先生？”季木白似乎感兴趣地追问。

“嗯。”初壹点头。

“你们是怎么认识的？”他眼里带着点儿好奇之意，就像是小孩儿对大人的世界充满兴趣一样。

“相亲认识的。”初壹笑着说。季木白这下真的是诧异了，眉梢微微挑起。

“真的假的？”他感觉她在微博分享的日常都非常甜蜜自然，有时候连他这个直男看了都忍不住憧憬爱情，夫妻俩一点儿都不像是通过相亲这种方式在一起的。

“真的。”初壹又被他的反应逗笑了，刚准备说什么，手机微微振动了一下，是乔安琛给她发的消息。

“我下班了，过来接你，快到广场了。”

“咦？”初壹略显惊讶地发出一声疑惑。

季木白好奇地问：“怎么了？”

“我家那位竟然说来接我了。”她看着手机轻笑道。

“真是难得。”加班狂人竟然不加班，还特意跑来接她。

初壹敲着手机给乔安琛回复：“好的，我就在上次那里，你直接过来就好了。”

她回复完，关上手机，看向季木白：“我要走啦。”

“好吧。”他似乎有些遗憾，随后又想起什么，扯起他身上的白T恤的衣角，“对了，你给我的衣服上签个名。”

“干吗？”初壹诧异地挑眉。

“回去和我的漫画放在一起做纪念。”季木白美滋滋地说着，脸上带了几分孩子气。

初壹无奈地摇头，一边笑一边在他的衣服上写下自己的名字。

“我们加个微信吧。”他又说道，“这样下次你拖稿的时候，我就可以在线催更了。”

“你是魔鬼吗？”初壹瞪他，脸上却挂着笑容，两人互相拿着手机低头扫二维码。

刚加上对方，初壹就听到不远处传来一道熟悉的声音，语调微抬，叫着她的名字：“初壹——”

初壹转头，看到了站在那里的乔安琛。他刚下班的模样，西装外头套着一件黑色大羽绒服，身姿挺拔，面容看不太真切。

她扬起一抹笑冲他挥了挥手，然后立刻同面前的季木白以及剧组的其他人告别，迫不及待地提着包包步伐雀跃地小跑过去。

“你怎么来啦？”初壹飞快地冲进他的怀里，仰着脸笑盈盈地望着他。乔安琛的神色缓和不少，他伸手揉了揉她的脑袋：“刚好路过。”

“这么巧？”初壹有些惊讶，然后不掩兴奋地同他说，“我今天见到了剧组的两位主演，他们演得太好了。唉，年轻真好，我老了。”

“嗯。”乔安琛低声应着，然后牵着她往前走。初壹跟在他身侧，依旧在不停地说着今天的见闻。乔安琛回头，遥遥看了眼仍旧坐在那里的季木白。

季木白正望着这个方向，两人在空中对视上，乔安琛立即移开了目光。

“你完全不会想到，季木白竟然是我的粉丝。他超喜欢我的漫画的，还让我帮他签名，是不是难以置信？是不是？”

初壹扯着他的手臂满是欢喜，乔安琛却突然觉得她脸上的笑容十分刺眼，沉下脸色，没有答话。

“而且我们还合影了！他还给我签了许多照片，嘻嘻，回去我要好好看看——”

“初壹。”乔安琛忍不住打断她的话。

“嗯？”

“我们今晚吃什么？”

“啊，怎么突然说起这个？你想吃什么？回去做还是在外面吃啊？”

“随便。”

“随便……随便？”初壹吃惊地抬头看他，才发现乔安琛紧抿着嘴角，脸色不太好。

“你……怎么了？”初壹试探地问，电光石火间想到了先前差不多的一幕。

好像……每次都是她提到了季木白。

她难以置信地睁大眼，有些惊疑地问：“乔安琛，你不会是……吃醋了吧？”

“……”

空气大概静止了三十秒，乔安琛缓慢地自上而下瞥了她一眼，语气轻飘飘地道：“没有。”

“真的吗？”初壹不太相信地问。

“嗯。”他面无表情地应道，已经牵着她来到车前，打开副驾驶座的门，把她推了进去，“回家，做饭。”

初壹摸不清他的态度，又仔细打量了他几眼，觉得“吃醋”这个词放在他身上实在违和，索性不去想，埋头整理着今天拍的照片。

大概明星真是天生上相，随手一拍都像是精修壁纸，初壹挑了两张她和季木白的合照，又把他和女主演同框的照片放了上去。

秦芫和季木白并肩站着，两张年轻的脸青春无敌，CP（情侣）感十足，初壹光看着就忍不住少女心爆棚了。

她把三张图片选上去，然后配文："今天探班，嘻嘻。"后面还加了个贼得意、贱兮兮的表情。

果不其然，照片一发出去，底下的评论就炸了，以每秒钟数十条的速度增长，短短一分钟就破了百。要知道，初壹以前发条微博总共也就几百上千条的评论。

初壹的微博近几个月涌来不少季木白的粉丝，再加上漫画原著粉第一次看到亲妈发出来的和主演同框的照片，一时间都很是激动。

"我的妈呀！初大竟然见到了季木白弟弟！还合照了！这么近！呜呜呜——本柠檬精已经酸哭了。"

"……"

"我也想和季木白弟弟合照。"

"这件事情说明什么？要想追星，先去画漫画，说不定某天你的正主也成了男主角。"

"天哪！季木白和秦芫也太配了吧！原著粉表示心满意足了。"

"季木白的女友粉实名羡慕嫉妒恨了。"

初壹刷着底下的评论，翻着翻着忍不住笑出了声，原本控制情绪专心开车的乔安琛忍不住侧头看了她一眼。

初壹没有察觉，还埋头笑得十分开心，脸上是掩饰不住的喜悦神采。

乔安琛心头宛如压了块重石，感觉自己快要呼吸不过来了。

"你在干什么？"他语调平平地出声问。

初壹没抬头，笑着答："刷微博。"

"什么微博，笑得这么开心？"

"我刚刚发了几张照片，粉丝评论都很有趣。"她收起手机，朝乔安琛笑眯眯地说，整张脸都写着高兴。

乔安琛沉默了下，问道："是不是和季木白的合影？"

"你怎么知道？"初壹讶异地睁圆了眼睛，惊叹过后，又觉得有些怪异。

"你刚才提过。"乔安琛回答，彻底失去耐心，沉着脸加快了车速。

初壹明显感觉到了车窗外的风景快速变化，盯着乔安琛的脸，咽了下口水，小心翼翼地开口：“乔安琛，你是真的吃醋了吧？”

乔安琛没有理她，视线直直地盯着前面的路况，手紧握着方向盘，神色沉郁，已无法掩盖。

初壹：“……”

她提心吊胆地想了想，在脑中组织了几秒措辞，谨慎地解释：“乔安琛，你别想多了，我大季木白三岁，在我心里他就像是弟弟一样。

“我就是单纯喜欢他拍的电视剧而已，绝对没有其他意图。况且我都和你结婚了，你想什么呢？

“哎，不对，我就算没和你结婚也跟季木白没什么关系啊。我又不喜欢他。”

初壹叽里咕噜地说了一大堆，表情随意而自然，力图让自己显得轻松可信，宛如一个极力向丈夫证明自己清白的无辜妻子。

乔安琛好一会儿没有说话，听到最后这句动了下唇，似乎有点儿委屈：“你还给他画画。”

“……”

听到乔安琛这样控诉，初壹是真的不知该说什么了。

她回想了一下，那应该是很久远的事情了，没想到乔安琛还记着。

也就是说，好久以前他就在心里暗暗吃醋了。

难怪那天晚上他把她折腾得这么狠。

初壹无奈地想笑，又在乔安琛谴责的目光下强忍住了，努力维持表情平静，柔声哄道：“那我也给你画过，我给好多人画过。”

乔安琛抿紧唇，扭回头，脸色依旧不好，不知道有没有听进去。

初壹暗自低下头，伸出两根手指头揉了揉眉心，在心底叹气。

老男人吃起醋来，真是难哄。

两人回到家，乔安琛一言不发地推开门走在前面，初壹跟在他后头，看着他一连串流畅的动作：脱掉外套、换鞋、蹙着眉拉开领带。

初壹在原地站了几秒，忽地扯住他的衣襟，踮起脚吻上了那张抿紧的薄唇。

乔安琛身子一僵，接着任由她撬开了牙关，柔软的舌尖扫着他的上腭，阵阵酥麻感从那一处传到脑中，蔓延至四肢百骸。

乔安琛本能地回应着她。

这个吻比起以往无数次都充满热情，在他的记忆中这似乎是初壹第一次如此主动地亲他，里头还带着显而易见的讨好之意。

乔安琛对此十分受用。

说好要回来做晚饭的，最后两人却滚到了床上，等所有动静平息，房间里头已经黑了下来，初壹的肚子咕咕叫起来。

“我好饿。”她揉了揉肚子朝旁边的人说道。刚被喂饱的人心情和之前明显是天壤之别，至少神情缓和下来了，像是恢复如常。

“我去煮点儿东西。”乔安琛掀开被子起床。

初壹转过身看着他，声音微扬：“我想吃排骨面。”

“……”乔安琛穿衣服的动作顿了顿，他回头望了过来。

初壹往被子里埋了埋，从底下传来的声音带着心虚：“没有也没关系……”

“给你做。”乔安琛的声音听不出情绪，他丢下三个字就出去了。

初壹看着他的背影消失在门口，又在床上躺了会儿，最后抱着被子滚了两圈后，感觉休息得差不多了，才慢吞吞地起床。

客厅开着灯，一室明亮的温暖光线，乔安琛穿着居家服站在厨房的流理台前，柔软舒适的布料显得他整个人很温柔。

初壹走过去很殷勤地问：“有什么需要我帮忙的吗？”

乔安琛搅拌着锅里的面，垂眸看了她一眼：“洗个碗吧。”

“好的。遵命！”

初壹手脚麻利地洗完碗放在他手旁，还很贴心地选了一个大碗、一个小碗，然后看着乔安琛把面条起锅，整整齐齐地码上小排骨。

她盯着，忍不住咕咚咽了下口水，声音在安静的夜里清晰可闻。乔安琛抬起眼皮睨她，又飞快地收回视线。

两人隔着一张餐桌相对而坐，初壹握着筷子低头吸溜着碗里的面条，声音很轻，一边吃还一边偷偷看乔安琛。

他安静地吃着面，动作比她随意多了，神色却和以往不同。

初壹总觉得哪里怪怪的，带着满腹心事吃完面，在乔安琛起身前抢着去洗了碗，还仰头对他露出两声傻笑。

乔安琛眨了下眼，看着她的背影，抿了抿唇没说话。

晚上睡觉，乔安琛刚洗完澡出来，初壹就十分殷勤地卷起袖子想替他按按肩膀，脸上挂着笑道："我帮你按摩一下吧，工作了一天一定挺累吧？"

"今天确实挺累的。"乔安琛终于开了金口，淡淡地说道。初壹表情一顿，有些悻悻然。

她任劳任怨地跪坐着替乔大爷上下左右仔仔细细地按了个遍，从脖颈到肩膀，再从背脊到腰间，力道或轻或重，或慢或快，一双手都快变成按摩机器了，却不敢有丝毫松懈。

初壹偷偷打量了一下乔安琛的表情。他闭着眼趴着，睫毛又浓又长，在脸上投下一小片阴影，神色似乎很平和，还带了点儿怡然。

初壹忍不住凑过去，在他耳边小声问："乔安琛，你的心情好点儿没？"

那长长的睫毛颤了两下，接着彻底抬起，露出底下漆黑清亮的眸，初壹本能地呼吸一窒。

"怎么了？"他沉声问。

初壹默了默，低头嘟囔："你今天不是不开心嘛……"

乔安琛敛下眉眼，转身平躺着，从鼻腔里逸出一声轻哼，略带不满地道："你还知道？"

"我又没瞎……"初壹自言自语，乔安琛耳尖听到，目光立刻直射过来。

"我错了，不该给他画画，以后只给你一个人画。"初壹立即讨好地说，躺下去钻到他怀里，小鸟依人般紧紧地抱住他。

初壹十分不习惯乔安琛对她横眉冷眼的样子，感觉整个人都要窒息了。即使出卖了自己的色相都没有哄好乔安琛，她觉得大概要想想其他办法了。

乔安琛听完没说话，那神色，似乎就只差说"你来哄我"了。

初壹的小脑袋转得飞快，她又连番保证，恨不得竖起三根手指头。

"我保证再也不和他说话，不去探班，不看他的任何消息，从此之后，我眼里就没有季木白这个人——”

她环着乔安琛的腰蹭了蹭，无比献媚地道：“只有你，全是你，眼里、心里满满装着的都是你。”

乔安琛也不知道她哪里来的这么多哄人的话，从那张像是吃了蜜糖一样的小嘴里面蹦出来，让他想板着脸都不成功。

他嘴角轻动，克制不住地上扬了一下，初壹见缝插针，仰头在他的唇上轻啄一口，又飞快地收回。

“别生气了。”她伸手摸了摸他的胸口，两眼含着期盼之意。

“睡觉。”乔安琛拉下她的手，故作严肃地道，眼中的冷意已然融化掉。

初壹得寸进尺地道：“不行，你不开心我睡不着，我简直难受得连饭都吃不下去了。”

“你今晚的面连汤都喝光了。”乔安琛冷冷地说。

“呃……那是你做得太好吃了。”

乔安琛没理她了，直接伸手关了灯，房间里霎时间一片黑暗，初壹不甘寂寞地继续刚才的剧本：“我好难受啊，胸口像是堵了什么，喘不过气来。乔安琛，我是不是快死了？”

她拉着乔安琛的手放到了自己胸前，无比可怜难受地低声说，在黑夜中声音听起来格外哀戚。

乔安琛顺手替她揉了两把，松开手，淡然道：“好了，不难受了。”

“……”

初壹立即伸手捂住自己的胸，一副被占了便宜但又有苦说不出的表情，在黑暗中委屈地凝视着他。

“你怎么……怎么……”她艰难地吐出几个零零碎碎的字，实在无法形容此刻乔安琛的行为，于是幽幽地吐出一口气，语气沉痛地道，“被你揉了一下更加难受了，乔安琛，我感觉自己要窒息了。”

“那怎么办？”乔安琛这次很给面子地配合着问了一句，又好像带着点儿漫不经心。

初壹不管这么多，立即把话接下去，自顾自地开口：“你不生气我就不难受了，呼吸也顺畅了，胃口也好了，整个人都快乐起来了。”

“嗯，我不生气了。”他从善如流地说道。幸福来得太快，又有些不真实，初壹试探地询问：“真的？”

“真的。”乔安琛平静地回答。

初壹灵光一闪，说道：“那你亲我一口。”

意料中的沉默没有出现，熟悉的温热压了下来，乔安琛在她的唇上轻轻一碰又离开，声音低沉，含着悦耳的磁性：“快睡觉。”他说着拍了拍她的脑袋。

初壹这次是真的心满意足了：“有了乔先生的晚安吻加持，我今晚肯定会睡得无比香甜。”她笑嘻嘻地说，动了动，在乔安琛的怀里找了个舒服的位置靠好，安静了。

无声的黑暗中，乔安琛弯了弯嘴角。

初壹一觉醒来，昨天发的那条探班微博一夜之间被顶上了热门，评论、点赞、私信都是鲜红的99+。

她满脸蒙地点进去，发现是正主过来了，不仅给她点了个赞，还在底下评论。

“很高兴见到初一老师。”

果不其然，季木白的粉丝都被引了过来。流量担当不是虚的，初壹有史以来感觉到的最大热度就是此刻。

“谢谢初一老师对我家季木白的照顾！”

“啊啊啊——季木白快给我滚回你自己的微博！你知道你已经一个月零十五天六小时没有发博了吗？”

“这是什么神仙作者？好想采访一下大大本人在现实中勾搭到了喜欢的明星是什么心情。”

初壹本人：胆战心惊以及万分庆幸乔安琛不玩微博的心情。

她点开粉丝一栏，季木白果然已经关注了她。

除此之外，短短两天她又涨了大几千的粉丝。

唉，这真是一种爱的负担。

初壹觉得自己必须做点儿什么了。

“哈哈——朋友们，苟富贵勿相忘！我初一就是这么讲义气的人！

接下来是福利时间了，转发这条微博，只要转发这条微博，抽二十个幸运儿送季木白的亲笔签名照一张！（注：是真的签名照哦，本人特意向季木白弟弟求的签名，眼睛一眨不眨地看着他亲手签完的呢。）”

初壹编辑完内容，忍痛把昨天才到手、还没焐热的签名照通通拿了出来，一张都不敢留，给小高和程栗备下一份后，打包抽奖送人。

她这条微博一发出来，底下评论全部变成了尖叫，除了激动的“啊啊啊”几乎看不到其他内容。

只是没过两分钟，手机传来叮的一声提示，初壹点开，发现是来自季木白的消息：一个问号。

初壹：“……”

“我的签名照？”

“对不起。”

对方发过来一个呵呵冷笑的表情包。

初壹立刻回复了一个挂着两行宽面条泪的小人磕头的表情包。

“我老公吃醋了。”

“……”

“从此以后，已婚妇女彻底失去追星资格。”

“哈哈哈——”

季木白回过来一连串大笑还不尽兴，紧接着又给她发来了一条语音，声音满含笑意。

“初一老师，你和你先生的感情真好。”

初壹：“……”

他紧接着又道：“对不起，都是我的错，都怪我无处安放的魅力。”

“……”

“好了不说了，我要去拍戏了。对了，替我和你先生说声抱歉，哈哈。”

“……”

初壹觉得，她从这一刻开始脱粉了。

季木白此人实在是太自恋了。

乔安琛简直比他帅一百倍！不！一千倍！

男人就是要帅而不自知才吸引人，像季木白这种自恋的小屁孩儿只能骗骗那些小女孩儿，老阿姨初壹已经彻底幻灭了。

想想昨夜的绞尽脑汁、殚精竭虑，初壹就感到一阵心累，所以，她到底是为了什么承受这一切？

乔安琛晚上回来，发现家中十分热闹，餐桌上竟然放着一个小电磁炉，上头是家庭版的火锅，里面堆了牛肉、金针菇、土豆、香菇……正在咕嘟咕嘟地冒着泡。

初壹还在从厨房往外端东西。

“今天怎么这么丰盛？”他换好鞋走过来，初壹摆好碗筷，望着他面藏得意之色。

“你每天这么辛苦，当然要吃好一点儿，看看，都瘦了。”初壹怜爱地摸了摸他的脸颊，满眼心疼，好像他真的瘦了一样。

乔安琛抿了下嘴角，面无表情地挥开了她的手：“好好说话。”

他走到餐桌前拉开椅子坐下，拿起筷子伸向锅里翻滚的菜，初壹跟在他后头落座。

“我哪里没有好好说话了？我再好不过了，来，吃块牛肉。”

初壹给他夹了块肥牛放到碗里，脸上挂着期待的笑容。乔安琛看了她一眼，没说话，只是夹起那块牛肉吃了下去。

“好吃吗？”她托着腮问。

乔安琛点头：“不错。”

“那你多吃点儿哦。”她又给他夹了好几块肉。乔安琛制止了初壹的动作：“好了，你自己吃吧，我要吃会自己夹的。”

“好吧。”她似乎颇为遗憾地收回手，不甘不愿地应道。

话虽如此，接下来乔安琛依旧被她塞了很多东西，吃到最后感觉胃里都快装不下了。

乔安琛收拾桌子准备去洗个碗消化一下，结果被初壹一把抢过：“我来。”

他看着她的背影，苦恼地皱了皱眉，最后打量了一眼地面，去卫生间拿了拖把打扫顺便运动消食。

“我来——”他刚拖没两下，又被初壹看见，她连忙从他手中抢过拖把，殷勤地冲他笑，“你工作一天肯定累了，去洗澡休息吧。”

“……”乔安琛定定地看了她两秒，没说什么，松开手往卧室走去。他刚拿了睡衣准备去洗澡，便看到初壹站在门口，笑得像个服务小姐般热情至极：“要不要泡个澡，我上次买了精油可以顺便帮你按摩一下。浴缸水温要热点儿还是常温，我去帮你放水。”

“……”乔安琛蹙起眉，有些困扰，忍不住出声，“初壹，你再这样——”

“嗯？”初壹睁大眼期待地望着他。

“我要带你去医院了。”

“……”

“检查一下是不是脑子出了问题。”

“……”

好的。

初壹面无表情地转身，彻底放弃了原本的想法。

行，她不伺候了行吧？

乔安琛洗完澡出来，初壹躺在床上玩手机，听到动静，抬起眼懒洋洋地看了他一下，又神情自若地收回视线继续玩。

他心里暗自松了口气，还是习惯这样子的初壹。

“洗好了？”她随口问道。

乔安琛点了点头：“好了，你去洗吧。”

初壹闻言关上了手机，起身准备去浴室，刚下床又想起什么，回头对他说道：“对了，阳台上的衣服还没收，你去收了叠一下放衣柜里吧。今天我做饭、洗碗还拖地了，这项家务你做没关系吧？”

原本手里拿了书掀开被子正准备享受夜晚休闲时光的乔安琛：“……”

“没关系。”须臾，他松开手，放下书讪讪地应道。

没几天，初壹在微博抽奖的结果出来了，联系了粉丝把地址发给她之后，初壹开始在家打包寄快递。

小高那份初壹也一起寄了，问她要地址时，对面那个人恨不得冲出屏幕来狂亲初壹。

这是小高的原话："呜呜呜，我是多么三生有幸才认识了你这么一个朋友啊！

"本废柴还是第一次有这种待遇。

"我真是恨不得冲出屏幕狂亲你！"

因为初壹帮她要的是特签，季木白亲笔题字。

祝小高美少女越来越美丽，灵感如泉涌，本本大卖。

——季木白

后面他还画了一个简易版小爱心。

初壹把签名照一拍给小高，小高就不行了，在那头激动大叫。结果初壹一问她要不要亲自探班，方才还亢奋不已的人瞬间蔫了。

"啊哈哈……那还是算了吧，总觉得有点儿紧张不好意思呢。"

"你还会不好意思？"初壹问。

小高不服地反驳："我怎么了？我脸皮薄着呢，别因为我好看就忽视这一点。"

"行吧。"

初壹把快递全部寄出，想起了程栗。程栗虽然不追星，但初壹还是帮她要了一份签名照，毕竟对好看的男孩子，她都是喜欢的……

两人也有段时间没见面了，程栗如今一头扑在那个大学教授身上，根本没空理她。

这样也好，看来她已经彻底从那个渣男的阴影里走出来了。

两人约了在一家咖啡厅见面，不是她们常去的那里，是一个陌生的名字，初壹查了一下，离她们的家都挺远的。

她疑惑地问："为什么要定在那里？咖啡味道很好吗？"

"不是。"程栗干脆利落地给她回，"因为季繁宁的学校就在旁边，我要等他下课。"

"……"

季繁宁就是那个大学教授，程栗死缠烂打了一个多月的时间，使遍各种招数，结果人家也没有丝毫松动，人如其名，一听就是那种高岭之花不可染指。

初壹耸了耸肩膀，突然有种程栗费尽心思要去玷污人家的错觉。

这家咖啡厅环境还不错，大概因为消费者都是学生，所以性价比很高，装潢是那种简约的小清新风格，淡绿色的亚麻沙发和原木桌看上去很舒服。

初壹早餐吃得晚，过来时没有用午饭，所以点了两块蛋糕和一杯卡布奇诺。她刚准备动手，就见前头的玻璃门被推开，大美人艳光四射地走了进来。

程栗还是没变，要说哪里不一样，大概就是脸上的妆容更加明丽精致，身上的裙子短了几寸。

那腿、那胸、那腰……初壹看着都忍不住咽口水。

“瞧什么呢？”程栗在她对面施施然坐下，伸出手拨动了一下自己那头长鬈发，眼尾一挑，随意的动作里仿佛带着万种风情。

初壹连忙低头舀了口她面前的提拉米苏，声音含混地道：“你怎么又妖精了一点儿？”

“想夸我美就直说。”程栗很懂地替她说出原本的意思，接着面露得意之色，“大概是爱情的滋润？”

“你都没追上手，哪门子的爱情？”初壹忍不住泼冷水。

程栗轻呵一声，自信笃定地说：“那不是迟早的事吗？”

“……”初壹知道这个人从小到大在感情上面从没有失过手，只有她看不上的人，没有看不上她的人。

初壹懒得再纠结这个话题，反正就算程栗开始了恋情对她来说也只是第一步。程栗的情路不知为什么坎坷得很，自从初壹认识她以来，她都不知道换了多少个男朋友了。

“我上次去探班帮你要的签名照。”初壹把包里的照片拿出来给她。

程栗接过打量着上面的签名，笑了：“祝栗子小姐早日找到真爱，幸福美满，快乐一生——季木白。”

“这什么啊？人家也愿意给你写？这么土的话。”程栗嗤笑着问。

初壹回想了一下当时季木白无奈摇头的表情，抿了抿唇：“不要算了，还给我。”她伸手欲抢回来，程栗手疾眼快地把签名照捂在胸前，警惕地望着她。

“给都给了哪有收回的道理？再说，上面写了我的名字，你拿去能干吗？”程栗说着，继续打量着上面的字迹，自顾自地道：“别说，季木白本人的字还不错，不过比我家教授还是差了点儿。这两句话挺好，虽然土了点儿，但朴实真诚，很适合现阶段的我。”

“……”初壹简直不想理她，化悲愤为食欲，大口吃着面前的蛋糕，解决得差不多时，突然见面前的程栗目光盯着一处定住。

初壹顺着她的视线看过去，离她们四五张桌子远的地方，靠窗坐着一对男女。

那两人长相都挺出众，看起来很般配，尤其是那个男人，穿着淡蓝色的衬衫和毛衣开衫，面容白净清俊，双眸很黑，眉眼间的神色有些冷，让人不由自主地就想起了“高岭之花”四个字。

嗯？高岭之花？

初壹再看向程栗死死盯着那头的表情，脑中立刻被打通关节，大概猜到了那个人的身份。

还未等她开口，面前的女人已经一把推开椅子朝那边走了过去。初壹连忙站起来，咽下嘴里的蛋糕，担忧地捏紧手里的包，戒备起来。

万一到时程栗忍不住暴脾气打起来了，她好立即带着人跑路。

唉，初壹也是心累。

她跟在程栗身边，对这种场面已经驾轻就熟了，不然上一次打“小三”时怎么会战斗力爆棚和平时判若两人呢？

“季繁宁。”初壹听见程栗冷冷地叫出男人的名字。果然，初壹猜对了。

“你在这里干什么？她是谁？”程栗直接质问，气势凌厉。初壹闭了闭眼睛揉额头。

坐在那里的男人却丝毫没有露出慌张神色，静静地望着程栗，直到她自己被看得有些心虚。

“不好意思，我有点儿私事先去处理一下。”季繁宁朝他对面的女人礼貌地颔首说道，接着站起来，淡淡地瞥了程栗一眼：“你跟我来。”

初壹看着方才还像只战斗鸡一样的程栗像是瞬间被撸了毛，不甘不愿却又很顺从地跟在他后头出去，张大嘴，呆呆地看着两人的背影消失在门口。

天哪，这个世界上竟然还有能制住程栗的人。

壮士，英雄啊！

过了五六分钟的时间，两人再次回来了，程栗微红着脸，一言不发地在初壹对面坐下。

“喂？”初壹伸手晃了晃，还沉浸在自己的情绪中的人回过神来，啊了一声，望向初壹。

“你们刚刚干吗了？你怎么一副刚被滋润过的模样？”初壹狐疑地打量着她。程栗翻了个白眼，恢复了正常的表情。

“没干吗。”她捏着铁勺柄搅拌着面前的咖啡，随意回答着，眼底、嘴角却是掩饰不住的笑意。

初壹：“……”有生之年，她竟然还能在程栗脸上看见“少女思春”这个词。

看来这个季繁宁真是不简单。

“你完了。”初壹端详程栗过后认真评价。

程栗单手托着腮，痴痴地望着不远处季繁宁的身影，含情脉脉地道：“我早就完了，见到他的第一眼我就知道我完了。”

“……”

和程栗见完面回去，初壹魂不守舍的，一方面是真的担心自己的这个好友，另一方面又十分感慨。

爱情这杯酒，真是谁喝都得醉。

晚上临睡前，照旧是夫妻俩的闲聊时光，初壹忍不住对乔安琛倾诉：“程栗真的好喜欢那个教授，人家的一句话就让她乖得跟什么似的，她以前可是一只无法无天的霸王龙！”

“嗯，那个教授人怎么样？”乔安琛随口问道，手里翻着书，目光未从上面移开。

“光看长相挺招人喜欢的，是个正经的知识分子，就是不知道性格怎么样了。”

“那正好，和程栗配。”乔安琛突然来了这么一句。

初壹惊异地望着他：“咦，你怎么这么说？”

“一个正经一个不正经，不是绝配吗？”乔安琛侧头回答，神情也十分认真。

初壹顿时扑哧笑出声来，来了点儿兴致问他：“那你觉得我们配不配？”

“我们当然配。”乔安琛不假思索地道。

初壹好奇，立即追问：“哪里配？”

乔安琛收起手里的书，拉开被子躺下，一副准备睡觉的模样，看了眼初壹，加重语气道：“哪里都配。”

一听就是敷衍的样子，初壹不满地努了努嘴，看着他关灯，不依不饶地摇着他的手臂死缠烂打地问：“不行，哪有你这样的？说了和没说一样……”

“你快说，我们哪里配了？”

乔安琛被她摇得头疼，身体晃了两下，搂着她的肩膀把人按在怀里，拍了拍她的脑袋，态度难得温和耐心：“我喜欢你，就哪里都配。”

气氛彻底安静了。

初壹将脸闷在他的胸前，安静如鸡。

心跳声从胸腔处传来，扑通、扑通，强而有力，震耳欲聋，初壹感觉自己也醉倒在爱情这杯酒中了。

年关将至，不知不觉一年的时间又过去了。

去年的时候她和乔安琛还是彼此生疏的状态，初壹那会儿对他满腹怨气，却又时常因为一些小事而软下心来。

比如那个雪夜，乔安琛背着她回来，专注平静的侧脸久久地刻在初壹的脑海中。

那是她第一次深刻地意识到，乔安琛在她看来即使再不合格，他身上藏着的闪光处依旧无法控制地吸引着她。

而这一点，在后来也无数次得到了证实。

大年三十两人是在乔安琛的父母家过的，不可避免地明里暗里又被提到了孩子的事情，初壹面色如常地听着，最后还是乔安琛打断了乔父滔滔不绝的话语。

“爸，我有点儿累了，先去休息。”他起身，然后看向初壹示意，那神情不言而喻。

“你去，我们和初壹再聊聊天。”乔父挥手道。

乔安琛望向他，抿了下唇一脸正色道：“不行，她不来我睡不着觉。”

初壹：“……”

二老：“……”

“行吧、行吧，你们去休息。”乔父无奈地摇头，田婉在一旁瞪了乔安琛一眼没说话。

初壹拉开椅子朝他们礼貌地道：“爸、妈，那我先走了。”

时间才七点半，虽然说冬天天黑得早，但这时候休息也是太夸张了。

两人待在房间里，一个抱着平板电脑玩，一个在折腾柜子里的书。

“你不休息了？”初壹明知故问，趴在床上看电视，两条腿在空中跷起，动了动。

“你说呢？”乔安琛翻着手里泛黄的书本，不知在查看什么，随意应着她。初壹识趣地不作声了。

看完两集电视，初壹感觉有点儿口渴，今天吃的菜口味挺重的。

她从床上打了个滚儿爬起来，准备去外面喝水，刚打开门走到客厅，就听到沙发那里传来了说话声。乔父和田婉背对着她在聊天。

“唉，我们的儿子完全被吃得死死的，看你挑的好儿媳妇。”乔父似在抱怨。

田婉哼了声：“什么叫我挑的？不是你儿子自己挑的吗？谁强迫得了他？再说要是没有初壹，你别说孙子了，估计连儿媳妇都不知道在哪里呢。你儿子就等着孤独终老吧！”

“啧，你怎么说话呢？有你这样当妈的吗？啊？”乔父推了推脸上的眼镜，较真儿起来。

田婉也有点儿生气：“我怎么了？你看就你整天催着人家要小孩

儿，乔安琛都没说话你急什么啊？”

“当初不是你和我说，我会动这个心思？合着好人都让你做了，就让我来当这个坏蛋是吧？”

田婉理亏，不说话了，过了会儿才闷闷不乐地开口：“我当时哪想到初壹会这么排斥，现在人家不愿意我们也不能逼她，顺其自然吧。”

她说完，又在乔父的肩膀上拍了一巴掌，教训道：“你也不要一天天把这话挂在嘴边，不然下次孩子们都不愿意过来了。”

“知道了！”乔父不耐烦地应着。

初壹在原地站了两秒，又脚步轻轻地回了房间。

听到关门的动静，乔安琛抬头看了她一眼，不经意地问：“不是去喝水吗？这么快回来了？”

“不喝了。”初壹垂头丧气地趴到床上，钻进被子里，闷在里头半天不出来。

乔安琛许久没听到动静，好奇地看过去，被子那里拱起一团，像是个小山包。

他走到床边，伸手拉开被子：“怎么了？”

初壹的脸暴露在光明中，头顶白亮的灯光刺眼得很。她眼眶有些发痛，定定地看着乔安琛，突然伸手抱住了他。

“唉，没事。”初壹依恋地在他的脖颈上蹭了蹭，叹了口气，声音轻轻地道，“大概是‘大姨妈’快要来了，所以情绪起伏比较大。”

“可是……”两人静静相拥，整个气氛缱绻又温柔，乔安琛思索了几秒，认真地说，“你不是上周才结束吗？”

“……”初壹立即松开了他，满腔情愁顿时烟消云散，她坐在那里面无表情地说，“哦，那可能是我记错了。当我没说。”

有乔安琛这个破坏气氛的王者在场，初壹哪里还矫揉造作得起来，抿了抿唇，接着抬腿踢了面前的人一脚：“去帮我倒杯水，要冷的，谢谢。”

乔安琛一顿，正想说“你刚刚不是说不喝了”，男人的直觉又让他闭嘴了。

须臾，他慢吞吞地哦了一声，转身去外面帮她倒水了。

这件事情翻篇儿了，结果这个年过得是一点儿都不消停。从乔安琛家回来，两人又例行去了初壹家拜年。

几家亲戚都在场，注意力免不了就放到他们身上，还是关于孩子的话题。初壹这下没有了先前的好脾气，只是笑了笑，不软不硬地吐出一句话："没有，不生，还不急。"

"你和安琛年龄也都不小了，怎么不急？"说话的是一位远房大姨，听到初壹的回答立即忍不住出声了，结果旁边的人瞥见了初壹的脸色，伸手撞了撞那位大姨。

话音戛然而止，场面一度有些尴尬，文芳女士环顾桌上一圈，连忙招呼："来，大家吃菜、吃菜。这个猪蹄啊，我是炖了整整一下午才做出来的，快尝尝。"

饭局结束，那些乱七八糟的亲戚也走得差不多了。送完客，文芳女士看了眼坐在沙发上的初壹，朝她冷淡地说了句："你和我过来。"

两人齐刷刷地抬起了头，文芳女士安抚似的冲乔安琛笑了笑，接着目光回到初壹身上，又板起脸瞪了她一眼。

初壹慢腾腾地站了起来，跟在她身后进了房间。

她妈妈还一把锁上了门。

"你怎么回事啊？真打算一直不生？"她转过身来看着初壹，双手叉腰，皱起了眉头。

"妈，为什么大家都要追问我这个问题？难道结了婚就一定要立刻生小孩儿吗？"初壹无比困惑，苦恼而又厌烦。

"我不知道现在你们年轻人的想法，但是我们那一代人基本都是这样的，结完婚首要任务就是先生个孩子。"文芳女士不假思索地道，"而且你和安琛都结婚快两年了，一直没有动静，大家关心这个问题不是很正常吗？"

"可现在不要小孩儿的家庭太多了，况且我们根本就没有做好准备。"

"是你没做好准备还是人家安琛没做好准备？"文芳女士一针见血，初壹无话可说。

沉默了半天，初壹才重新开口，变得有些蔫蔫的："我自己都还是个孩子，怎么去承担另一个生命？我不敢。”初壹垂头丧气地低声说着，眼里都是迷惘和害怕之色。

文芳女士望着她，叹了口气：“天下母亲都是这么过来的，你以为我生你的时候做好准备了？还不是被推着走，我不也把你养得这么大了，活蹦乱跳健健康康的？”

“可是现在不比以前了……”初壹小声嘟囔，“我们自己可以做选择。”

“行。”文芳女士懒得再和她纠结，丢下一句，“反正我是告诉你，你可以拖下去，安琛可是老大不小了，你不为别人考虑也多为他想想。”

“哪里老大不小？明明再过两年都不迟！”初壹生气地反驳。文芳女士翻了个白眼，不想理她，推门出去了。

比起旁人的话语，来自亲妈的警告才是最致命的。

可能初壹之前对另一个生命的到来只是抱着一种陌生的害怕情绪以及略带异样的心情，但这样就多方催促，好像变成了一种必须完成的任务。初壹抗拒之下，又多了层说不清、道不明的反感。

她在网上看到过很多孕期相关的东西，有时候是新闻，有时候是怀孕的博主在上面分享自己的生活状况。

孕期的妇女总是有着各种痛苦，从刚开始的孕吐和身体难受，走路得小心翼翼，到后面手脚水肿，肚子大了之后行动更加困难，完全不能平躺着睡觉，有时候胸口还会被压得喘不过气来。

至于那些有一定概率会出现可能一辈子消失不掉的丑陋妊娠纹、身材变形、肌肤状态变差，甚至特殊情况并发的湿疹以及荨麻疹，每一样都让初壹胆战心惊，更别说最后分娩时的剧痛和危险了。

对当初那个孕妇因家人不同意选择剖腹产而又难以忍受痛苦从医院楼顶跳下来的新闻，初壹记忆犹新。能让一个人放弃自己的生命的痛楚，该是何等可怕？

而这一切的一切，仅仅是一个开始。

在新生命出生之后，从此她就会被迫转变为一个母亲的角色。

她要用生活中的大部分精力去呵护孩子的成长。

小孩儿刚出生的很长一段时间她得半夜喂奶，照顾孩子，忍受孩子无止境的啼哭。

孩子牙牙学语、蹒跚学步时，她要在一旁教导观察，保证他能够健康顺利地长大。

孩子上学，渐渐有了自己的认知，想法逐渐和父母不同，会进入叛逆期，会和父母产生分歧。

而这一切，都需要父母和家庭帮他树立正确的三观，引导他、教育他，让他往正确的方向走去。

教育一个孩子远比养育要难得多。

初壹承认自己是个胆小鬼，懦弱又自私，脑子里还乱七八糟地想得太多，从一件很简单的事情可以引申出一大堆想法，连未来几十年的事情都想象出来了。

但生小孩儿不是一句话的事情，她必须做好全部准备，为一个人负责，让他的人生能走得顺利，竭力为他提供幸福的生活。

而不是等到有一天，他难过无助地对着这个世界说：生而为人，我很抱歉。

春节过后，冬天也步入尾声，气温一天比一天暖和起来。终有一次，初壹出门时看到了路边光秃秃的枝丫冒出了绿色嫩芽。

她低头一看，冬日深埋地底的小草也都钻了出来，绿油油的，好像在同所有人宣告着春天来啦。

根据初壹的那部漫画改编的电视剧也杀青了，预计今年暑期档能播出。程栗依旧和高岭之花教授纠缠不清，据她单方面表示，似乎已经快要迎来胜利的曙光了。

乔安琛还是那样，忙忙碌碌，不过两人偶尔有空也会一起出门散散步、逛街吃饭什么的，关于孩子的事情，被默认搁置了。

若说这安逸舒适的生活有什么不好，大概就一点，太平静了。

初壹已经在家里玩得快吐了，被逼无奈，干脆爬起来开了一篇新的连载，进入勤勤恳恳的搬砖状态。

多亏了前段时间季木白带动的流量，初壹的新漫画连载第一天就人气爆棚，比以往的数据都要好。

她也不免撸起袖子摩拳擦掌，充满了干劲儿。

乔安琛下班回来，破天荒地没有看见初壹瘫在沙发或者床上抱着手机、平板电脑满脸恹恹地玩着，她是坐在书桌前埋头干活。

乔安琛咦了一声，神色有些诧异。

“初壹？”他叫了她一声。

初壹在百忙中抬眸，又飞快地收回视线：“嗯。”

“你回来了？”

“你在干吗呢？”乔安琛走过来探头看了眼，电脑屏幕上是黑白线稿，可以看出一个女孩儿的轮廓，线条秀气，挺好看的。

“工作啊。”初壹回了他一句。乔安琛挑了挑眉，没再说什么。

画稿是一件漫长又枯燥的事情，经常读者几页就翻完的内容，作者需要用一周或者更久的时间创作。当然，这是指初壹这种佛系漫画工作者。

今晚她的状态不错，等终于停下手中的动作，揉揉发酸的脖子，看了眼时间已经指向十一点半了。

初壹打了个哈欠，推开卧室门。

乔安琛还没睡，见初壹进来，抬头出声：“忙完了？”

“嗯……”初壹点了点脑袋，径直拿了睡衣去浴室。

等她出来，乔安琛已经躺下，一副要入睡的模样。

初壹掀开被子钻到他旁边，闭上眼，神色带了点儿疲惫。

“你最近钱够不够花？”乔安琛忽地问道。

初壹诧异地望过去：“怎么突然问这个？”

“你开始工作了。”乔安琛露出一脸沉思的表情回答，其间还认真地点了点头。毕竟在他的印象里，初壹已经在家闲了几个月了。

她每天除了出去和程栗吃喝玩乐，剩下的时间便是抱着电子产品玩，无所事事地闲适和快乐，和他的状态截然不同。

不知为何，每次他下班回来，一看到初壹舒服地躺在那里的画面，紧绷的神经好像一瞬间也松懈下来了。

“我有很多钱。”初壹听完他的理由，先是笑，随后小心翼翼、宛如做贼般在他耳边小声说道。

乔安琛转过头来，惊疑不定地看着她。

初壹开始掰手指头：“一个、两个、三个……六个、七个。”她认真地数着，最后仰起脸，天真无比地道，“七位数吧。”

乔安琛：“……”

“你忘了吗？”初壹提醒他，“我之前的漫画被改编成电视剧，光版权收入就差不多到这个数了。虽然我这几个月没有工作，但网站其实也有收益的，所以，我突然画稿不是因为没钱花了，而是已经玩腻了。”

“……”

乔安琛沉默许久，最后平静地说：“关灯吧。”

“你怎么了？好像不太开心？”黑暗中传来初壹的声音。

乔安琛顿了顿，回答：“没有。”

“那你怎么突然不说话了？”

“我只是……突然无话可说而已。”

“嗯？”

“你很厉害。”乔安琛揉了揉她的头夸奖道。

他只是没想到，自己的这位小妻子看起来总是长不大的模样，但在有的地方却优秀得令人难以直视。

这真是个很神奇的世界，有些人每天累死累活地加班，还比不上有些人每天在家吃吃睡睡。

乔安琛破天荒地体会到了 种莫名的心塞。

初壹的生日在四月，经历过去年那场惊心动魄的生日事件后，这次乔安琛是怎么也不敢忘了。

今年她的生日刚好是一个周末，两人提前就计划好要去附近的一座休闲山庄泡温泉。

岚城四季分明，四月刚回暖，身体里似乎还残留着冬日的寒意，去泡热气腾腾的温泉是再好不过了。

乔安琛的假期不多，他们能一起出去玩的时间实在太少了，初壹十分珍惜这次机会，老早便拉着程栗一起去商场买泳衣。

初壹试了好几身，都是那种少女清新甜美的风格，同时也略为保守。

程栗打量着她遮得严严实实的裙摆和胸前的布料，突然想起什么："对了崽崽，我当初送你的那几身衣服去哪里了？你用上了没有？怎么也不见售后反馈一下呢？"

"什么衣服？"初壹愕然，反应了好久才想起来，脸瞬间红了。

"没有！你脑子里一天天在想什么呢？"她娇嗔着，想起那几团从第一年七夕就被她塞在衣柜角落里的布料。

若不是程栗突然提起，她完全忘记了。

"都老夫老妻了，还有什么不好意思的？"程栗见她这副纯情小白兔的模样，忍不住翻了个白眼，"有时候男人就喜欢刺激知道吗？尤其是像你们这种已经结婚多年、生活一潭死水的夫妻，更需要偶尔增添一点儿情趣！"

直到逛完街回来，初壹脑中回放的还是程栗的那句话。她也不知为何，鬼使神差地就翻起了衣柜，竟然还被她找到了。

那几块薄如蝉翼的布料一直躺在衣柜的角落里，委屈地被揉成一团，这么久都无人问津。

初壹定定地盯了几秒，咽了下口水，然后迟疑地伸出了手。

两人出发去温泉山庄那天，天气正好，云层有点儿厚重，凉凉的阴天，微冷却又舒适。

乔安琛开车，两人带了个很小的行李箱，放着日用品和换洗衣服。

初壹看着乔安琛提着箱子出门，将箱子放到后备厢，不由自主地一阵心虚。

温泉山庄在市外，开车过去大概两个小时，有半截盘山公路，越往上，绿色葱郁的树木越多，空气也变得清新起来。

在城市里待久了，看多了车水马龙、钢筋水泥，乍然回归山林，初壹总有种淡泊宁静的安然感。

她趴在车窗上望着外面的风景，感受着迎面而来的微风，惬意地眯起了眼睛。

乔安琛分神侧头看了她一眼，初壹一副心情很好的模样，好像是刚放出笼的小鸟，他忍不住弯了弯嘴角：“喜欢这里吗？”

“嗯！”初壹点头，伸出手张开，感受着风从指间掠过，仿佛连灵魂都自由了。

“那下次我们有空再过来。”乔安琛说完，初壹哀怨地看了他一眼：“你上次去巴厘岛时也是这么说的。”

结果呢？他再没有机会和她一起出去旅游。

乔安琛也想起来了，脸上闪过一丝窘迫的愧意，轻咳了一声：“反正这里也离得不远，我们随时可以来。”

“再说吧。”初壹又趴了回去，兴致不高地应了句。

乔安琛没说话了，专心开着车。

两人抵达目的地时已经临近中午，这个温泉山庄三面环山，被大片树木包围着，浓郁层叠的绿色深深浅浅，透着一种世外桃源的清静感。

两人踩着青石板台阶进去，里头的建筑大部分采用了木材元素，浅黄色的实木，复古的砖墙，角落种了许多花，此时，月季正开得茂盛灿烂，风一吹，淡淡的花香袭来。

两人的房间是提前预订好的，一进门初壹就抢着去整理行李。乔安琛有些诧异，却还是先去推开了门窗，查看周围的环境。

阳台外面是一片山林，一望无际的绿色，景色非常好，除了偶尔传来清脆的鸟啼，周围安静得没有一丝人声。

房间里还有道后门，打开是一个中式庭院，种着花草和树木，中间有个很大的温泉池子散发着热气，周围铺着鹅卵石。

比起图片介绍实物几乎超出了预期，乔安琛很满意地点点头，回房正准备叫初壹来看一下时，就见她慌慌张张地在行李箱里藏着什么，脸颊还带着薄薄的红晕。

“初壹？”乔安琛疑惑地出声，方才还面色慌张的人立刻变得惊恐，抬起头睁圆了眸子呆呆地看着他。

乔安琛顺着她手上的动作看下去，发现了行李箱角落里的那一团不明物。他迈开步子，欲走近打量。

“你别过来！”初壹结结巴巴地道，脸颊滚烫，又羞又窘，脑中乱成了一团糨糊，感觉手里紧紧攥着的布料都染上了汗意。

她盯着乔安琛越走越近的身影，万念俱灰，身体的条件反射让她从地上弹跳而起，然后紧紧攥着手里的东西，冲进了洗手间。

“啊啊啊啊啊！”

伴随着一阵崩溃的尖叫，乔安琛眼前已经空无一人，接着哐当一声，洗手间那里传来了重重关门的动静，初壹还在欲盖弥彰地警告他：“你别进来！我上厕所！”

乔安琛：“……”

初壹从来没有一刻感觉这么羞耻过。她盯着手里薄如蝉翼的情趣衣物，恨不得冲过去把程栗打一顿。

她是疯了才会听程栗说的话吧？

初壹抱着头在狭小的洗手间里原地转圈，最后目光落在那个垃圾桶上。她立刻伸出一根手指，把扔在旁边的那几块小布料丢了进去，像是扔掉什么不干净的东西一样，而后还不放心地扯了纸巾盖住，保证一点儿痕迹都不露出来。

做完这一切，她长舒一口气，在盥洗台前拧开水龙头，抹上洗手液仔仔细细地把自己的双手搓了一遍，又对着镜子整理好表情，拍了拍热度和红晕退去不少的脸颊，鼓足勇气推门出去。

乔安琛还站在原地等待着她，在这个过程中顺便把初壹弄乱的行李箱重新整理了一下，把两人的衣服都挂到衣柜里，日用品拿出来摆好。

初壹刚平复好心情，一见到他立刻破功了，红着脸低着头。

“收拾完了？”乔安琛很贴心地问，绝口不提初壹方才的异样表现。

“嗯……”她声如蚊蚋，低不可闻。

“我带你去看看外面的温泉，景致很不错。”乔安琛推着她的肩膀往外走。初壹被迫走了两步，穿过后面那扇门，看到了庭院和温泉。

“哇——”霎时间，什么乱七八糟的东西都没有了，她脑子里只剩下对眼前一幕的惊艳赞叹。

“在这里泡温泉也太舒服了吧！”初壹忍不住走过去围着温泉池子转圈圈打量着。面前的庭院是露天的，周围都被树木围绕，大丛月季开在角落，红色和粉色花朵点缀在深绿的叶中。

幽幽的花香伴随着微风传来，清新自然，一边享受温泉的同时，他们还可以观赏四周的风景。

午饭也是山庄提供的，据工作人员介绍，食材都是附近农家自种送过来的。初壹一听，感觉原本嘴里平平无奇的青菜好像都显得分外美味。

吃完饭在山庄里头稍微参观了一下散步消食后，初壹就迫不及待地拉着乔安琛回去泡温泉，下午三四点钟的光景，有薄薄的阳光出来，初壹浑身都浸泡在热水中，十分惬意。

乔安琛看着初壹把温泉池子当成了泳池，在里头束手束脚地扑腾了两个回合之后，喘着气回到他身边瘫在池边。

“好累哦。”她出了一口长气，沉沉地叹息。

乔安琛摇头：“温泉是用来让你泡的，不是让你来游泳的。”

“我知道。这不是……按捺不住吗？”初壹看了他一眼，幽幽地道，“你不懂游泳爱好者对水的本能反应。”

乔安琛回忆了一下她的狗刨式，对她这个“游泳爱好者”保持观望的态度。

温泉泡起来着实舒服，初壹靠在岸边，鹅卵石圆滑冰凉的，盘子里还摆了饮料和瓜果。

她一抬头，就看到寥廓的天空中飞过一群鸟雀，身影蹁跹，淹没在了山林中。

“乔安琛，你看，这里还有鸟！”

“嗯，听说山里还有兔子呢。”

“真的假的？”作为从小到大就生活在城里的小孩儿，初壹很兴奋，满怀期待地问，“我们可以去抓吗？”

“不可以。”乔安琛转头望着她说。

初壹：“……”

两人泡了好一会儿，直到有点儿头晕，才无奈地离开。裹上浴巾前，初壹还有些恋恋不舍：“真想在里头待到地老天荒……”

“我们今晚、明天都可以来泡，想泡多久就泡多久。”

乔安琛很冷静地打破她此刻深情款款的抒情模式，初壹充满留恋爱意的目光立刻换成了一个大大的白眼。

泡久了就很想睡觉，再加上今天又开了一上午的车，没有午睡休息，换好睡衣两人便很默契地躺到了床上，各自消遣了一会儿后，依偎着安然睡去。

都没定闹钟，初壹醒来时天色暗沉，透过窗户望去，一片朦胧的灰黑色，云层散发着淡淡的光，把山峦林木笼罩其中，只剩下大致轮廓，房间更加昏暗。

脸旁有浅浅的呼吸，带着热气，背后是温热的身躯，胸前起伏平稳，乔安琛从后头抱着她似乎还没醒，初壹闭了闭眼，整个人没动。

她半梦半醒地又睡了会儿，不知过了多长时间，旁边的人好像动了动。乔安琛的手臂微松开了她，紧接着，又钻进她的衣服里往上移。

初壹还是睁不开眼，意识时而清明时而混沌，颈间、脸颊上传来一个个湿热的吻。她微微仰起头让他亲得更为方便，鼻间逸出一声嘤咛。

被子底下开始折腾起来，初壹的睡意渐渐消失殆尽，她握住乔安琛搂在她腰间的手掌，抠了进去。

初壹大半张脸埋在枕头里，轻咬住唇，闭着眼，脑中只剩下纯粹的欲望。

房间里的动静结束，窗外的天彻底黑了下来，平复一会儿呼吸后，乔安琛起身拧开了床头灯。初壹躺在那里，浑身虚软，露在外面的肌肤泛着浅粉色泽。

“去洗澡吗？”乔安琛穿好衣服问她。初壹拿下遮住眼的手背，嗓音还带着残留的哭腔，说话像是在撒娇：“我想去泡温泉。”

乔安琛脸上闪过一丝无奈之色，似乎不明白她对那个温泉怎么这么执着，不过还是俯身把她从被子里抱出来，扯了条浴巾盖住她的身体。

“好，我现在就抱你过去。”

身体再度沉浸在温热的泉水中，初壹微闭着眼发出一声满足的喟叹，刚睁开眼，就看到乔安琛准备迈步离去。她立刻伸手抓住了他的裤脚：“你去哪里啊？不和我一起泡吗？”

“我饿了，去订饭。”乔安琛回答。

初壹哦了下，有些不舍地松开了手：“那你要快点儿回来哦。”

“嗯。”

“我会想你的。”她又眼巴巴地看着他说。乔安琛顿了顿，屈膝半蹲在池边，伸手握住了她的下巴，弯下腰，印下无比缠绵深入的一个吻。初壹感觉自己快要缺氧头晕时，乔安琛松开了她，目光定定地注视她两秒，又凑近在她唇上碰了碰。

“好了，乖乖待在这里。”他沉声说道。

初壹被亲得脑子发晕，只知道呆呆地望着他。乔安琛打量她几眼，突然扯唇轻笑。

“傻。”他伸手拍了下她的头，起身走了。

初壹：“……”

怎么回事？男人是一吃过荤就荷尔蒙爆棚了吗？

她捂住自己的胸口，心脏跳动得有些剧烈。

初壹轻抽一口气，觉得刚才的乔安琛撩人得过分了。

他真是太过分了！

夜里的庭院又是另外一番光景，角落的树上挂着小巧的四方宫灯，夜风送来花香，似乎还有蛙鸣，初壹一抬头，就看见星子满天。

不过景色再美一个人欣赏也少了几分滋味，初壹没泡多久，听到外面的房间传来动静时，便准备起身。

拉开门，房间里的景象顿时映入眼中，初壹望着眼前的画面定住了。

面前充斥着昏黄的灯光，阳台落地窗不远处的桌上摆着饭菜，放了一大束新鲜的玫瑰花，点着蜡烛，在背后山景的映衬下，美得不可思议。

乔安琛双手捧着蛋糕站在那里：“初壹，生日快乐。”

他轻声说着，望向她的目光在灯影下莫名带了温柔和深情。初壹扶着门框，只一瞬间眼睛就红了。

过去的一年，面对乔安琛制造出来的盛大浪漫和惊喜场景，初壹没有哭，而在此刻，只是他简单的一句话，就让初壹红了眼眶。

一直以来的缺憾，似乎在这一刻圆满了。

初壹总说自己不在意了，过去的事便已经过去了，然而那个夜晚无望的等待和失落却终是变成了一个缺口，一点点地在心底被时间掩埋。

但现在，一切情绪终于消失了。

“乔安琛，谢谢你。”她死死地压着哭腔说，走过去用力地抱住了他。

“好了。”他拍了拍她的背，声音温和又含着无奈，“你快去换衣服，把我都弄湿了。”

“我不管，呜呜呜——”

“我一只手拿着的蛋糕要掉下去了。”

“啊！”初壹一听到这句话，立即松开他跳出了他的怀抱，盯着他右手上那个小蛋糕，捂住浴巾忧心忡忡地说，“你的衣服湿了没关系，蛋糕一定不能有事！”

“好了，快去。”

晚餐的菜色依旧十分可口，外面是山景，混合着夜风，显得清幽静谧，不同于城市里的喧嚣，安静得仿佛整个世界就只剩下他们两个人。

吃完饭切蛋糕时，初壹双手合十地许了愿，听着乔安琛低声给她唱着生日歌。一首歌渐渐到尾声时，她睁开眼，鼓起腮帮子忽地吹灭了蜡烛。

“如果愿望真的可以被实现的话，我希望能和乔安琛一直走下去，永远、永远不分开。

“等到彼此都老了，白发苍苍走不动路了，我们就一起坐在屋前晒太阳，相互搀扶着去公园散步，一起逗弄膝下的儿孙。

“我的愿望可能有点儿长，要是这次没有被听到，那么没关系，下一年我再许一次。

“它总有一天会实现的。”

从温泉山庄回来之后，初壹觉得自己好像更黏乔安琛了，只要两个人待在一起，就想蹭到他身上。

原本临睡前两人是各忙各的，现在初壹看着看着手机，就要钻到乔安琛怀里抱着他撒一下娇才滚出来。

他满脸无奈，只能揉揉她的脑袋。

初壹的头发长长了很多，快到肩膀了，多了几分少女的清丽，少了几分稚气，两人一同走出去时也不会被人用异样的眼光打量了。

不知不觉已是夏天，乔安琛最近晚归的次数增多，初壹会忍不住给他打电话、发信息，问他具体什么时候回来。

他抽空会回复她，只是内容十分简短，好像百忙之中抽空应付她这点儿小事。

同时他的假期也减少了，以前他偶尔还会有双休，现在连单休都在摇摇欲坠。

乔安琛给出的理由是最近检察院里压了很多案子，这个流程是有期限规定的，他们必须在一定时间内处理完成，决定是否上诉或者证据不足退回重查。

初壹能理解，毕竟作为案件当事人，肯定在另一边更加心急如焚、坐立不安地等待着。

乔安琛前段时间稍显轻松，估计是因为天下太平，案件不多，现在重新回到加班模式了。

两人能待在一起的时间少得可怜，乔安琛每晚回到家都是倒头就睡，就连一周两次的夫妻生活都被迫取消了。

初壹那一颗燃烧的少女心也渐渐冷静了，回到了正轨。

对的，这才是生活。

之前的种种只是生活中偶尔才有的一点儿小浪漫而已，她不能奢求每天都有。

初壹现在的心理建设十分到位。

不过乔安琛加班有个显而易见的好处，就是她不用每天做饭了，同时也不用买菜了，理直气壮地宅在家，可以几天不出门，沉浸在二次元的世界里。

只有晚上他回来时，两人简单地聊上两句。

季节交替，衣柜里的衣服也随之变化，去年夏季的衣物很多不能穿了，当然不是坏了或是破了，而是配不上今年的自己了。

周六初壹和程栗约了一起去逛街，两人在商场里试试买买，十分悠哉。初壹看到某家男装品牌有打折的T恤，棉质的布料摸起来挺舒服，款式也简单大方。

她在里头挑挑拣拣，给乔安琛拿了两件，都是白色的。

程栗在一旁调侃："哎哟，自己就穿刚推出来的新款，给人家就买打折的T恤，真是贤妻啊……"

"我要是不给他买，他还得每天穿破洞的呢。"初壹神色未变，手里已经提着那两件衣服准备去结账。

最近天热，她也很久没出来逛了，乔安琛在家经常穿的T恤都已经洗得越来越薄了，于前段时间正式破了个小口子。他也不说，还是初壹晾衣服时发现的。

这个人，眼里除了工作就没其他东西了。

刚结婚那会儿，初壹发现他的衣服都是同款买上三四件，基本一个季度补一次，丝毫不在意这些细枝末节。

平时有什么不能用了他也将就着过去，等到空出时间来再去处理。

这家男装品牌挺不错的，初壹时常在这里给乔安琛买衣服，店内挂出不少新款，样式新颖好看。

她随手翻着，想着来都来了，就顺便一起多买几件。

"话说，你家那位最近忙不忙？"程栗也在架子上挂着的一排排衬衫上看着，随口问她。

初壹习以为常地答："他哪天不忙？不过最近他更忙了点儿而已。"

"难怪，都不见你在朋友圈秀恩爱了。"程栗哼笑了一声，"又回到了你平静如死水的婚姻生活了吧？"

"这叫细水长流，你懂不懂？"初壹斜睨了她一眼，不掩蔑视地道，“单身狗。”

“啧。”程栗停住手上的动作，意味深长地看着她，“初壹小同志，我发现你现在觉悟挺高啊。”

“还行吧，毕竟也都是老夫老妻了。”初壹莫名感慨，微微叹息，“现在想想如果哪天真的和他分开还挺不习惯的，哪怕忙起来我也只能晚上才见到他，不过要真让我一个人出门几天，估计也不适应了。”

“怎么？晚上一定要抱着你男人你才睡得着觉？”程栗想翻白眼，又忍住了。她实在受不了这种已婚妇女提起老公满脸眷恋的样子。

怎样？像她这种没有老公的人就活不下去了吗？

“算是吧。”初壹思索了一下答，火上浇油地道，“习惯了两个人睡，突然一个人肯定会失眠。”

“……”程栗感觉胸口像是中了一箭。

“对不起。”她默了默，接着面无表情、语气无波地开口，“没感受过这种每晚和老公一起睡的滋味，体会不了你的心情。”

初壹忍俊不禁，余光看见她手里提着的灰色衬衫，诧异地挑眉：“干吗？你要买？”

“不行吗？”程栗还是那副扎心至极的模样，态度不太好地答。

初壹好奇地追问：“你买给谁？你爸吗？叔叔好像不太适合这个款式吧？”

程栗：“初壹！你别欺人太甚！”

“我怎么了？”初壹无辜地眨了下眼睛，理所当然地说，“你和那个大学教授不是老死不相往来了吗？”

程栗前段时间一大清早就哭着给她打电话，说自己酒后失德把人家给侵犯了，以后再也没脸见人了，要出国去躲几天冷静冷静。

而现在刚好是她归国后两周。

“……”程栗选择性跳过这个话题，看着初壹提着一堆男装去结账，也不甘示弱地看了眼手里的衬衫，莫名就觉得很适合某人。

她也仰着小下巴、踩着高跟鞋噔噔蹬地走过去，把衣服往柜台上一扔，精致的红唇开合，十足自信地吐出两个字：“结账。”

初壹买给乔安琛的衣服，他下班回来简单试了一下，意料之中地合身。

他又换回来，顺便问她："今天去逛街了？"

"嗯，和程栗一起。"初壹看着他脱衣服的动作，乔安琛毫不掩饰，就在她面前扯掉T恤，然后穿上今天的短袖衬衫。

眼见奶白色的肌肤连同那片腹肌都被挡住，宛如昙花一现般出现又消失，初壹略为遗憾地收回目光："你快去洗澡吧，累了一天了。"

"好。"乔安琛拿了睡衣进入浴室。

看着他的背影，初壹又突然想起什么，冲里头叫道："对了，我今天买了新的洗发水，就旁边那个褐色瓶子，防脱发的！"

乔安琛准备拧开关的手顿住，他重新打开门，探出头来，皱眉问道："初壹，你什么意思？"

"不是……"初壹被他的反应弄得迷惑了，有些蒙地答，"我最近头发掉得厉害，所以就去搜了比较好的护发牌子，换了新的。"

乔安琛听完没说话，只定定地看了她几秒，然后收回身子，重新关上门。

初壹回想着他之前那复杂难辨的目光，后知后觉地回过神来。

他不会以为她在骂他吧？那她可真是被冤枉。

乔安琛的头发浓密茂盛得连她都嫉妒，也不知是基因好还是作息良好的关系。初壹觉得中年危机常出现的秃头和发福现象和他是绝对沾不上边的。

初壹原本是想等他出来再和他解释一下的，但是太晚了，再加上她又逛了一整天的街，躺在床上没多久就睡了过去。

她一觉起来已经是第二天，乔安琛早就上班去了。

之后初壹也忘了这件事，反正两个人经常这样，有些时候还真像是一对异地恋的时差男女，话说到一半不见人太正常了，话题能否在隔日衔接上全靠缘分。

吃了一段时间的外卖，初壹自己先受不了了，心情好时也自己做饭。

这大半个月乔安琛似乎瘦了点儿，初壹考虑晚上要不要给他炖个汤加餐什么的，这好像是个不错的选择。

初壹咨询了这方面的“专家”文芳女士，几番探讨之后，决定先从最简单的汤下手。

以前初壹也煲过汤，但乔安琛好像不是很爱喝，她妈一听就知道原因了。

“肯定是你煲得难喝！我给你爸煲的汤他每次喝得连渣都不剩！”

“行吧……”

乔安琛这晚回来照例是十一点了，初壹强忍着没睡，虽然提前给他发了信息，但还是要看到他亲口喝下去才满足。

她今天煲的是天麻枸杞鸽子汤。初壹觉得自己在厨艺方面还是有点儿小天赋的，毕竟第一次实验就很完美。

她自认为是完美的。

因为初壹尝了下味道，确实很不错，咸淡正好，香而不腻。

她坐在餐桌前看着乔安琛埋头喝汤，静谧的夜里，昏黄的灯光下，心中涌起一种不知名的感动和满足的情绪。

这大概就是古往今来无数女子愿意为了另一半洗手作羹汤的原因吧。

“好喝吗？”乔安琛的动作有些快，几大口汤就见了底，初壹期待地问。

他用纸巾擦了嘴，点了点头：“好喝。”

“那明天晚上再给你煲。”初壹开心地说。

乔安琛动作一顿，随后神色委婉地回答：“不用了，这样你太辛苦了。”

“没关系，反正我在家也没什么事。”初壹立即开口，依旧是喜笑颜开的模样。

乔安琛缄默几秒，还是忍不住说：“那个……其实我不怎么喜欢喝汤。”他试探着看向初壹，语气带了几分小心翼翼，“所以明天可以不喝了吗？”

“……”初壹心中的欢喜瞬间冷却，比起冰窖也相差不了几分。

她默然，随后调整好情绪道“哦。”

“那没事，你不喜欢就算了。”她抬头看向乔安琛，挤出几分笑意，温和地说，“你去洗澡吧，我来洗碗就好了。”

乔安琛打量了她几眼，最后慢吞吞地拉开椅子起身，还面带迟疑地问她：“那我去洗澡了？”

初壹温柔浅笑地颔首：“去吧。”

乔安琛觉得有些怪异，又说不出哪里怪，只能一边往房间走一边抓了抓头发，茫然地思索着。

待他离开，初壹脸上的笑容顿时消失得一干二净。

男人，真是不能对他太好。

太好了他就不知道珍惜了！

她恨恨地把碗丢进水龙头下冲洗，仿佛把它当成了乔安琛一样蹂躏。

回到房间，时间快要指向十二点了，初壹强撑着睡意，没有灵魂地刷着手机。

乔安琛洗澡还没有出来，她正昏昏欲睡之际，耳边传来微微的振动，似乎是他放在床头柜上的手机响了。初壹探身一望，有个陌生号码来电。

她扬起嗓子叫了乔安琛两声，浴室水流哗啦啦地响，掩盖了她的声音，乔安琛没有回应。

初壹见状又躺了回去，没去管。

只是来电动静刚歇，那头的人又不依不饶地拨了过来，似乎不达目的不罢休。

初壹不是没有替乔安琛接过电话，尤其是像这种陌生号码，大多是推销的，不过乔安琛一般很少接到，初壹撞见的两次都是他接完立刻随手举报了。

当时她就恨不得为他竖起一根大拇指，真不愧是为人民服务的人，自觉性就是比一般人强。

初壹见对方这么执着，没多想，探手过去直接拿起手机滑开，喂了一声。

里头却没有一点儿声音，不知道是信号不好还是对方没听见。初壹又加重音量喂了两声，那边的人突然挂了电话。

初壹听到听筒里传来的嘟嘟声，满脸疑惑地放下手机，顺便翻了下，上面确实没有以往的通话记录。

大概是谁打错了吧。

没一会儿，浴室里的动静停住，乔安琛擦着头发出来。初壹和他说了那个陌生号码的事情，他诧异地挑了下眉，随后漫不经心地走过来拿起手机摁了摁。

他随手回拨了过去，手机贴在耳边，初壹隐约好像听到了一道女声，接着乔安琛的脸色有些异样，随后他放下毛巾走到了外面，还顺手关上了门。

房子的隔音效果很好，外头一点儿动静都传不进来，初壹竖起耳朵全神贯注地听了几秒，最后放弃挣扎，有气无力地躺在床上。

第十章　我爱你

这通电话打得过于漫长，初壹已经在床上哈欠连天，睡眼蒙眬，意识摇摇欲坠之际，终于听到了推门声。

她睁开一只眼睛，看向乔安琛，口齿不清地问："是谁啊？"

"一个以前案件的当事人。"他很随意地答道，掀开被子上床。初壹没再追根究底，动了动，调整了个舒服的姿势睡去。

她没把这通电话放在心上，只是自那天后，临睡前乔安琛的手机偶尔会收到新消息，他会放下手上的事情认真回复。

初壹从来没见过乔安琛和谁发过消息，尤其是在休息时间。

"你在干吗啊？"她实在忍不住询问，乔安琛却立即按灭了手机，摇头道："没事。"

"和谁发消息呢？"初壹眯了眯眼睛质疑。乔安琛看向她，慢吞吞地答，依旧是那副说辞："上次那个当事人。"

"男的女的？"初壹这次不依不饶，追根究底起来。

乔安琛顿了顿，似乎在思考怎么回答。初壹一动不动地盯着他，心头有些忐忑。

她也不是不相信他或者什么。乔安琛的道德底线比起普通人都要高，初壹完全不担心他会做出什么对不起她的事情。

她只是觉得他有事情瞒着她，两个人共同生活了这么久，彼此已经是最亲近的人了，乔安琛在她面前从来不设防，两人之间突然横亘了一件事不可说，初壹有点儿不舒服。

尤其是电话里传出来的声音是女声。

乔安琛虽然智商超群，可在异性感情方面太过简单，几乎是被她一点点调教出来的。

万一来个手段更高明的狐狸精，初壹害怕他会被骗。

她才不会说自己还是放心不下！

网上关于出轨的帖子层出不穷，平日里好上天、一副老实脸的二十四孝好男友、好老公更是高发人群，只有你想不到没有他们做不到的。

乔安琛的烂桃花有多少初壹不是不清楚，去外面吃饭她上个洗手间的工夫都有人来搭讪。这些她当然不会放在心上，但就怕那种工作上不得不接触的人，然后日积月累地相处，如果对方再使一些小手段……

初壹想想就要窒息了。

她回忆了一下，这段时间两人似乎许久没有好好待在一起过了，晚上回来乔安琛连话都不想多说，更别提夫妻间的亲密行为了。

这一切的一切，都很符合出轨前的预兆。

初壹脑中猛地一个激灵，从自己不着边际的臆想中醒来，与此同时，乔安琛极其缓慢地看了她一眼，回答："女的。"

这两个字的信息量太大，再加上初壹方才想象出的一场大戏，一时间思绪万千，无数问题涌上心头，竟不知先问哪一个才好！

她就这样睁大眼愣愣地看着乔安琛。空气安静，半晌听不到她开口，乔安琛抖了抖被子，准备睡觉。

"不是……那大晚上的，人家找你干吗呀？"明明自己才是正义的那方，初壹也不知道为什么会如此没有底气？

她声音弱弱地问着，更像是在委屈地撒娇。乔安琛已经抬手关了灯，闻言声音毫无波澜地传来："一些以前工作上的事情。"

他躺下，伸手揉了揉初壹的脑袋，嗓音低柔了些，带着几分搪塞地哄她：“好了，快睡觉。”

初壹的脑子已经乱成了一团糨糊。

工作、女人，这两个词串联在一起，简直和她设想的情况一模一样。

就连往日让她心动的摸头杀，在此刻看来都无比敷衍。

这简直是渣男的标配！

为了堵住她的嘴，让她安静，他散发出了比以往都要温柔的气息，把陷入爱情的无知女孩儿骗得团团转！

初壹埋在乔安琛的怀里，咬着唇，心里像是有蚂蚁在爬，恨不得立刻坐起把他摇晃一通，让他一五一十地交代清楚。

不，她不能无理取闹。

初壹死死憋住，唾骂自己想得太多。

作为一名漫画家，初壹的优点是想象力丰富；作为一名妻子，初壹的缺点就是想象力太过丰富。

之后的几天风平浪静，她也清醒了一点儿，不明白那天晚上怎么就因为一个电话、几条消息陷入了铺天盖地的恐慌中。

一切如常，只是乔安琛依旧忙碌，晚上初壹看到时间指向十点，就开始心不在焉。或许是残留的不安在作祟，她咬了咬手指，忍不住拨通乔安琛的电话号码。

以往她都是发信息去问他的，这样比较不会打扰他，但是今晚不知怎么回事，就很想听一下他那头的动静。

听筒里的嘟声响了很久都没人接电话，初壹越来越心慌，又开始情不自禁地脑补。她猛地挂掉电话，拍了下自己的额头。

算了，她还是去找小高聊天吧。

过了好久，仿佛有一个世纪那么长，乔安琛才给她回过来电话，初壹手忙脚乱地接起，听到他那头平稳的声音：“初壹？我刚才在忙没听见。”

“啊，我就是想问你什么时候回来。”初壹低声说。

乔安琛答复：“我现在在开车，大概半个小时就到家了，你困就早点儿睡。”

“好，你小心一点儿，我等你回来。”

通话结束，初壹看了眼时间，已经过去大半个小时。她抿了下嘴角，愁眉不展。

手机嗡嗡振动，新消息接二连三地进来，初壹点开，只看到对话框里小高满屏的嘶吼。

“小初！你跑哪儿去了？怎么突然就不回复我了？”

“你是不是被妖怪抓走了？”

“是那个名叫乔安琛的大妖怪吗？他夺走了我的小初，呜呜呜——”

初壹扑哧一声笑了出来。

和小高聊天时间不知不觉就过得飞快，心情也恢复如常，轻快无比，但是听到门边的动静时，初壹还是立刻扔掉了手机下床穿上鞋跑出去。

“你回来啦！”她欣喜地看向乔安琛，噔噔蹬地小跑过去扑到了他怀里，张开手一把抱住他。

乔安琛站在玄关处，被她冲撞得后退了一步，掌心扶在她的脑后，满身的疲惫都化为柔情：“怎么突然这么热情？”

头顶传来含笑的声音，初壹弯起嘴角，正准备仰脸答话，鼻间忽然飘来一丝陌生的香味，像是开败的玫瑰花，馥郁浓烈，让人从心底涌起一阵厌恶感，陌生至极。

她整个人都僵住了，难以置信地抬头，接着立刻踮起脚凑到乔安琛的颈间、领口、肩膀处轻嗅。

“怎么了？”乔安琛被她的反应吓到了，侧头看她，不安地动了动。初壹停住动作，站在那里面无表情地审视着他：“你身上怎么会有香水味？”

“有吗？”乔安琛抬起手闻了闻，接着蹙眉，随口回道，“可能是不小心沾上的吧。”

“在哪里不小心沾上的？”初壹不为所动，声音毫无情绪地追问。

乔安琛眉间的皱褶更深了：“刚才去了一趟警局，那边抓获了一起酒吧闹事案件涉案人，里面有不少女性，可能是在那里沾到的。”

听到他的回答，初壹脸上神色稍松，乔安琛不会说谎的，她知道。

浑身爹开的毛孔又收敛回来，身体仿佛经历了一场惊心动魄的灾难，初壹平复下情绪，缓缓道：“知道了。”

“初壹……”乔安琛望着她欲言又止，似乎想说什么，初壹立即打断了他的话。

“你去洗澡吧，我也困了，早点儿休息。”她说完立刻转身往房间走去，过了会儿，身后传来缓慢的脚步声。

临睡前关了灯，乔安琛照例抱住她，身上已经恢复成初壹熟悉的沐浴露的香味。她环着他的肩膀，在黑暗中突然侧头去吻他。

乔安琛愣了下，还是配合着，唇舌间湿热的气息相缠，没亲多久，两人就分开了。

“睡吧。”他又亲了亲她的额头说。

初壹以往都很听话，但今天不知哪根筋不对，很迫切地想要什么东西来安抚心底压抑着的惴惴不安的情绪。

她并没有安定下来，反而埋进了乔安琛的颈间，舔着他温热的肌肤，接着张开唇，用牙齿细细地磨着。

耳边传来一阵抽气声，乔安琛搂着她的手紧了紧，初壹微微抬头，含住了他上下滚动的喉结，这次用了力气，不轻不重地咬了一口。

应该会留下牙印了吧？她脑中胡乱地想着，接着整个人被乔安琛压在了身下。他伸手捏住了她的下巴，初壹的嘴唇被迫分开。

“学会咬人了？”

初壹瞪着他不答，眼睛很亮，即使没有开灯依旧能感受到灼灼的热度，乔安琛定定地看了她两秒，接着俯身堵住了她的唇。

轻而易举地便被攻城略地，初壹被他捏着下巴，嘴唇都合不上，来不及吞咽的液体顺着嘴角缓缓地流了出来。乔安琛终于松开她，大拇指用力揩过，帮她擦拭干净。

初壹的气息终于平稳几分，她刚准备骂人，乔安琛已经再度亲了下来，呼吸急促而热烈，不同于上次的单纯无欲。

初壹被揉得脑子发晕，同时还伴随着细微的疼痛，忍不住低喃：

“疼……”

乔安琛似乎顿了下，接着温柔了许多。不知过了多久，初壹被换了个姿势，脸埋在枕头里，呼吸有些困难，大脑类似于缺氧般一片空白，眼前却又闪过火花。

她的眼角浸出了泪意。

乔安琛去上班时，受到了不少打量。

他拉开椅子在办公桌前坐下，恰逢领导拿着案件资料过来找他，对方的目光一接触到他，立刻顿住，年近四十岁的人脸上闪过意味深长的神色。

“小乔啊，昨晚战况激烈啊。”

乔安琛极力压住窘迫感，面上保持平稳，用惯有的沉静神色问：“张检，有什么事吗？”

“啊，有个事情和你说一下。”

两人认真沟通了一番，待领导走后，乔安琛略松一口气，正准备打开电脑开始工作时，不远处的一位女同事凑了过来，压低声音神秘兮兮地说：“乔检，要不要把我的遮瑕膏借你用一下？”

“……”乔安琛一时答不上话来，对方当他默认，直接回到位置上打开抽屉，给了他一盒小小的东西。

“这个，擦上去就可以了，一层不行就多擦几层，总会遮住的。”女同事指了指他的喉间，抑住笑意，略带同情地拍了拍他的肩膀，走了。

乔安琛看着面前的盒子，默了默，还是伸手打开，里头除了几格不同肤色的膏状物之外，盒盖就是一块小镜子，刚好映出他此刻的模样。

熟悉的面容，没什么表情，往下是修长白净的脖颈，微凸起的喉结上有一个淡淡的牙印。

印记很细很浅，不是特别清晰，却也不容忽视，存在的地方更是惹人遐想，一眼便能让人知道发生了什么。

乔安琛顿了两秒，推开椅子起身，将桌上的小盒子紧攥在手中，接着身影消失在洗手间内。

遮瑕的效果立竿见影，至少没有人再往他的脖子上看了，但是乔安琛不知道有种东西叫补妆。

不过好在到了晚上那个牙印浅了很多，即使遮瑕效果不明显了也不算引人注目。

初壹一整天都沉浸在羞愧中走不出来。她回想着自己昨晚的所作所为，简直像是被魔鬼附身，脑子一热就做出了不可挽回的事情。

她早早地窝在了被子里，听到乔安琛开门的动静，忙拉高被子蒙住头，没脸见人。

其实她还有点儿生气，气自己也气他。

乔安琛在衣柜旁单手解着衬衫扣子，另外分神找着睡衣，目光时不时落在床上，整个过程，到他进去浴室，初壹都没有抬起头看他一眼。

最后睡觉了，乔安琛拉开被子躺下，初壹也是在一旁装死，紧闭着眼睛欲盖弥彰。哪怕感受到了投在脸上的视线，她也不想睁开眼睛和他有什么接触。

乔安琛定定地看了她几眼，然后抬手关灯。

两人并肩躺下，一动不动，安静得宛如死人。

“初壹。”最后还是乔安琛受不了这压抑的气氛，突然出声，语气平板无波，“我今天被人笑话了。”

“什么？”初壹处于神经紧张状态，一下没注意听，随后又回过神来。

“笑话你什么？”她问完，好像忆起了什么。

应该不会是她想的那样吧？

“你在我的脖子上咬了一口，留下印子了。”乔安琛转了个身，气息靠近，似乎在看她。

初壹的脑袋轰的一下，开始发热。

昨晚反常的举止纯属当时太过情绪化，单纯为了泄愤，初壹没想被人发现。

她现在一想到乔安琛在检察院里顶着被她咬出来的痕迹承受着旁人打量的视线，就忍不住想以头撞墙。

“那你……不知道遮一下吗？”她抖着嗓音说。

乔安琛顿了顿，回答：“遮不住。”

“现在还有吗？”初壹已经在飞快地思考着用粉底或者遮瑕膏能不能掩盖下去，或者直接贴个创可贴？不行，那样更加引人注目，简直此地无银三百两。

她正胡思乱想着，不防手被人抓住。乔安琛握着她的指尖来到喉间，然后按了上去：“你自己摸一摸。”

初壹的脑子炸了。

手底下的触感有些柔软，还随着他说话的动静上下滚动着，有着特属于肌肤的温热。

她猛地缩回手，结结巴巴地道：“摸……摸不出来。”

“好吧……”乔安琛的叹息里似乎还带了丝遗憾，接着他又开口，“初壹，你过来。”

“嗯？”

“我要抱着你睡。”

“……”

尽管有些别扭地不情愿，初壹还是慢吞吞地挪过去。乔安琛搂住她的腰，把脸搭在她的头顶，下巴轻轻蹭了蹭，嗓音温柔地道：“晚安。”

晚安，初壹在他怀里无声地说。

微风和煦的夏日午后，甜品店的空气中充斥着奶油的香甜，工作日的下午人不多，整个店内很安静。

忽然，角落某处传来一道高亢的女声：“什么？你说乔安琛和一个女的每天晚上发消息？”

“你小声点儿！”初壹连忙伸过手去捂住程栗的嘴，环顾四周，小声道，“没有每天，就先前有几晚，最近很少看到了。”

“不是还打了电话？”程栗如临大敌般紧皱着眉头，一副像是要去打仗的样子。

“就一次，还是我接的。”初壹搅拌着面前的奶茶，愁眉不展地道。

“栗子，你说是不是我想多了？”说完，没等程栗回答，初壹又自顾自忧郁地叹了口气，“唉，只是因为一个电话就被弄成这样，乔安琛也不可能不和异性接触吧？主要是我问他的时候，感觉他好像瞒着什么，我就很不舒服。”

“你要小心，崽崽。”程栗满脸严肃地警告她，“你忘记我的教训了吗？我当初就是对赵乾那个人太放心了。你别说，要不是收到那个‘小三’的消息，我估计一辈子都发现不了他在外面有狗了。

“所以说男人有时候想做些什么，是完全可以瞒天过海的。”

初壹原本只是想和程栗倾诉一下的，结果心事没解决，心情反而愈加沉重了。

她觉得自己这样不行，于是把荒废已久的甜品课程重新捡了起来，上午画稿，下午出门上完课，晚上再去练两个小时的瑜伽，一天时间安排得满满当当。

比起以前只知道苦苦等候着乔安琛回家，初壹一个人在外面晃荡虽然有点儿寂寞，却充实很多，每天回来洗完澡再看两集电视，乔安琛就下班了。

一切还是同往常一样，他也没有其他不对劲儿的地方。初壹开始唾弃自己，真是太爱胡思乱想了，夫妻之间连这点儿最基本的信任都没有。

于是为了弥补前段时间的任性，初壹又开始给乔安琛煲汤了。

虽然他还是不太情愿喝，但是良药苦口啊！

不，补汤苦口，眼一闭、头一仰，他就喝下去了。

初壹就是这样义正词严、无比坚决地对他说的。

行吧，也不是什么不能接受的事情，乔安琛隔三岔五地喝了一段时间，竟然还有点儿习惯了，有时候加班回家太晚胃里空空的，还会想念初壹煲的汤。

补汤有没有效果不知道，但是乔安琛明显感觉自己的气色好像好了许多，工作一天的疲惫感貌似有所减轻。

连续几日的大太阳，今天终于下了点儿雨，初壹上完甜品课，和班里几位同学约了晚饭。里面有个女生是吃货，对方圆百里稍有名气的店面如数家珍。

几个人商量了一下，准备一同去吃牛肉火锅。

刚好今天天气凉快，几个人简直一拍即合，火锅店离上课的地方虽然有点儿远，但那位女同学保证味道绝对一流。

为了满足味蕾，这么点儿距离算什么？正好有人开了车过来，所有人坐进去绰绰有余。

一行人浩浩荡荡地朝火锅店进发。这家店不愧是被人极力推荐的，味道确实不错，初壹都吃撑了，大家都扶着腰出门。

开车的那位同学很客气地说送他们回家，但每个人的方向都不一样，最后把顺路的载了，其他各自回去。

初壹没有人同路，她和剩余的几个人告别之后，低头在手机上搜索着路线。

这边离她家挺远的，打车都要四十来分钟，偏离了市中心，附近建筑环境也都带着一种破败的荒凉感。

她还是第一次到这边来，手里打开了叫车软件，顺便打量着周围。

前面刚好有家挺大的生活超市，初壹想着有两天没给乔安琛煲汤了，干脆去逛逛，免得回去再折腾。

于是她收起手机，脚下换了个方向。

虽然这边环境不怎么样，但超市里的东西种类都挺齐全，初壹原本只打算买点儿食材的，却不小心拿了一堆东西，最后只能拖来一趟购物车。

结账时装了两大袋子，初壹提着东西埋头往前走，不远处就是马路，有出租车停靠站点，她加快了脚步。

雨很小，细丝一样，落在脸上几乎没有感觉，初壹也懒得打伞，反正前面就有躲避的地方。

超市附近大概是居民区，此刻是下班时间，大家都出来了，路上人挺多，霓虹灯把黑夜照得亮如白昼，每张陌生的脸上仿佛都带着同样的表情。

初壹的目光不经意地掠过某处，在重重陌生的人影里似乎看到了熟悉的身影，她不敢相信地眨了眨眼睛，视线定格在那里，终于看清楚了。

那个人竟然真是乔安琛。

初壹睁大眼睛，认真打量。

就在和她相隔不远的一条马路对面，乔安琛和一个陌生的女人并肩走着，他手里提了两个很大的袋子。靠着自己良好的视力，初壹认出了袋子上的标志跟她现在提着的是一家超市的标志。

而他旁边那个女人正给他撑着伞，不知在说什么，清秀的脸上带着温柔的浅笑，时不时侧头望着他，眼中仿佛含着晶亮的光。

这是初壹很熟悉的、经常在自己眼里才有的东西，只有乔安琛才能带给她的东西。

手里的袋子仿佛有千斤重，初壹感觉手腕发软，指节疼痛，怎么提都提不住了。

哐当一声，两个大袋子终于坠到地上，底部沾了路面上脏污的泥水。初壹从包里掏出手机，指尖不易察觉地颤抖着。

她拨通了乔安琛的号码。

听筒里传来嘟声，响了两下，初壹很清楚地看到，乔安琛把一只手里的袋子放在另一只手上，从口袋里拿出手机。

他抬起手，将手机放到耳边，接着电话被接通了。

“喂？”熟悉的声音通过电波传过来，似乎带了点儿陌生感，初壹控制好情绪，开口问：“你在哪儿？”

“准备去吃饭，怎么了？”他的语气很平稳，听不出一丝异样，有一瞬间初壹觉得是自己多想了。

“你和谁一起吃饭？”初壹不带一丝情绪地问。乔安琛在那头顿了下，随后回答：“以前案件的……当事人。”他中间有几秒的停顿，似乎在思考着措辞，初壹立即想起了之前的电话和短信。她正准备质问，说“我看到你了”，就见乔安琛身旁的那个女人无声地朝他说了什么，接着要从他手里接过袋子。

乔安琛躲了下，然后立即出声："初壹，先不跟你说了，我在外面，吃完饭很快就回家。"

他的语气即使依旧平稳，但里头的急迫感已经呼之欲出了，初壹感觉心彻底沉到谷底了，突然失去了刚才的全部勇气。

她一句话都说不出来，听到乔安琛又在那头叫了她两声，才如梦初醒，无意识地回答。

"哦。"她随口答应，感觉耳朵嗡嗡的，几乎听不到自己的声音。

"我很快就回来了。"乔安琛又强调道。初壹的手无力地滑落，按了挂断键。

蒙蒙细雨中，初壹看到马路对面的乔安琛收起手机，和旁边的女人一同往前走着，两人并肩而行的背影消失在转角处。

雨不知何时大了起来，丝丝凉意在盛夏的夜里依旧不容忽视。

初壹站在原地，突然从头寒到了脚，抱着自己莫名地打了个哆嗦。

失魂落魄地回到家，初壹手里还提着袋子无意识地往前走着，突然经过路边一个垃圾桶时，如梦初醒，想起今晚特意给乔安琛买的鳗鱼和乌鸡，更是怒从心头起，直接停在垃圾桶前面，翻开购物袋，从里头拿出这两样东西重重地丢了进去。

吃！他想得美！

初壹回到家里，把两个大袋子往地上一扔，气呼呼地坐在了沙发上。心中的悲痛和难过此刻都化为了怒火，她只后悔自己刚才怎么不拍两张照片，证据确凿，看他怎么说。

乔安琛倒是没隔多久就回来了，初壹已经思考起离婚后财产分割的问题。两人婚后的财产一直是分开的，但是乔安琛硬塞给了她一张卡作为家庭开销用，所以初壹的钱基本没怎么动。

房子、车子都是乔安琛婚前买的，和她没关系，初壹想到时候就各回各家，也简单方便。

乔安琛推开门时，就见初壹背挺得笔直地坐在那里，客厅开着灯，分外明亮，她板着脸神色严肃，嘴角紧抿，眼神凶巴巴的，不知在想些什么。

“初壹？”他换好鞋，疑惑地叫了她一声。

“怎么坐在那里？”乔安琛望着她往前走去，却不防脚下踢到了一袋重物。他低头一看，瞥见了袋子上面那个超市的名字，有点儿熟悉。

乔安琛无意识地想着，脑中突然闪过什么。

今天他见到白岚的时候，好像就在这家超市前面。

他抬起头，目光和初壹对上，那双往日盛满了笑意的眼睛里，此刻都是受伤和愤怒，她正气势汹汹地瞪着他。

“初壹，你今天看到我了？”乔安琛问，走过去站在她面前。

初壹仰着头，盯着乔安琛坦然的面容，破罐子破摔地说：“对，我看到你和一个女的在一起，她帮你撑着伞，你还提着两个超市的袋子，打电话过去问你结果却在那里敷衍我。你们是不是还一起去逛超市了？”

“没有。”乔安琛回忆了一下当时的情况，还有那通电话内容，“我是去吃饭，在超市前面遇见人的，就顺便帮她提了回去。”

初壹被他这一本正经的解释气死了。这些重要吗？现在最关键的问题是那个女的是什么情况吧？

她半天说不出话来，瞪大眼，胸前随着呼吸剧烈地起伏着。

“所以，前段时间给你打电话、发信息的都是她？”初壹控制住情绪沉声问道。

乔安琛缓慢地看了她一眼，回答：“是。”

“你还骗我是工作上的事情？”初壹的心彻底凉了，她难以置信地看着他。

“确实是以前工作上的事情。”乔安琛依旧耐心地说。

初壹几乎是立刻质问：“那今晚呢？也是工作上的事情吗？”

乔安琛顿住了，过了会儿，出声道：“不是。”

初壹真的气得连架都吵不起来，感觉就是自己在唱独角戏，另一个当事人完全不在意。

她一直仰头望着乔安琛，脖子都酸了，也懒得再和他对峙下去。算了，他该干吗干吗，她不伺候了。

初壹从沙发上下来，没看他一眼，冷着脸径直往房间走去。

“初壹，”乔安琛突然抓住了她的手腕，开口道，“你是不是误会了？”

“谁知道是不是误会？”初壹冷笑一声，甩掉了他的手。

“白岚前段时间出了点儿事情，我帮了下忙，所以她和她母亲一定要请我过去吃饭。”乔安琛极力平稳地解释，“你不要想多了。”

初壹听到那个女人的名字从他嘴里说出来，心堪比被硫酸浇过，又痛又气，只恨不得扑上去把乔安琛痛打一顿。

她转身恶狠狠地瞪着他：“我不要想多了？我当初只是给季木白画了张画你就气成那样，你现在看看你自己都做了什么？”

初壹脑子一热，口不择言道：“这日子我是过不下去了！”

“初壹！”乔安琛脸上的表情瞬间变了，目光沉沉地盯着她，“我和白岚之间什么都没有。你就算生气也没关系，但是不可以说这种话。”

“那你一开始为什么要瞒着我？”初壹委屈地叫道。

“我没有瞒着你。”乔安琛压下情绪，深吸了一口气，“你当初问我的时候我只觉得这不是什么重要的事情，所以没有具体地解释给你听。”

乔安琛微蹙着眉头，保持平静地解释道：“白岚是我以前的一个案子的当事人，她父亲有严重的家暴行为，持续了很多年，有一次差点儿把她母亲打死。白岚当时在场，失手把她父亲杀害了。

“因为白岚也是受害者，所以被判的是防卫过当，再加上未成年，刑罚从轻处理……她前段时间才被释放出来。

“白岚出来之后情况很不好，她妈妈的身体一直很差……她之前打电话也是咨询当年案件的一些事情。”

乔安琛看着她说：“你还记得以前我和你说过的那个家暴案件吗？当时你难过了一晚上。

“我没有瞒你，只是觉得这些东西没有必要说出来。”

乔安琛的工作性质注定让他接触到了太多人性的黑暗面，他并不想让初壹知道这些事情。

认知都是美好的，她未曾知晓太多恶意，乔安琛每次把工作上的东西带给她，总会莫名地产生愧意。

他想她就应该是简单快乐的，却没想到会让她误会这么深。

况且在他看来，这真的是一件无足轻重的事情，只是没料到会有今天这种情况，初壹会想这么多。

初壹脑子乱乱的，不知道该说什么，思绪游离间，又突然想起一件事：“那你帮了她什么忙？”

乔安琛顿了下，回答：“帮她介绍了一份工作。”

初壹盯着地面沉默了一会儿，终于抬起头看他，眼睛红红的，里头藏着痛楚还有自我厌恶，声音带着哭腔：“对不起乔安琛，我大概真是一个很自私的人。”

“虽然她很可怜，我也很想帮她，可是听到你说的这些事情，我还是好难过。”她吸了吸鼻子，眼泪终于砸了下来，像是一朵小水花坠到地面上，“我不想你对她好，也不想你和她见面，甚至一点儿都不想你们再有联系。

“我实在太坏了。

“我大概是嫉妒疯了吧。”

乔安琛站在原地看着初壹，她低低地埋着头抽泣着，肩膀一颤一颤的，似乎整个人都陷入了无法自拔的难过情绪里。

而这份难过，是他带给她的。

初壹被乔安琛拥进了怀里，他宽大的掌心拍了拍她的脑后，贴着她的脸颊，没有说话。

两人在安静的客厅里相拥着，时间缓缓流逝，初壹的泪水浸湿了乔安琛的肩头，情绪一点点平复了下来。

耳边被人亲了亲，他低声说：“对不起。”

我让你这么难过。

对不起，我没有在一开始就解释清楚。

乔安琛突然有点儿后悔，把事情弄成了这个局面，可如果时间从头来过，他恐怕还会做出一样的选择。

思维模式和习惯，是刻在他身体里的东西，不管再来多少遍结果依旧如此。

初壹冷静过后，吸了吸鼻子，从他怀里直起身来，朝乔安琛伸出手：“把你的手机给我。”

“怎么了？”他虽然是这么问的，却还是本能地拿出手机，放到她的掌心。

“我要看你们都聊了些什么。”初壹说着，直接将手机解锁去翻他的消息记录。

果不其然，那天的陌生号码已经改了名字——白岚。

上面有寥寥几条消息。

乔安琛抿了下唇，任由初壹看着。

她一边翻着还一边带着鼻音审讯他：“你们今天吃饭都干了些什么？”

“就吃饭。”

“详细过程。”初壹头也不抬地说。

乔安琛无奈，一五一十地回答：“我停好车在超市前面看到她，然后帮她把东西提回去，陪她妈妈聊了一会儿天。因为先前你打电话催我回家，所以我很快吃了两口就回来了。”

初壹已经浏览完了他们的全部聊天内容，对方怯懦又客气，乔安琛的风格一如既往地简洁，大概内容就是围绕着工作和她母亲的病情，还有当年的案件展开。

聊天内容很正常，没有任何暧昧的痕迹。

初壹把手机还给他，直视着乔安琛，虽然刻意让自己很严肃却因为眼睛泛红而没有丝毫威慑力。

“你下次有任何事情都不准瞒着我。”

他清了清嗓子，答应：“好。”

“那也不要老是和她联系。”初壹有些别扭地说。

乔安琛安静几秒，澄清道：“我们很少联系。这次也是她妈妈给我打电话，我才过去的。”

“哦。”初壹揉了揉眼睛闷头应道。

她先前哭了会儿，现在眼睛有点儿干涩，痒痒的。

乔安琛看见她的动作，抬起初壹的头认真看了两眼，出声：“用湿毛巾敷一会儿？”

“不用了。”初壹偏过头，挣开他的手。

乔安琛有些无措地站在原地，不知道应该做些什么才能让她开心一点儿。彼此沉默片刻，初壹低着头，声音軃軃地道：“你再抱抱我。”

她感觉胸口还是好难过，似乎只有他的拥抱才能驱散悲伤。

初壹如愿以偿地被他紧紧拥入怀中，熟悉的温度包裹着周身。

乔安琛用力抱着她，抬手轻柔地抚摸着她的头发：“初壹。”

“嗯？”

“我只喜欢你。”他突然说道。

初壹仰头，恰好对上乔安琛干净漆黑的眸子，里面很亮。

“嗯？”她仿佛被蛊惑一般，表情呆呆的，无意识地发出一个音节。

“所以不会有别人。”乔安琛加重了语气强调，“只有你。”

初壹从来没有听乔安琛说过情话，哪怕是两人最亲密无间的时候，他也只是绷紧下颌，在她耳边低低地喘息。

除了模仿那个综艺节目时，他对她说的那句不伦不类的“老婆我爱你”。

初壹盯着他渐渐泛红的耳根，觉得这种程度对他来说应该是极限了。

心里的委屈和酸楚竟然就这样退下去一点儿，虽然她还是难过，但已经找不到之前铺天盖地的愤怒跟悲伤了，准备说些什么。

“你淋雨了？”乔安琛说完那句话，就不敢再看她的眼睛，视线无意识地放在她的头顶，突然发现她的头发湿湿的，便蹙起了眉沉声问道。

“还不是被你气的！”初壹想起了不好的记忆，气呼呼的，乔安琛眼里闪过一丝愧疚之色。

他摸了摸她的脑袋，说道：“去洗个澡？”

初壹没回答，很任性地抱着他，抿着唇似乎又在生闷气，头顶传来一声若有似无的叹息，接着整个人被腾空抱起。

乔安琛直接把她从地上抱了起来，往房间走去：“先洗澡，不然生病了又很难受。”

“可是我气得洗不了澡。”初壹说，还生气地踢了下腿。

“那你要我怎么样才不生气了？”乔安琛叹了口气，一副任由她宰割的模样。

“你觉得你错在哪里了？”她抬头问道。

两人已经到了浴室，乔安琛把她放下，盯着她的眼睛。

“第一，应该在你问的时候，毫无保留地告诉你。

“第二，不应该去吃饭。”

“第三……”乔安琛认真思考了一下，问她，“还有吗？”

“当然有！”初壹立即站直了身子，仰起脸瞪着他，掰着手指数着：“不应该和除我以外的其他女人共撑一把伞，不应该在电话里敷衍我，不……”初壹说着有点儿词穷，绞尽脑汁，终于又努力地想出了一条，“不应该跟别的女人有太多接触！”

乔安琛几乎没有太多思考，直接点头：“好。”

他捏了捏初壹的脸，放柔了声音哄道：“我都答应你，快洗澡。”

有人说热水能够洗掉悲伤，初壹觉得虽然没什么科学依据，但好像真的有点儿作用。

回想起先前的痛彻心扉，她除了还有点儿不爽，剩下的好像都消失得差不多了。

两人躺在床上，她窝在乔安琛的怀里伸手抱着他，大概还是有点儿后怕。

两人安静相拥着，破裂修复之后的安宁难得珍贵。

初壹突然想起乔安琛说的话。

“对了，难道那些受到家暴迫害的家庭，就没有其他途径去挽救吗？

“如果不反抗，就会像有的人那样活活被打死，但是反抗了，却赔上了自己的人生，为什么会这样子？

“我觉得太可怜了。”

女人的嫉妒心消失之后，理智便再次回来了，初壹想到那个白岚还那么年轻，读高中的时候应该是人生中最美好的时光，却被这样葬送了，因为家庭的不幸，造成了一辈子都无法抹去的阴影。

“这只是个例，并不是所有家暴的家庭都走向这个结局。”乔安琛看着她，无可奈何地道。

气氛变得有些沉重。

虽然世上并没有什么感同身受，但初壹得知别人的痛苦后，总会切身体会到几分难过。

尤其像初壹这样想象力丰富的，代入感极强。

她蹙着眉，似乎都要哭了。

初壹脑中想的是今天见到的人，白岚穿着一条简单的白裙子，很瘦，脸庞温柔秀美，看得出是那种讲话轻声细语的女孩子。

却没想到，她会如此命途多舛，瘦弱的身躯过早地经历了生活的折磨。

女人总是感性又理智的，讨厌和喜欢都切换得太快，甚至还可以并存。

初壹虽然还是很不喜欢白岚靠近乔安琛，但这不妨碍她对白岚的同情。

“其实还有很多家庭寻求法律途径解决问题，可以取证去法院起诉离婚，依法请求赔偿。如果是那种纠缠不休的穷凶极恶之徒，受害人直接报警或者搬离原先的住所，是比较有效的方法。”

乔安琛摸了摸她的头，安慰道：“悲剧是因为少才会被我们看到，这个世界并不全都是这样，不要难过了。”

“那你会因为同情她就对她好吗？”初壹在他怀里仰起脸问。

乔安琛不知道话题怎么又转到这上面来了，感觉有点儿头疼：“初壹，如果每个人我都要去同情的话，那我早就累死了。”

“所以你的意思是你只同情她对吗？”初壹立刻绷起了脸，如临大敌。

“不是。”乔安琛揉了下眉心，无奈地解释，“我的意思是，如果不是她给我打那个电话，我基本都不会想起这件事情了。”

“哼。”虽然不知道他说的是真是假，初壹还是掩饰不住心底那淡淡的雀跃之情。

婚姻中总是免不了遇到各种麻烦和考验，但是没关系，只要他们试着去沟通解决，都会过去的。

毕竟大家都是第一次结婚，谁也没有好过谁。

事实证明，淋雨真的会造成感冒，初壹还没好，反而把乔安琛也传染了。

原因是这样的。

初壹这几天一直对乔安琛不冷不热，虽然表面上两人之间很和谐，但时不时的冷嘲热讽还是会有，乔安琛已经许久没有感受过来自妻子的温暖了。

他仿佛又回到了当年那段冷战的日子。

俗话说由俭入奢易，由奢入俭难，而习惯了深夜热汤的温暖，蓦地回到寒冷的北极，乔安琛还真是挺难受的。

于是他就想通过一些亲密的活动来增进夫妻感情。

初壹是感冒了的，虽然比起前两天好了很多，但说话还是带了点儿鼻音。

晚上乔安琛亲上来时，她躲了躲，提醒道："我感冒了。"

脑中被其他东西充斥着的乔安琛全然没把她的话放在心上，径直撬开她的唇就把舌头探了进去，勾着她的舌尖一点点吮吸，亲密交缠。

后来初壹出了一身汗，第二天起床感冒好了大半，而乔安琛下班时就开始喉咙痛。

老婆没哄好，反而把自己赔了进去，大概说的就是乔安琛这种人。

或许是心虚，乔安琛也不敢和初壹说，自己烧了壶热水，想着靠抵抗力扛过去，结果一早起来嗓子好像更加难受，说话的声音都沙哑了。

自那次吃饭之后，乔安琛就没再和白岚联系，但上午她突然给他打了个电话。

她上班的地方主管找她谈话想要给她调岗，问她的意见。

白岚没有头绪，所以想问一下他。

乔安琛当年对这个小姑娘的印象挺深的，因为在案件的整个过程中，她都是冷静而镇定的，明明眼中都是恐惧，却强撑着不让自己倒下。

他当时只觉得惋惜和可怜，所以对她的态度比起旁人要和蔼一点儿。

所以在她出来后走投无路向他求助时，乔安琛回忆了一下便想起了这个人，在力所能及的范围内帮了她一把。

他给她介绍的工作是一个服装品牌的线下导购，老板是他的大学同学，因为白岚没有学历和任何工作经验，所以先从最基本的工作做起。

大概是白岚这段时间表现得不错，人家想给她换岗到销售部门，工作地点从店内到了办公室，也算变相升职了。

乔安琛简单给她分析了两句，最后还是说让她自己决定。

临挂电话前，白岚小心翼翼地问了句："你感冒了吗？"

"一点儿小问题，没事。"乔安琛随口答道。

他没把这件事情放在心上，只是没想到下班时竟然在门口看到了白岚。也不知道她等了多久，一见到他出来，便从旁边小跑了过来。

"我刚好经过这里，就顺便买了点儿药过来。"白岚手里提着一个白色袋子递到他面前，眼中藏着点儿忐忑的神色，脸上更多的是感激和讨好，跟每一次见到他时的模样差不多。

乔安琛之前从来没有多想，只是在这一刻，心头突然涌起异样的情绪。

而这份异样的情绪，似乎从那天吃饭起就隐隐存在了。

"不用了。"乔安琛顿了下，神色平静地拒绝，"我妻子已经给我买好药了，谢谢你。"

白岚的神色一瞬间好像变得黯淡下来，她又飞快地调整回来，收回手冲他笑了笑："啊，这样，那我留着以后自己用好了。"

"嗯。"乔安琛颔首，迈步欲走，忽然想起什么，回头看她，"对了，你以后最好不要经常来找我。"

"怎么了？"白岚脸上的笑已经彻底维持不住了，一双黑眸看着他，里头快要泛出水光。

“影响不太好。”乔安琛直白地回答，仿佛在和她说今天天气很不错。

白岚的牙齿有点儿打战，她极力咬住，才找回自己的声音：“我……就是挺感激你的。”

“没事，你们上次已经请我吃过饭了，心意收到了。只是举手之劳，你们不要有负担。”

乔安琛想起那通电话里老人家诚恳得几近颤抖的声音，似乎他不去老人就要当场哭出来了，脑中立即浮现当年她握着他的手，面容憔悴，颤着嗓音哭泣，求求他救救她女儿的模样。

案件结束后，乔安琛其实还去看过她，车子停在一旁，悄无声息地看到她独自一人在街边卖着些手工物件，但无人问津。

乔安琛那时叫了个小孩儿，偷偷在摊上的一双布鞋里塞了好几百块钱，回来被那时候的前辈发现教训了他一通。

“如果每个有困难的人你都要去同情，那么大家早就被累死了。”

乔安琛当时还不能理解这句话，后来看到的事情越来越多，也就慢慢习惯了。

只是如今他心中的回忆再次被勾起，拒绝的话说了好几遍，依旧抵不过耳边恳切的请求。

算了，不过只是满足一个长辈的执念，也并不是什么大事，乔安琛最后还是答应了下来。

白岚听完抿唇不语，只是满眼哀楚地望着他。

乔安琛只当话都已经说清楚了，对她一点头，便转身离开。

身后突然又传来怯怯的声音：“那我……以后有问题还可以联系你吗？”

乔安琛顿住脚步，略一沉吟，回答：“其实别的方面我也不能提供什么帮助，关于你父亲的那个案件，我想之前应该也和你解释得差不多了。为了避免引起我妻子的误会，如果不是特殊情况的话，我们其实也没必要再联系了。”

白岚低着头，久久无声，眼圈一点点涨红。她用力吸气忍住，把泪意逼了回去，再次看向乔安琛，依旧牵动嘴角，露出一个柔美安静的笑容。

“我知道了。谢谢你这段时间的帮助。”她轻声说完，弯腰朝他深深地鞠了一躬。

“不用谢。”乔安琛顿了顿，又开口，“阿姨做的饭很好吃。”

其实你才吃了几口而已。

白岚在心里无声地说着，却还是朝他微笑。

乔安琛的背影消失在视线里，她站在原地，想起了第一次见到他的画面。

十几岁的女孩儿，从父亲倒在血泊中时，整个世界就塌下来了。

乔安琛穿着一身整齐的制服从外面走进来，端了杯热水放到她面前，温声说：“不要怕，先喝点儿水。”

那一瞬间，眼前持久的黑暗仿佛透进了一丝光。

强撑着的勇气和坚强被瓦解得支离破碎，她抖着手端起杯子低头喝水，咽下了喉间的哽咽和眼底的泪意。

时间好像重叠了起来，视线终于被泪水浸得模糊，她默念着告诫自己。

白岚，不要再贪心了。

像你这样的人，永远配不上他，就连和他说话都不配。

乔安琛今天下班挺早，推开门时，初壹刚做好饭。

他故意咳嗽了一声，嗓子明显带了异样。

“感冒了？”初壹抬头看了他一眼。

乔安琛点着下巴，连忙和她报告：“嗯，喉咙有点儿痛。”

“我上次的药还没吃完，在医药箱里面，你待会儿记得吃。”她说着，神色却很随意，看不见关怀。乔安琛悻悻地摸了摸鼻子，拉开椅子坐下。

吃饭中途，乔安琛接了个电话，讲了好一会儿，结束后他放下手机，朝初壹郑重地说道：“是一个女法医，和我说检验结果。”

初壹顿住动作，莫名其妙地看着他：“我又没问你。”

“哦……”乔安琛扒了两口饭，又抬起眼小声开口，“我就是和你说一下。”

初壹没理他了。

“对了，”乔安琛清了清嗓子，又道，“我下班的时候看见白岚了。”

刚才还没什么表情的初壹立刻看了过来，目光落在他的脸上，等待着下文。

乔安琛莫名有些紧张，说话不那么流畅：“我和她说清楚了，以后有事她应该也不会来联系我了。”

“说清楚了？”初壹露出深思的表情，轻声反问。

乔安琛抿了下唇，把之前的那一幕一五一十地告诉了她。

初壹在心底冷笑。

果然，她那天就是没有看错，那个眼神明显属于爱慕者才会有的。

初壹瞪着面前一脸无辜的乔安琛冷哼了一声，放下筷子，彻底没了胃口。

看着她怒气冲冲地起身回了房间，乔安琛一颗心都掉到了谷底。他望着她的背影张了张嘴，不明白自己现在毫无隐瞒了为什么初壹更加生气。

乔安琛坐在那里满脸愁云，感觉生活一片黑暗。

草草吃了几口饭，收拾好碗筷洗完后，乔安琛又拖了地，忙活了大半个晚上，把家里打扫得窗明几净，最后拿上钥匙换了鞋出门。

乔安琛搬回来两箱水果，热得满头大汗，都整理好放进冰箱，才去洗澡。

初壹出来喝水时，刚打开冰箱门，就看到了眼前满满的车厘子和草莓。她轻哼一声，重新关上了冰箱门。

又是这种老套路，这次是原则性错误，她怎么也不能就这样原谅他了。

乔安琛晚上加班时，现在都很主动地和她报备，甚至会附一张图，表示自己目前在哪里。

就连部门出去聚餐，他都要把他的同事拍一圈，然后发给她。

初壹看着手机里突然跳出来的照片，一堆大男人油光满面地出现在灯光下，简直是死亡像素和死亡角度。

她刚从画面唯美的小清新偶像剧中切换过来，一下看到这个，莫名觉得有些辣眼睛。

“……”初壹回复了一串省略号过去，不一会儿，乔安琛发了条语音过来，背景音嘈杂。

“我在吃饭，吃完就立刻回家。”

“哦。”初壹冷漠地回复。

有时候太晚了，见乔安琛迟迟未归，初壹还是会给他打电话或者发信息询问。他平常都是说在忙或者有事，偶尔会简单地提两句。

现在初壹一问，他连地点、事件，包括人物都一一给她交代清楚，事无巨细，让她头大。

矫枉过正，就很适合他们如今的状况。

其实初壹后来也想了一下，乔安琛在很多事情上只是个人习惯问题。大概是工作的原因，他习惯了快速解决和处理事情，很多时候并不是在隐瞒和敷衍，只是觉得那些东西和她并不相干，便不会详细地解释给她听。

就像她有时候做一些自己的事情，和小高、程栗聊一些属于她们的话题，乔安琛问起时，她也并不会全部详细地和他说明。

只不过恰恰凑巧的是，乔安琛忽略了白岚对他的心思。对他来说，这可能只是一件微不足道、不值一提的小事；而对初壹来说，便是引爆事件的一个炸弹。

视角和思维不同，两者差异相加，就造成了不可避免的矛盾。

在两性相处中，这似乎是时常会发生的事情。

初壹曾经看到过这么一句话，现在离婚率居高不下，只是因为东西坏了，人们的第一反应是换掉它，而对以前的人来说，他们更想要将其修好。

她当时还没有结婚，并不太能理解其中的含义，现在想想，她可以试着慢慢去做，去修一修乔安琛那个榆木脑袋。

不过话虽如此，道理她都懂，但每次一看到乔安琛时，就不可避免地想起了撑伞那一幕，气就不打一处来。

乔安琛如今在家都是战战兢兢地做人，老老实实地做事，初壹一露出不开心的表情，他的整颗心就本能地颤了颤。

如果时间可以倒流，他想一定要拒绝白岚帮他打伞，淋着雨回去。

不，他应该一开始就拒绝去吃饭，把一切都扼杀在摇篮里！

初壹和程栗见面时，把最近的种种事情都向她倾吐了一遍，后者搅拌着杯子里的奶茶，忍俊不禁道："话虽如此，但至少他的芯子是好的啊。"程栗见初壹愤愤不平的模样，忍不住为乔安琛说了句公道话，"不过我想以你家这位的道德水准，他肯定做不出什么对不起你的事情，你就放一百个心吧！"

"我知道。"初壹也很郁闷，"我就是气他太迟钝了。"

"以前刚结婚时我跟他回家，听说隔壁有个姑娘暗恋了他好多年，乔安琛压根儿一点儿都没察觉出来，人家姑娘伤心死了，我当时还觉得挺好，没想到现在坏处就出来了。你说那个女人的眼神一看就不对，他竟然还同人家这么亲密！"

"还好吧。"程栗皱着眉，缓缓地说，"就是撑了下伞而已，下雨的时候如果有个认识的男的说有伞带你，你会拒绝他而宁愿淋雨回去吗？"

"不过单拎出来是没什么，一连串事情放在一起就有点儿可恶了。"程栗见到初壹越来越气的脸色，立即改口，捏了捏她的脸颊笑道，"真是过分，让我们小初壹这么伤心！"

"哼。"初壹推掉了她的手，恹恹地托着腮。

"其实我就是嫉妒。你不知道当时看到那一幕，我差点儿两眼一黑，当场晕倒。"

"说明你对他爱得深沉。"程栗点了点头，以过来人的语气故弄玄虚道。

"是吧。"初壹幽幽地叹了口气，"其实后来乔安琛和我解释是误会之后，我当时整个人真的都没力气了，只想抱着他痛痛快快地哭一场。

"我当时只想，他只要没有做对不起我的事情，其他的我都可以原谅他，只要我们还能在一起就好。"

“那你现在在气什么？”程栗赏给了她一个白眼。

“这不是回过劲儿来了吗？”初壹磨了磨牙，不甘地道，“不让他长点儿记性下次还会再犯。”

乔安琛晚上又加班了，在他不知第多少次和她描述自己在哪里干什么、有些什么人时，初壹忍不住出声了：“你干吗和我说这么多？我对这些又不感兴趣。”

“不是你说不准再瞒你的吗？”

“不要偷换概念！”初壹训斥道，“我说的是，必要的、特殊情况的、我问起的事情，不是让你一天到晚什么都和我报备。”

“哦。”乔安琛在那头闷闷地应着，也不知道听没听懂。

初壹深呼吸，又耐心地解释，给他举了个例子：“比如我问你谁的电话，和谁发信息，或者你下班后其他的跟工作无关的应酬。就像去白岚家吃饭这种，你要先和我说。”

“我知道了。”乔安琛清了清喉咙，郑重地应道。

周末的时候，乔安琛不用加班，主动约初壹去看电影。

初壹看了眼上映的片名，是最近热度很高的一部青春片，假装做作地扭捏了几番，最后不情不愿地答应道：“好吧。”

电影院离家不远，开车十来分钟，地铁有两站，乔安琛的车被送去保养了，两人只能绿色出行，乘坐地铁。

周末坐地铁的人出乎意料地多，两人排队上车，塞得满满当当的车厢里，身边都是人，勉强有一隅之地可以站住脚。

两人都很少经历这样的情况，毕竟一个很少出门一个自己开车。

初壹艰难地找了个角落站好，乔安琛挡在她身前，地铁行驶得很平稳，只偶尔摇晃两下，耳边是高速导致的嘈杂响声。

忽然，地铁车厢晃动了一下，旁边有个女生低头在玩手机，没有扶靠任何东西，身子猝不及防地就歪了过来。

乔安琛手疾眼快，立即敏捷地往旁边躲开。女生摔到了另外一个人身上，被对方绅士地扶了一把。女生连忙道谢，站稳后无语地看了眼乔安琛，那眼神估计是在说怎么会有这样的男人。

周围的人都用不赞同或者谴责的目光看过来，初壹自觉丢人，低着头侧过脸。

乔安琛在一片注视中岿然不动，只是嘴角不自然地抿了抿，视线盯着一处不动了。

还好地铁只有两站，没多久车门就打开了，两人如蒙大赦般钻了出去。

上扶梯时，初壹白了乔安琛一眼："你干什么呢？"

"没干吗。"他面色如常，眼神却微微躲闪。

"人家都要摔倒了，你躲什么躲？"初壹没好气地道。

乔安琛沉默了会儿，小声开口："我怕她撞到我身上。"

"……"

"我怕你会生气。"他又偷偷看了初壹一眼说道，那意思大概就是：我全身上下都是你的，别人碰都碰不得。

初壹被自己脑补的画面逗笑了，抬眸瞪了乔安琛一眼，语气嗔怪地道："那你早干吗去了？"现在犯了错之后他才知道盲目地改正。

"早不知道啊……"他垂着眼自言自语。

初壹气到不想理他，加快速度往前走，步伐带风，气势十足。

"是 D 出口，这边……"乔安琛连忙拉住她，换了个方向。

初壹身子一顿，扶了扶额："知道了！"

两人都有很强的时间观念，过去时电影刚好还有十来分钟开场，顺便买了爆米花和果汁，找到位置坐下。

电影很好看，是初壹喜欢的风格，画面唯美，演员颜值很高，剧情也合理紧凑，甜度一百分。

两人看完之后心情都很好，就像是吃了草莓味甜筒，冰冰凉凉的，有着甜丝丝的滋味。

回去时乔安琛和她商量，想要打车，初壹没有意见。

电影院外面是一段很长的台阶，高高的，人站在上面风很大，可以俯视底下马路上的行人。

旁边有对小情侣，女生站在上面张开手，顺着地心引力往下倒，台阶下的男朋友朝她敞开怀抱，然后她一下扑到了他的怀里，脸上露出开心的笑容，像是小鸟归巢般亲密眷恋。

初壹感觉……应该还挺好玩的。

她眼底露出点儿艳羡之色，不由得朝那头多看了几眼。

乔安琛察觉，看过去，思索片刻，然后快走了两步，站在下面离她两级远的台阶上，抿了下唇，也朝她张开了手：“初壹，你来，我接住你。”

他的声音不大不小，加上他的动作，立即引得旁边的人都看了过来，尤其是还站在那里抱在一起的那对小情侣。

他们惊讶又饱含深意地对视了一眼，脸上带着心照不宣的笑意，可能是在无声地对话——哎呀，你看他们那对情侣竟然在学我们哎！

初壹：“……”

“快走吧。”她自觉丢脸，立刻一把拉过乔安琛的手腕，脚步飞快地走下台阶，头也不敢回。

岚城夏季多雨，有时热得像蒸笼，有时又暴雨倾盆气温骤降，这几天一直下雨，初壹没注意温度变化，依旧穿得很少，手脚可能受了点儿凉。

她平时来“大姨妈”基本没什么感觉，但偶尔又会抽两次，疼痛难忍。

看着冰箱里空了大半的雪糕，还有从窗户吹进来的湿冷凉风，初壹想，她应该找到原因了。

乔安琛今晚加班还没回来，初壹点了个热粥，简单吃两口后便冲了个热水澡窝到床上，怀里抱着个热水袋贴着肚子。

意识迷迷糊糊的，因为小腹处隐隐传来的闷痛根本睡不安稳，初壹蜷成一团，极力减小着痛楚。

房间传来动静，耳边有人叫了她两声，似乎是乔安琛下班了，初壹迷迷糊糊地闭着眼睛，没有回应，过了会儿，周围又恢复了安静。

不知过了多久，肚子被人摸了摸，然后那只手把她的热水袋抽走了。初壹不满地哼唧了两声，乔安琛连忙安抚：“这个不热了，我帮你充好电再拿过来。”

“肚子痛……”初壹抱着自己的肚子哼哼唧唧，没一会儿，被子里有人躺了进来，乔安琛从后头抱住她，把手掌放在她的小腹上轻轻揉着。

“好了……好了，等会儿就不痛了。”他温和的声音贴着她的耳朵响起，像是哄着小孩儿一样，手心又宽又热，驱散了肌肤底下的寒凉。

初壹被疼痛折磨得神经变得分外脆弱，鼻子一酸，满腹委屈涌了上来，忍不住踢了他一脚。

“讨厌你。”她带着重重的鼻音说，语气软绵绵的，幼小又无力。

乔安琛脸上露出苦笑，这一刻，抱着怀里柔软娇小的身躯，只恨不得把整颗心都掏给她。

“真是一个小气鬼。”他亲了亲她的脸颊低语。

初壹痛了两天，到后面就又活蹦乱跳起来了，大概是记得深夜送温暖的那点儿情谊，她对乔安琛的态度倒是缓和了一点儿。

岚城的雨势还在持续，不知道什么时候才能放晴，乔安琛回来时被淋湿了，衬衫贴着肌肤，头发像是刚洗完被毛巾随意擦了擦，漆黑湿软地黏在一起。

初壹正坐在沙发上看电视，怀里抱着个大白瓷盘子，一口一个车厘子，闻声探出头来，疑惑地问道：“你没带伞吗？”

“忘记了。”乔安琛随口回道，扯下领带准备去洗澡。

“同事也没有吗？不能借一把呀？”初壹看他淋成这样，忍不住说。

乔安琛顿了下，抬起头看她，眼眸也像是被雨水洗过，干净漆黑，透着光亮。

他慢吞吞地开口：“都没有多余的，有个女同事倒是顺路想带我走一段，被我拒绝了。”

“……”初壹有些无语地望着他，“那你就这样淋着回来啊？”

“嗯。”乔安琛一边走一边解开衬衫扣子，不在意地回答，“反正也没多远。”

初壹看着他走进卧室，心里涌起一点儿复杂的情绪。

晚上乔安琛拉着她运动，仅限于床上，前段时间感冒再加上初壹来了“大姨妈”，也是空了许久。

不过他未免太过精力旺盛，翻来覆去地折腾，初壹有气无力地叫唤：“好了吗？”

乔安琛不答，从动作上丝毫看不出偃旗息鼓的迹象。初壹又蹬了蹬腿，在他的腰上踢了一下，但像是挠痒痒，喘着气说：“太久了……我不行了。”

“我今天淋雨了……”乔安琛咬了咬她的耳朵，声音沙哑，时断时续，“为了避免感冒，要运动出汗。”

“……”

初壹两眼一闭，放弃了希望，任由他摆弄。

岚城的夏末出了一件大事。先是一具女性尸体被丢弃在偏僻巷子里的垃圾桶内，早上环卫工人发现之后，吓得差点儿晕过去。

凶手还未被抓到，案件却已经接二连三地发生，受害者都是年轻女性，深夜在独自一人回家时遇害，作案手段极其残忍。

媒体对这个案子已经连续报道了两天，像初壹这种不关心社会新闻的人都忍不住去跟进案件进展了，案子的相关话题还上了本地热门。

一时间人心惶惶，无数网友在底下呼吁单身女孩儿注意自己的人身安全，不要独自一人晚归，希望警方早日抓到凶手。

在凶手第四次犯案时，终于露出了马脚，被一辆停靠在路边的小车的行车记录仪拍到了。

没有作案过程，录像里只看到一名黑衣男子从巷子里走出来，露出大半张脸。

警方立刻通过数据库查找对比，终于锁定了嫌疑人。

关注到这起案件的网友和市民都松了口气，不然这样一个隐形炸弹放在身边还是很吓人的。

凶手对自己的罪行供认不讳，案子很快便进入司法程序，法院开庭当天，多家媒体严阵以待。

这起案件是乔安琛负责的，他今天要出庭，早上出门时，初壹还特意早起为他整理了仪容，握拳打气：“加油！”

自从她关注了这件事情，就不免上心，一天晚上随口聊起时，乔安琛说案件资料已经到了他这里，过几天就可以向法院提起诉讼了。

初壹第一次感觉新闻离她这么近，不过虽然很好奇，但还是死死忍住没有追问。倒是乔安琛从她那双睁大的眼里看出了欲言又止的意思，主动说了几点可以公开的信息。

初壹最后问："那他会被判死刑吗？"

"正常来说会。"乔安琛开口，"而且不出意外会立即执行，不过具体还是要看法院的判决，从我目前拿到的资料来看，意外应该不大。"

初壹大概知道死刑分为立即执行和死刑缓期二年执行，前者更加残酷，直接剥夺生命，但是她一点儿都不同情这个人，在他手里死去的无辜生命才是更加可怜的。

"你要加油。"初壹揉了揉乔安琛的脑袋认真地说，"一定要让他得到该有的惩罚。"

"我会的。"乔安琛抱紧了她，难得严肃郑重地道，"这是我的职责。"

法院判决结果出来那天，电视上几家新闻都在播报，听说凶手被判了死刑，无数人拍手叫好，直呼凶手恶有恶报，罪有应得。

初壹在小区外面的水果店买水果，老板认识她，把今天刚进的车厘子都拿了出来，个个新鲜饱满，颜色水润。

旁边还有个戴鸭舌帽的男人在买，挑挑拣拣许久，初壹都装满两大袋了，他还站在一旁，不免让初壹多看了两眼。

男人有着很普通的一张脸，皮肤偏黑，下颌瘦削，穿着一件黑色上衣。

初壹很快收回视线，让老板称完车厘子之后付了钱，然后进了小区。

回家洗了一盘车厘子，剩下的放进冰箱，初壹打开了电视，本地频道正是午间新闻时段，跳出来的刚好是关于最近这起连环杀人案的相关报道。

她坐在沙发上捧着盘子，拿了一个车厘子放到嘴里，牙齿咬破表皮，清甜的汁水立刻溢了出来，蔓延在口腔里，她满足地眯了眯眼睛。

“近来影响重大的女性连环被杀害案件终于告破，凶手谢鑫由最高人民法院判决处以死刑，历时两个月之久的……”

新闻背景音在播报着案件进展，初壹看着屏幕上那个男人，他低着头从警车上下来，双手被手铐铐在身后，周围都是记者和人群，推推搡搡间，他不经意地抬起脸看了眼镜头，是平平无奇的一张偏黑的脸庞。

初壹整个人骤然僵住，惊愕地睁大了眼睛，手中的车厘子掉落盘中。

她仔仔细细地盯着电视屏幕看了好几分钟，直到谢鑫的身影消失，才回过神来，确认那张脸和她在水果店看到的那张脸几乎达到了九成相似。

剩下的一成，可能出于她只看了一眼的原因，不够确定。

初壹咽了下口水，立即拿出手机给乔安琛打电话，拨号时手指尖都有些发抖。

嘟声响了好久没人接，初壹忍不住从沙发上站起来，一边转圈一边焦急地等待着。她一紧张就想要咬手指，看了眼被啃了半天的大拇指，立即抽回手，与此同时，耳边终于传来了熟悉的声音。

初壹的心立刻定下了大半：“喂，乔安琛，那个叫谢鑫的人真的被抓到了吗？他还在吗？你确定他没有逃走吗？”

“初壹，你不要忽略我国对犯人的管控机制，逃狱这种事情一般只出现在电影里面。”乔安琛的声音带了点儿笑意，似乎是被她这天真单纯的问题逗乐了，他补充道，“我不久前才见过他。”

“可是我刚刚在小区外面买水果的时候看到了一个和他长得一模一样的人！”初壹激动地叫着，加重语气道，“我回来看见新闻，里头那个谢鑫就和我先前看到的人一样！真的。”她又强调。

“你确定没有看错吗？”乔安琛严肃起来，蹙起眉头郑重地询问。

初壹连忙点头：“确定没有，那个水果店老板也看到了，那个人穿着一件黑衣服，戴着帽子，脸很瘦，还有点儿黑，眼眶凹进去，两张脸非常像！”

“我立刻核实一下，你待在家里不要乱跑。”乔安琛语速很快，听到初壹答应后便立即挂了电话，迅速联系这起案件的负责人：“你查一下谢鑫还有没有双胞胎兄弟之类的……”

初壹坐在沙发上握紧手机，看着电视里的新闻有些坐立不安，过了许久才渐渐平静下来。

两个人应该只是长得像而已，不然那个人怎么敢这样大摇大摆地走出来？

也可能是她看错了。

罪犯怎么可能会从层层戒备中逃出来？这太不现实了，乔安琛都说才见过谢鑫的。

初壹突然有些懊恼，觉得自己冒冒失失的，大惊小怪，说不定这个电话又给乔安琛带去很多麻烦，最后一群人忙活一通，结果发现是个乌龙。

啊……初壹越想越后悔，恨不得立刻再打电话给乔安琛询问情况，但是这个时候联系他应该只是添乱吧。

她心慌慌地皱紧了眉头。

第一次参与到这种重大事件中总有种不真实的感觉，初壹甚至觉得自己像个小孩儿，发现了一个毫不重要的东西，却通过给大人的描述，给了他们一种非常重要的错觉。

然后大家开始慌乱紧张地忙碌，小孩儿天真无知地站在一旁。弄清楚事情真相之后，大人们无奈地看着他，又累又责备不得。

初壹皱着脸呜咽了一声，双手抱住了脑袋，额头抵上膝盖，一下下撞着，希望这样可以把脑子里的水撞出来。

握在掌心里的手机却突然嗡嗡地振动起来，初壹以为是乔安琛那边有消息了，猛地坐直身子，看到上面显示的是一个陌生号码时，顿时又泄了气。

她神情恹恹地滑开手机：“你好？”

“你好，这边是同城快递，有个快件需要您本人签收一下。”

“什么东西啊？”初壹疑惑地问。

那头的人依旧礼貌地回答：“上面没有显示，寄件人姓赵。”

“啊……”初壹不放心地试探道，“那有对方的手机号吗？”

“这边没有权限查看的。”

“好吧，那你等一下。”初壹结束通话，想不起自己最近买了什么，或者是别人给她寄了什么东西。不过小区安保严格了很多，快递经常上不来，有些贵重的物品都要求本人签收。

她没有多想，拿了钥匙下去，连鞋都没换就直接去按电梯。

走到小区门口，却没有看到穿着工作服的人，初壹站在保安室前环顾一圈，最后给那个号码打电话：“你好，请问你到了吗？”

“我的车子停在前面，马路边，你走过来就好了。”对方说道。

初壹朝旁边看去，果然看见几步远处停着一辆银白色面包车，外面贴着同城快递的字样。

初壹对那边的人说了句“我看到你了”，便收起手机小跑过去。

车子的车窗都是摇上去的，初壹弯腰敲了敲玻璃，门被人从里面打开，她后退了一步，还没看清里头的人，手腕就被用力攥住。

初壹脑中神经一跳，整个人蒙了两秒，视线落在面前这张不久前才见过的脸上时，彻骨的寒意从脚底蹿了上来。

现在还是在大马路上，小区保安就在不远处，这个人想干什么？

初壹条件反射地挣扎，呼救声到了嗓子眼儿里却被人用手死死地捂住了嘴，整个人不受控制地被大力拖进了车内。她紧拽住车门，男人探身过来，一根根掰着她的手指头。

“初壹——”不远处陡然传来熟悉的叫声，夹杂着难以置信和惊恐之意，身前的人呼吸立刻变得粗重，动作不管不顾，甚至有掰断她的手指头的架势。

乔安琛已经猛地冲了过来，速度很快，脚步声近在咫尺。初壹眼前骤然闪过寒光，车内的男人竟然掏出了一把刀。

锋利的刀尖正对着她，仿佛只需轻轻一下便能终结掉脆弱的生命，那白刃在阳光下反射出刺目的光芒，男人的眼里露出残忍和冷漠的神色，脸上明明没有任何表情，狠意却淋漓尽致地暴露了出来。

初壹恐惧到了极点，头皮发麻。她有种预感，面前这个人是真的想要杀了她。

似乎是短短几秒，又像是过了几分钟之久，电光石火间，初壹的身子已经被突如其来的一道重力扯开，同时耳边响起低低的一声闷哼。

乔安琛把她护在身前，整个人重重地压了过来。初壹胸口发痛，茫然的视线聚焦，看到了插在他背后的那把刀。

刀几乎没了进去。

单薄的衬衫布料里开始渗出鲜血，鲜红的颜色大片大片蔓延，初壹张着嘴，却什么声音都发不出来。

随后赶来的还有几名警察，在那个男人想要开车逃离的瞬间抓住了他。场面一片混乱，乔安琛的身体越来越重，初壹渐渐支撑不住，抱着他跪倒在地。

“救护车！快叫救护车！求求你们帮我叫救护车好吗？他受伤了，很重——”

身体里缺失的那部分东西好像回来了，心脏从停滞到麻木再到如今的剧痛，初壹看着乔安琛越来越白的脸色，放在他身后的掌心已经满手鲜血，黏腻温热，她的整个身体都颤抖起来。

初壹疯了似的叫着，声音嘶哑，不知不觉已泪流满面，蒙眬的视线定在乔安琛背后插着的那把刀上面，只剩下无边的绝望。

她跌坐在原地，浑身的力气被抽得一干二净。

救护车来得很快，乔安琛已经失去意识，初壹在一旁紧攥着他的手，就连最后他被推进手术室时都不肯放开。

剩下的，则是漫长的等待。

在这个过程中，初壹从一开始的头脑空白到思绪混乱，脑中不由自主地回放起两人自认识到现在的所有记忆。

她推开门见到他的第一眼，乔安琛神色冷漠严肃，眉目好看得不像是真人。

婚后两人相敬如宾，他沉默少言，几次她被他的行为气到，却又在他笨拙地挽回时，没有任何原则地妥协。

慢慢地，两人学会了互相喜欢和亲近，仿佛是一对真正的情侣，然而他们那时结婚已经快一年了。

一切都越来越好，彼此也互相包容，相处变得默契、坦然，磨合得亲密无间。

只是生活中总免不了有些小插曲，初壹气他，又嫉妒得要命，小心眼儿发挥得淋漓尽致。

乔安琛任劳任怨地让她发泄，拼命改正，依旧是那副好脾气。

直到今天，在那把刀刺过来时，他不假思索地挡在了她身前，那么义无反顾、奋不顾身，让初壹连拒绝的机会都没有。她甚至连刺过来的那把刀都还没看清，他就已经冲了过来，把她牢牢地护在身前。

而现在，他躺在手术室里生死未卜。

初壹不知道时间过了多久，面前那扇紧闭的大门终于被打开，穿着白大褂的医生和护士一拥而出，正中间，乔安琛躺在车上被推了出来。他紧闭双目，面容苍白安静。

“没有伤到要害，但是伤口太深，病人失血过多，可能需要较长时间才会醒来。”

人群退去之后，病房内变得格外沉寂，乔安琛依旧昏迷不醒，悄无声息地睡在那里。

初壹握着他的手无声流泪，一颗心被揉碎又复原，就像被一道无形的力量死死捏住又骤然松开，如此反复，折磨得她不得安宁。

窗外的天一点点黑了下来，头顶的白炽灯骤然亮起，刺目的光充斥房间，初壹从昏睡中醒来，发现自己还是紧紧握着乔安琛的手。她连忙坐直身子看过去，乔安琛仍然闭着眼，嘴唇无比苍白。

初壹脸上露出失望之色，整个人又无力般颓然下来。

“初……初小姐？”来人站在门边，一身整齐的警服，脸庞坚毅，有几分眼熟。

下午时他和乔安琛一起来的。

“有事吗？”初壹一开口，才发现自己嗓音嘶哑。她已经许久没有进食了。

“关于那个人的身份已经调查清楚了。”周坚对上她的眼神，又不由自主地看向躺在那里的人，眸中露出愧疚和同情之色。

“谢鑫有一个双胞胎弟弟，这件事情只有他们两个人知道，他们的母亲当年是未婚先育，难产死掉了，谢鑫一生下来就被送到了孤儿院。

“江明，就是那个弟弟，当初在母亲的肚子里营养不良，出生后身体不太好，所以被送人了，从小养在偏僻山区的一户陌生人家中。

“知道这件事的只有他们的外婆，已经去世很久了。

“十五岁的时候，两人偶然相遇了。他们一直在共同犯罪，但江明因为养父母家里孩子众多所以一直没有上户口，因此没有查到他的资料。

“今天出现的那个人就是江明。他在新闻上看到了哥哥被判死刑的消息，所以想要实施报复行为，两人都是严重的反社会人格……江明曾经学过一段时间的电脑技术，黑进系统查到了你的个人资料。”

周坚抿了下唇，朝她郑重弯腰：“对不起，是我们的疏忽。”

初壹动了动嘴唇，却怎么也说不出“没关系”三个字，可明明错的并不全是周坚他们。

如果她没有下去拿快递，或许意外就不会发生了。

在法治社会生活得太久，大部分人失去了危机感。尤其是在乔安琛明确告诉她罪犯不会逃出来后，初壹已经以为是自己看错了，不然怎么前一刻还在新闻上的罪犯，会突然出现在自己身边呢？

她只是很平常地下去取个快递，加起来不会超过十分钟的事情，而且离保安室仅仅一百米远的地方，对方就完全不管不顾地动手。

意外永远出现在微小的疏忽中。

她该再多几分警戒心，站在保安室前面让那个人将东西送过来。不，她就不应该下去。

就算对方说一定要本人签收，她也该执意让他把东西放在保安室里，这样一切就不会发生了。

初壹又红了眼眶，鼻子一酸，泪水汹涌而至，泣不成声。

“是我的错……都是因为我跑下去取快递，乔安琛才会受伤的，如果不是因为我，这一切就都不会发生了。”

“初小姐……”周坚有些难以启齿，但还是说了出来，“其实如果没有发生这件事，我们可能不会这么快就抓到他，毕竟没有任何信息，在茫茫人海中找一个人太难了。而且以江明的个性，就算你这次不出来，他早晚会动手。他会一直潜伏在周围，想尽办法出击，或许会有更多的受害者。

“很幸运的是，这次我们刚好过来打算调取附近的监控，才没有让他彻底得手。这已经是不幸中的万幸了，你不要自责，乔检会没事的。”

周坚说完，目光不经意地看向初壹脚下。她还穿着那双拖鞋，在奔跑和混乱的过程中，脚指头不知被谁踩了一脚，肿了起来，还泛着青，衣服、裤子、脸颊处还沾着血迹，眼睛哭得又红又肿，整个人显得狼狈不堪。

他不忍地道：“你先去收拾一下自己，脚上的伤也处理一下，吃点儿东西，乔检这边我来看着就好了。”

见初壹张嘴欲说什么，周坚又打断她，语气不容置喙地道：“你不想等乔检还没醒来自己先晕过去了吧？”

初壹又默默地合上唇，打量了自己一眼，脚指头从一开始就隐隐传来疼痛，她没在意，现在低头一看，已经肿起来了。

她后知后觉，才发现整个手臂也有些不适，手腕那里都红肿了起来，许久没有进食的胃几乎扭曲到了一起，喉咙干涩，说话都痛。

她点点头，露出一个感谢的笑容：“那谢谢你了。”

找护士要了药简单处理了一下，初壹买了份粥慢慢喝着。直到此刻，她仿佛才从那场荒谬突发的恐怖事件中脱离出来，回归到正常的世界。

她从没想过，一直以来简单平凡的生活中会出现这种惊心动魄、堪比电影画面的情节。

穷凶极恶的罪犯、一个简单的快递电话，她突然就受到了死亡的威胁。

初壹想，自己可能很长一段时间会对快递电话有心理阴影了，大概这辈子都不会再下楼去取快递了。

不，可能她会就此变成惊弓之鸟，草木皆兵。

她轻轻吐了口气，加快了吃东西的速度，想快点儿回到病房里守着乔安琛。

夜里的时候，乔安琛不仅没有醒还开始发热，值班医生来了几次说是正常情况，先吃消炎药并进行物理降温。

初壹忙了一晚上，中途实在累得不行，不知怎么就趴在床边睡了过去，醒来时已经天光大亮。

她见乔安琛依旧没有苏醒，心不免沉了沉，推开椅子起身到洗手间简单洗漱了一下。

上午医生检查他的身体各项数据都正常，按理说这个时候他该清醒了，但不知为何还没有动静，医生让初壹再耐心等待。

初壹立刻就想起了那些永远醒不过来的植物人，泪水又在眼眶里打转。这两天她变得极容易落泪，稍微有点儿情绪波动就眼眶一酸，视线模糊。

她别过脸，飞快地抹去泪水。

微风扬起外面的白色窗帘，初壹看向床上，乔安琛安安静静地躺在那里，就像是童话世界里的睡美人，丝毫察觉不到外界的动静，沉浸在自己的梦里。

旁边已经没有其他人了，初壹拉着椅子坐在他的床边，手背揉着眼睛，发出一声细小的抽泣。

"乔安琛……"她叫着他的名字，仿佛这样就可以把他从梦里唤醒。

"你怎么还不醒啊？"空荡荡的房间里没有人回答，初壹自顾自地接着说下去，"我一个人好害怕啊，不敢告诉爸妈，怕他们担心，想等你醒来再和他们报平安……医院晚上又冷又空，大家都在忙自己的事情。人类的悲欢并不能相通，即便我内心已经快要崩溃了，别人也永远体会不到。"

"你再不醒，我真的坚持不下去了……"初壹低着头，开始小声啜泣，忍不住又用力握紧他的手，感受着上面的温度。

仿佛只有这样，她才能压下心底的恐惧和担忧。

"乔安琛，只要你醒过来，我以后再也不对你发脾气了，你加班我就乖乖等你回家，给你做好吃的，每天帮你捏背，煲汤给你喝。对了，我最近学会了好多好多汤，还没有机会煲给你喝，你这次流了这么多血，一定要好好补补。"

初壹说着说着，更加难过起来，低着头哭得上气不接下气，脑子里全是那天他倒在自己面前满身是血的样子。

“最后那个……”耳边突然响起嘶哑的声音，乔安琛费力地睁开眼，睫毛缓慢地眨了眨，看着她，咳嗽了两声，艰难地笑道，“还是算了……”

“啊？”初壹还没反应过来，微愕地张大嘴，一滴剔透的泪缓缓沿着下巴滑落。

“我不想再喝汤了。”乔安琛微喘着气把最后一句话补上，声音带了笑意。初壹回过神来，扑到他肩上大哭不止。

“呜呜呜——乔安琛你醒了！你真的醒了，吓死我了——”她埋在他颈间痛痛快快地哭了一场后，才猛地想起什么，立即如临大敌地坐直，“对了！我去叫医生，他说你醒来要立刻告诉他的！”

乔安琛还没来得及说话，就见面前的人惊慌失措地跑了出去。他吃力地伸出手摸了摸颈间那片湿热的痕迹，扯开唇笑了。

经过一系列复杂的检查，乔安琛终于被医生宣布没有大碍，好好养伤就可以了。

初壹在一旁眼巴巴地看着他，就像是一只忠心耿耿地守候着主人的小动物。

待人都走后，她才搬着小椅子坐过来，咬着唇泪眼蒙眬地凝视着他。

乔安琛精神状态不太好，整个人还是很虚弱，脑子里像是有一个小人在上蹿下跳，神经钝钝地疼，浑身没有一丝力气，感觉一闭眼就能睡过去。

但他还是强撑着精神，陪她说说话。

“找个护工，然后给家里打电话，让他们过来替你，你先回去收拾一下，把住院要用的东西带来。”乔安琛握着她的手，声音很轻地吩咐，一口气说完这么长的话，休息了许久才缓过神来。

初壹一个劲儿地点头，伸手顺了顺他的胸口，柔声道：“你不要再说话了，我知道的，只要你醒了就好，其他的都是小事情。”

乔安琛抿唇望着她，不说话了，只是目光柔和地定在她的脸上，空气静静的，却又让人舍不得打破。

初壹突然想到了一件事。

“对了，那个男人已经被抓住了。”她见乔安琛欲动唇的模样，又立即说，“你别说话，听我讲就好了！”

乔安琛无奈地笑了笑，还是很顺从地躺在病床上，听着她说。

“他们竟然是双胞胎！真的完全想不到……”初壹皱着眉头愤然感慨，宛如说着什么悬疑谜案那令人匪夷所思的真相。乔安琛没说自己早就猜到了，只是安静地望着她，脸上带着浅浅的笑意。

他醒了，初壹就找到了主心骨，整个人恢复了往日鲜活的模样，恨不得把这两天所有的心路历程都和他说一遍，包括周坚过来讲的那段话她都原封不动地复述给了乔安琛。

不知道她说了多久，乔安琛渐渐精神不济，眼皮缓缓地耷拉下来，又用力睁开。初壹察觉，话音渐渐消失，关切地用掌心摸了摸他的脸：“你先休息一下，等你醒来我再和你说。”

“嗯……”乔安琛应着她，却依旧睁着眼，望着初壹，似乎是留恋不舍，想再多看她一会儿。

这样温柔的眼神让初壹整个人都要化了，心里酸酸胀胀的，眼睛又有点儿难受了。

她用力眨了眨眼，把眼泪憋了回去。

“乔安琛……”初壹凑近他，在他脸旁小声说，“你下次不能这样了了，如果你出了什么事，我也活不下去啦。”

她一想到这个可能性，泪意便卷土重来，鼻子酸得不行。

乔安琛注视着她，她的眼睛亮亮的，眸中泛着一层薄薄的水雾，在午后阳光的照射下像是藏着星星。

他张了张嘴，极其困难地慢慢吐出了三个字：“我也是。”

如果你出了什么事，我也很害怕，余生艰难。

乔安琛当时并没有考虑这么多，只是看到刀刺向初壹的那一刻，本能地挡了过去，脑中只有一个念头：她这么小，又娇气，受点儿小伤就眼泪汪汪的，那把刀看起来这么锋利，要是真伤到了她，岂不是天都要塌下来了？

直到现在乔安琛也一点儿都不后悔，因为他无法想象初壹躺在这里，虚弱得说不出话来的样子。

因为，真的很痛，他宁愿自己来承受这份痛楚。

初壹愣了好几秒，才反应过来他说的这三个字的意思。她又要哭得稀里哗啦，却又死死忍住，憋得整张脸通红。

乔安琛轻轻捏了捏她的手无声地安慰着她，精力消耗到极限，再也支撑不住，眼皮重重地耷拉下来，陷入了昏睡当中。

乔父和田婉听到这个消息时，几乎是吓得半死，立刻就赶来医院了。

听到初壹说完来龙去脉，他们也没有责备她，反而出声安慰："对不起啊一崽，我们家乔安琛这个工作太容易得罪人了，这次吓到你了吧？"

"没有，是我的错。"初壹一说起这件事就情绪失控，好在立刻调整回来，用力对他们笑了笑，"幸好没有伤到要害，医生说多注意休养就可以了。"

有了长辈在身边，很多事情不用她操心了，比起前两天独自一人忐忑地等待，之后她的日子好过了很多。

最主要的是，乔安琛的身体一天天好了起来。

文芳女士和初天也经常过来探望，补汤是一天一份不重样。她妈坐在床边看着乔安琛埋头喝汤，保温盒慢慢见底，眼中满是慈爱。

"安琛，我煲的汤好喝吧？一崽那家伙没有遗传到我的手艺！真是委屈你了。"说着她还无比怜惜地去揉了揉乔安琛的脑袋，好似他饱受虐待一样。

初壹在一旁："……"

乔安琛差不多在医院住了一个月，行动恢复如常，气色也比之前好了很多，伤口愈合得很好，医生说过不了多久就可以出院了。

那个叫周坚的警察来了几次，探望乔安琛的同时又聊起了公事，这起案件已经由其他检察官负责了，一切进展顺利。

那两个人都逃不过法律的制裁。

他走后，初壹又突然想起了那天的事情。她已经刻意地去遗忘，很久没回忆过了。

乔安琛穿着病号服靠在床头看书，在医院养了这么久，皮肤白了不少，刘海软软地搭在额头上，莫名让人看出了温文尔雅的感觉。

他修长的手指捏着书页翻动，黑眸专注沉静。

初壹在床边托着腮欣赏着这幅画面时，脑中冒出一个念头。

“对了，乔安琛。”

“嗯？”他抬起眸看了过来。

“假如……”初壹慢吞吞地开口，声音有些含混，“我是说假如，那天被威胁的那个人不是我的话，你也会冲上来吗？”

乔安琛顿住动作，露出深思的表情，最后笑了笑，揉了揉她的脑袋，轻声说：“不知道。”

“啊……”初壹也不知是失望还是什么，略带复杂地应了声，随后点了点他手中那本书的封面，朝他眨了下眼，“你继续看，不用管我。”

“不过，”阳光下，乔安琛弧度很小地偏了下头，又出声道，“我应该会更专业地想办法抢下他手里的刀吧。”

乔安琛学过最基本的防身术，当时那个情况，其实他反应再迅速一点儿，应该是可以有更好结果的，只是那时的他完全失去了思考能力。

“这样啊……”初壹假装认真地点了点头，笑意却全从眼睛里跑了出来，“那这种不专业的行为，不准再发生了。”

乔安琛出院那天是个大晴天，天空像是水洗过一般洁净湛蓝，浮着一朵朵白云，明亮温柔的阳光笼罩着大地。

夏天已经过去了，风里是属于秋天的凉意。

乔安琛穿着一件简单的毛衣开衫，初壹手里提着这段时间积累下来的行李，乔父和田婉也在，帮忙拿东西。

一行人回了家，门口竟然放着一个大火盆。初天和文芳女士站在那里，直叫乔安琛跨过去。

乔安琛和初壹对视一眼，露出无奈的神色，却还是依言照做了。

“好了！趋吉避凶，霉运散尽！”

随着他长腿一跨，两旁传来欢呼声，文芳女士和田婉都在鼓掌，喜气洋洋的。初壹也不由自主地被这种欢快的气氛感染了，在心里默默希冀着之后的生活都可以平安顺利。

两家人一起热热闹闹地吃了饭，一直到夜色降临才各自回去。

晚上初壹和乔安琛并肩躺在久违的家中，平日里觉得普通平常的时刻，如今充斥着满满的幸福感。

“你转过去。”初壹突然对他说。

乔安琛不解其意，却还是照做了。

他背对着她，露出宽阔的背，初壹伸手小心地揭开他的衣服，

他的肩胛骨侧边有一处和旁边的肌肤不同，伤口已经掉痂很久了，只剩下一道狰狞而泛着肉粉色的疤痕。

初壹的指腹从上面轻轻滑过，她不忍地出声道：“痛吗？”

“早就不痛了。”乔安琛回过头来朝她说道，语气淡然而随意。

初壹摸了两下，眼睫低垂着，忽然凑过去在那道狰狞的疤痕上亲了亲。

面前的肌肉颤抖了一下，接着传来的是乔安琛隐忍而带着警告的声音：“初壹——”

“好了。”初壹一把放下他的衣服，又隔着布料在他的背上抚了两下。

乔安琛立即转过身子，把她紧拥到怀里：“不要再动了。”

“啊？”

“睡觉。”

在家没休息多久，乔安琛就重新开始上班了。初壹前段时间混乱的生活也一点点回到了最初。

似乎有哪里变了，又似乎一切如常，只是她和乔安琛没再吵过架。两人之前虽然也很少争吵，但偶尔会闹一下小别扭，现在和睦了很多。

初壹有时依旧会因为一些生活上的小事情被乔安琛气得头疼，可自己到一旁冷静过后，和他重新沟通讲道理，又很快能解决问题。

时间就这样一格格地往前走着，不知不觉又到了一年的七夕。

情人节一如既往地热闹，酒店老早就推出折扣房间，品牌店开始预热，初壹早早就叫乔安琛晚上不要加班，回家一起吃饭。

今年不再有剩下来的蜡烛了，乔安琛的生日那次买的蜡烛，初壹某天打扫时发现被虫子咬掉了大半，只好心疼地丢掉，然后网购了一堆驱虫产品。

如同往常一般，虽然没有红酒、牛排，但有自制的中餐加上自制蛋糕。

菜色明显是初壹精心准备的，一盘炸鸡翅还摆了盘，旁边放了朵小花点缀，就像是高档餐厅里摆出的样子。

乔安琛望着对面的人，眸中难掩笑意。她总是这样，在日常中经常能制造出特别的小浪漫。

吃完饭便准备切蛋糕了，乔安琛拿着刀刚想动手，初壹忽然制止了他："等等，我许个愿！"

"又没人过生日。"乔安琛动作一顿，眼含无奈之色。

初壹睨了他一眼，不由分说地到厨房找出了一根小小的蜡烛插在蛋糕中间，吩咐乔安琛关灯。

整个客厅都黑了下来，只剩下一根明黄色的烛火在眼前摇曳，初壹双手合十地闭上眼睛。

——我的愿望便是未来的十年、二十年，乃至之后白头到老的岁月里，每一个七夕，都能和面前的人一起度过。

"初壹，你许了什么愿？"耳边有人轻声问，初壹睁开眼，看到了乔安琛被烛光映亮的脸上遍布着温柔和暖意。

她想了想，回答："不告诉你，说出来就不灵了。"

"我刚才也许了一个愿。"他像个邀功的小孩儿一样，用神秘又窃喜的语气朝她说。

初壹很配合地问他："那你许了什么愿？"

"希望以后的每一个七夕都能和你一起过。"乔安琛毫不迟疑地说了出来。

初壹有些懊恼地皱起眉头，恨不得捂住他的嘴："不是说了吗，说出来就不灵了？”

“可是这个愿望只有你才能给我实现啊。”乔安琛猝不及防地凑过来，在她的唇上轻轻碰了碰，接着问她，“初壹，你愿意吗？”

他就像当年向她求婚那样，神色郑重，无比认真地问她：“初壹，你愿意吗？”

“我愿意。”

她再次毫不迟疑地重重点头。

番外一　婚后日常

乔安琛当年的求婚一点儿都不浪漫。

初壹记得很清楚。前一天两家父母都坐在一起交流了彼此的意见，商量他们的事情。

当时她回去考虑了一晚上，默认了。

然后两方开始各自准备，初壹和乔安琛再见面时，似乎有些异样的沉默。

说是情侣，他们又好像就要结婚了；说是未婚夫妻，然而他们之间并没有过什么仪式。

两人中间仿佛隔着一层薄薄的膜，需要什么来打破。

没几天，不知道是被人提醒了还是怎么的，乔安琛突然约她出去，吃完饭后不知从哪里捧来了一束玫瑰花，单膝跪在她面前，另一只手里拿着钻戒盒子，望着她稍显忐忑地问："初壹，你愿意嫁给我吗？"

初壹当时记得自己愣了几秒，膝盖有些发软，脑子都是蒙的。

她第一次被人求婚，那个人还是乔安琛。

虽然知道最终他们总会踏入婚姻的殿堂，但初壹没想到还会有这个流程。她更多的还是惊喜，一时感动得不知该说什么才好。

大概是见她没说话，乔安琛又抿了下唇，面容郑重，无比认真地重新问了一遍：“初壹，你愿意吗？”

“我愿意。”她展颜，不假思索地重重点头。

这次的七夕过后，没多久就是初壹的生日，她二十九岁的生日。

过了这一天之后，她便是虚岁三十。

以前初壹总觉得这个数字很遥远，直到这天真的到来，依旧有种强烈的不真实感。

乔安琛竟然也有点儿直男的浪漫了，在蛋糕上插着的是十八岁的蜡烛。他眼中藏着温柔之意，笑着说：“希望我的初壹永远十八岁。”

初壹鼻子一酸，差点儿落泪。

她知道自己幼稚不成熟，大概是因为毕业后一直在家，社会经验和常识都十分缺乏，生活中许多事情全靠乔安琛搞定的。

水管坏了、下水道堵了，或者遇到那些让她烦躁不已难以解决的问题，他好像无所不能，只要初壹和他慢慢说清楚，哪怕是他未曾涉猎的东西，他也能给出合理的意见，让初壹混乱的脑子归于冷静。

在乔安琛面前，初壹可以永远做一个十八岁的小女孩儿。

“谢谢你。”她忍住感动说道。

乔安琛望着她，神色温和：“我也要谢谢你，初壹，谢谢你来到我身边。”

这个冬天两人过得格外平静，唯一的一件大事就是初壹的漫画改编的那部电视剧要开播啦！

刚好赶在岚城第一场雪的时候，乔安琛带着满身的雪末子回来，在玄关处拍着头发、衣袖。初壹穿着睡衣坐在沙发上，见状埋怨道：“不是在你车里放了伞吗？你怎么还弄成这样？”

“这么点儿小雪撑伞很奇怪。”乔安琛想着自己一个大男人在众目睽睽下撑着伞躲雪，有点儿丢人。

“行吧。”初壹原本想说死要面子活受罪，但为了夫妻关系和睦，还是换了更加无害的说法，“你快去洗澡，不要感冒了。”

“好。”

初壹照例喜欢喝奶茶，尤其是在冬日里，喜欢待在温暖的房子中煮上一杯热腾腾的奶茶。

乔安琛出来时，闻到的就是满客厅的香味。

他走过去在沙发上坐下，倾身把面前桌上的另外一个杯子拿过来。两个杯子是配套的，一个是粉色的陶瓷小兔子，一个是浅蓝色小熊，是乔安琛和初壹亲手做的。

有次初壹看到网上一个手工陶艺视频，心血来潮地搜了一下岚城有没有类似的店，结果真的被她找到了一家。

等到周末假日，她就拉着乔安琛一起过去，两人齐心协力，主要还是在老板的帮助下，完成了这两个杯子。

初壹负责提供构思，乔安琛负责动手，最后成品出来效果竟然挺不错。从此之后，这就变成了两人在家的御用杯子。

今天的奶茶被初壹加了草莓果汁，过于香甜，乔安琛抿了几口，虽然这两年已经习惯了奶茶的味道，还是觉得有些甜腻。

初壹看了他一眼，出声问道：“太甜了？”

“嗯。”乔安琛放下杯子，舌尖还残留着草莓的甜味，很浓烈。

他想了想，抓过初壹偏头吻了上去。

两人如今的亲热几乎是不加克制的。哪怕是在大街上，难以自持时，乔安琛也不会顾忌太多，只是初壹倒不好意思了，分开后埋在他怀里不太敢抬头。

走在一起两人必定是牵着手黏在一块儿的，偶尔累了乔安琛还会背着她。有人说结婚越久感情就越向亲情发展，可初壹觉得他们好像反了。

结婚越久，两个人就越相爱，一刻都舍不得分开。

亲了一会儿，乔安琛最后含了下她的唇，松开手，舔了舔自己的嘴角。

“现在好多了。”他的声音沉沉的，略带沙哑，初壹眼里还有些雾蒙蒙的。

“嗯？”她迷迷糊糊地出声。

“没那么腻了。”乔安琛笑了下，睨着她，嘴角挑起笑意，看着有点儿坏坏的。

初壹清醒过来，踢了他一脚，轻嗔道：“厨房里还有原味的，自己去倒。”

“算了，待会儿喝。”乔安琛把她抱到怀里，整个人微微往后倚靠在沙发上，望向大屏幕，“今天看什么？”

“待会儿你就知道了。”初壹露出一个神秘的笑容，趴在他胸前，伸手环住他的腰，“一部新出的电视剧。”

掐着点，尊贵的会员直接跳过广告，画面几番转折过后，一片粉色爱心出现，屏幕正中的片名定格，深粉色字体很是浪漫——《我的少女心》。

乔安琛觉得这个名字有点儿眼熟，似乎在哪里见过。还未等他深想，初壹已经翻了个身，睁大眼聚精会神地盯着电视。

两人调整了个姿势，乔安琛从身后把她搂住。

剧中的第一个镜头，是可爱的女主角在家里人的逼婚下去相亲，结果不甘不愿地走进咖啡馆，看到了坐在窗边的男主角。

柔和明亮的光晕中，那个人好看得不似真人，女生定在那里满脸惊艳之色，背景音乐浪漫轻快，男生慢慢转过头来，两人定定地对视。

乔安琛盯着这一幕，心中的怪异感更甚。这时他注意到了女生身上的粉色上衣和扎成了一个鬏鬏的头发。

他又看了看那个男生，西装、天蓝色衬衫、领带。

乔安琛脑中突然闪过什么，这时他才发现里面的男主角那张脸似曾相识。乔安琛从记忆库里很快搜索出了他的信息——季木白。

初壹曾经的漫画改编的那部电视剧的男主角。

“这是你的那部电视？”乔安琛立即反应过来了。

初壹含笑仰头看着他，接着点了点头：“对呀，今天首播。”

乔安琛和她对视着，没说话，初壹又扭过头继续看电视，乔安琛也顺着她的目光将视线落在电视上。

这次的相亲过后，女主角为了逃离家里人的逼婚而偷偷北上，经朋友介绍去了律师事务所工作，结果上班第一天就发现令人闻风丧胆、冷血无情的铁面律师竟然就是她“逃婚”的对象！

两集电视转眼播完，最后镜头结束在两人再次相遇撞上的那一幕上。

女生以实习生的身份去会议室送咖啡，结果见到男主角时太过惊讶，脚下不小心一绊，手里的一整杯咖啡全部洒在了男生的裤子中间。

众人哗然，画面定格。

片尾曲响起，初壹恋恋不舍地收回目光，过了会儿转过头来，双手圈住了他的脖颈：“好看吗？”

“好看是好看。”乔安琛慢吞吞地说，“就是某些地方有点儿眼熟。”

“哈哈哈。”初壹忍俊不禁，笑完之后也没解释，只是把脸搁在他的肩上，打了个哈欠，“我有点儿困了，想睡觉。”

“去房间。”乔安琛推了推她的腰。

初壹摇头，耍赖道：“不要，我要你抱我进去。”

乔安琛无奈，却还是起身把她打横抱起。此刻初壹脸上睡意全无，她笑嘻嘻地揽着他，双脚在半空中踢了两下：“乔先生，会不会再过几年你就抱不动我了？”

乔安琛抽空睨了她一眼，淡淡地道：“等到八十岁我都抱得动你。”

“我才不信！”初壹被逗乐了，笑嘻嘻地说，“等到八十岁你都变成小老头了。”

“那你可以试试。”乔安琛说着，把她放到了床上。初壹立即抱着被子打了个滚儿，刚躺平就看到乔安琛站在床边开始单手解他的睡衣扣子。

“你干吗？”初壹警惕地看着他，抓起旁边一个枕头用力抱住。

“说话就说话，好好的你脱衣服干什么？”

“让你感受一下乔先生的体力。”他说话间，衣服已经解开得差不多了，单膝跪在床上作势要上来。

初壹立刻往旁边滚去：“啊啊啊——乔安琛你越来越骚了！”

“你说什么？”乔安琛像是拎小鸡崽一样把她抓过来，眯起眼睛，略带警告地望着她。

初壹平时和小高网聊奔放惯了，每次这样说对方都毫无心理压力，刚刚也是未经大脑脱口而出。此刻被乔安琛这样定定地盯着一质问，她才反应过来自己说了什么。

她脸颊微红，咕咚咽了下口水。

“没……你听错了。”初壹立即认㞞，矢口否认。

乔安琛也不追究，只是意味不明地盯着她，须臾扯唇笑了下。

“嗯。”他低低地应了一声，似乎是已阅的意思。初壹心中的预感越来越不好，果不其然，之后整个晚上她都被折腾得很惨。

也不知道为什么结婚这么久了他对这种事情还是乐此不疲。

第二天中午腰酸背痛地醒来的初壹心想。

电视剧的播放是每天两集，这几乎成了两人夜晚的固定消遣。当然，乔安琛忙起来加班时，初壹就不等他了，独自一人美滋滋地享受着放松的夜晚。

晚上临睡前，乔安琛还要追问她：“今天演了什么？那个钱幼幼又被骂哭了吗？季木白还是那副死样子？”

初壹：“人家在剧里叫陈一嘉，对，今天小可爱又是哭泣的一天。”

乔安琛一听还有些生气，在被子里翻了两下身，轻哼道：“那男的一看就不是个好人，戏里戏外都这样。”

初壹憋笑，没有告诉他陈一嘉最开始的原型是他本人，让他自己去骂自己。

“说话就说话，怎么还对别人进行人身攻击呢？”初壹故作严肃，板着脸义正词严地主持公道。

乔安琛盯了她几秒，竟然还吃起陈年老醋来：“你是不是还喜欢人家呢？”一提起来，往事就纷纷涌入脑中，乔安琛蹙起眉道，“当初还给人家画画，聊天还聊得那么开心，在你心中他叫什么来着？男神？”

“……”

“呵。”说着说着，他自己先气笑了，像是要把初壹扒开裤子打一顿的架势。

讲起这个话题，初壹就不甘示弱了，十分有底气。

她也先冷笑了一声，字字珠玑道："我这算什么？说起来，我也没有和人家共撑雨伞在雨中漫步啊！你还跑去别人家里吃饭，我是没有去季木白家里吃过饭！"

乔安琛："……"

他哑口无言，一口气堵在胸口不上不下，明明冤得要死，却说不出辩解的话。

"你明明……你明明知道那是误会……"乔安琛张嘴半晌，最后蹦出这么一句话，"那至少我不喜欢人家啊，你可是——"他思索几秒，优秀的记忆力在此刻发挥得淋漓尽致，"哦，最喜欢的男明星，梦想照进现实，激动到一晚上睡不着觉，开心得做了一整桌子菜。"说到这里，他强调："因为季木白，你还特意做了松鼠鳜鱼。

"你一年都没有给我做过两次松鼠鳜鱼。"

"……"

初壹一直就知道乔安琛记忆力好，但没想到会这么好，连这些不重要的细枝末节都记得清清楚楚。

她在黑暗中和乔安琛大眼瞪小眼，两人都气鼓鼓的，活像两只胀气的金鱼。

"算了。"须臾，也是乔安琛先妥协。

只是身体和嘴上说的全然不符，他说完便转了个身背对着初壹，仿佛是气到不想看她。

初壹更加生气了。

她也不知道他哪里来的底气这么理直气壮，自己识人不清白瞎了一双好眼睛，现在还反过来怪她冤枉他了。

初壹更加大力地翻了个身，也用背影表达着冷漠。

不仅如此，她还非常用力地哼了一声，声音在安静的夜晚十分响亮。

没过几秒，初壹还未数清窗帘上有几道皱褶时，旁边的人已经先转过身来，又把她拖进了怀里。

他闷不吭声地把下巴压在她的头顶，手里紧紧搂住她的腰，不让她有反抗的机会。

初壹象征性地挣扎了两下，无果后恨恨地在他的腿上踢了一脚泄愤。乔安琛很有经验地让她先踢一下，在初壹准备踢第二下时，牢牢地夹住了她的脚。

“睡觉了。”他一本正经地教训，初壹还欲再动作，被乔安琛一语双关地警告，“再不睡就不要睡了。”

“……”她憋屈地闭上嘴，意难平，感觉今晚是个失眠之夜了。

他都不来哄一下自己。

初壹把头抵在乔安琛的锁骨处，闭着眼，闻着他身上熟悉的味道，想着想着竟然鼻子一酸。

她太委屈了。

这种吵不赢又打不赢的感觉，让她胸口憋着无数闷气，陈年老醋早就消失得无影无踪，里头全是她对他今晚的所作所为的委屈。

乔安琛见她安安静静地靠在怀里，不挣扎也不说话，乖得有些不可思议，以他对初壹的了解，立刻觉察到了不对劲儿。

一瞬间后背有些发凉，他哪里还顾得上什么较劲赌气，暗自后悔，低下头去吻她。

初壹躲了下，乔安琛的唇落在她的脸颊上，随后一连串的吻轻柔地落上去，蔓延到嘴角，最终两人的唇严丝合缝地贴在了一起。

两人温柔缱绻地亲了许久才分开，乔安琛抵着她的额头，气息炙热。

“都是我的错，别生气了。”他低声道歉，初壹哪里还生得起气来，立刻就开始反省自己。

“我也不对……当然，你错得更多！”她又立马说。

乔安琛忙不迭地点头：“我不该顶嘴。”

“哼！”初壹如是气道，却偷偷笑了起来。

其实她并不是气这件小事情，生气的只是一个表示在乎的举动而已。

女孩子大部分时候真的很好哄。

乔安琛这段时间和她一起追剧追得心甘情愿，甚至被后面的剧情勾得抓心挠肺。初壹有一次实在看不过去，忍不住多嘴了一句："其实你可以去看原著漫画啊，反正故事情节都差不多，只是细节……"话说到一半，初壹就立刻头皮发麻，紧闭双唇面如土色。

她时刻都捂着自己的小马甲，乔安琛也从来没有问过她的笔名什么的。

这点上两人仿佛保持着与生俱来的默契，很贴心地为对方保留着一点儿安全距离。

初壹曾经很感谢乔安琛，因为她真的很不喜欢生活中认识的人去看她二次元里的东西，包括创造出来的作品。

因为那是属于她的另一个小世界，和她在现实中呈现出来的东西是完全不一样的。个人的极度隐私，她并不想让别人全部看到。

哪怕现在她的漫画已经被拍成了电视，她所有的同学、朋友和家人，也都不知道她的笔名和作品。

在初壹说出那句话之后，气氛就安静了。她的声音是戛然而止的，乔安琛只侧过头来看了她一眼，然后没什么太大的反应，也没有接话。

她咽了咽口水，接着见到乔安琛慢吞吞地转回头，依旧专心地看着电视，仿佛没听见她的那句话。

初壹悄悄松了口气，为他此刻的贴心默默地点了个赞。

没过几天，乔安琛又忙了起来，每天陪她追完电视，还要去书房待上几个小时，甚至有一晚竟然在她睡着了都还没回来！

周五晚上，第二天刚好放假，初壹看乔安琛一直没回房，还特意爬起来去催了他两次。

她每次进门前都会很有礼貌地敲一下门，然后就见他笔直地坐在电脑前满脸严肃，双手放在键盘上，像是在查看什么重要资料。

初壹悄悄探进头去，问了句："还没忙完吗？"

"嗯，还要一会儿，你先睡。"乔安琛转过脸望着她沉声道，仿佛还没有从案件中脱离出来。

初壹乖巧地点头，又担忧地嘱咐了一句。

“你也不要忙太晚，早点儿睡哦。”

“好。”乔安琛点了点头，很认真地答应。

初壹只好回去自己睡了，只是可能有些不习惯，闭着眼好久才不知不觉地堕入梦中，直到最后失去意识，乔安琛都没有回来。

早上也是，初壹总觉得有些不对劲儿，迷迷糊糊中感知到外界，然后在床上翻了几个身，怎么都睡不安稳，于是干脆睁开眼，结果却发现整张床空荡荡的，只有她一个人。

难道乔安琛一晚上没回来吗？

这是涌入初壹脑中的第一个念头，仅存的睡意也瞬间全无，初壹立刻放开被子下床，踩着拖鞋打开门出去。

刚走到客厅，她就看到对面书房的门被打开了，乔安琛满脸憔悴地走出来，眼底有一圈乌青痕迹，好像是一夜未眠的模样。

初壹惊呆了。

她没有想到如今乔安琛的工作已经繁忙到这种程度，据她所知，自从那次受伤过后，他的工作就发生了一点儿变化，最近这半年时间宽裕了很多，他不再像以前那样每天加班，怎么一下就要熬通宵了？

初壹心疼得眼泪都要掉下来了。

她立刻走上前抓住乔安琛的手臂满眼心疼地上下打量：“你昨天一个晚上没睡吗？你们检察院怎么回事？怎么能不把人当人用呢？这样熬下去你怎么受得了？”

她一刻不停地说着，满怀担忧。乔安琛脸上闪过一丝显而易见的心虚和愧疚之色，沉浸在心疼难过情绪中的初壹并未发现。她伸出双手捧住了乔安琛的脸，双目盈盈，泫然欲泣：“老公……要不然咱们辞职吧，我可以养你的，这份破工作不要也罢！”

“初壹。”乔安琛听不下去了，拉下她的手握在掌心。

“我没事。”他深吸了一口气，柔声哄她，“别担心，嗯？”

“我怎么能不担心？”初壹难过地叫道，声音带着哭腔，“现在猝死的人这么多，你以前忙就算了，现在竟然还要通宵工作。万一你出了什么事情，我怎么办？”

“……”乔安琛默了默，随后出声保证，“只有这一次，以后绝对不会再有了。”

“这次是特殊情况，不全是工作……”他之后又小声加了句，可惜初壹并没有注意听。

“真的吗？”她平静下来后，可怜巴巴地寻求心安般确认道。

乔安琛再次正色申明：“真的，我发誓。”

初壹抿着嘴、垂下眼不说话了，乔安琛连忙把她拥入怀中，拍着她的肩膀：“好了，别担心了，我自己会注意身体的。”

“嗯。”许久她才强忍着抽噎应了一声。

之后乔安琛真的如他说的那样，恢复到以往的规律作息，初壹提着的一颗心终于放下了，整个人轻松了许多。

电视剧也终于从“陈一嘉每天把人骂哭的作死日常”变成了甜甜蜜蜜的谈恋爱阶段。

男、女主角在里头终于开始了恋情，初壹老母亲般的心都快操碎了。

这天突然放到了男主角带着女主角出去抓娃娃。

这一幕也是初壹根据自己生活中的素材改编的，没有太多艺术加工，因为当时的场景就很美好。即使时隔两年，她再次想起也无比深刻清晰地存在于记忆中，每次回忆起来她脸上都会不由自主地泛起笑意。

但是乔安琛不知道。

面前的电视上已经出现男主角和女主角站在娃娃机前准备要动手的剧情。

初壹微微提起了心，在考虑找个借口把乔安琛支开还是随便想个理由，比如在画漫画时刚好觉得这个情节很好，所以灵感突发，就随手加进去了。

对，就是这样，初壹很快就说服了自己，并且全神贯注地提防着乔安琛的反应。

谁知道直到最后男、女主角都抓完娃娃了，并且挂着满身娃娃到了广场那里被小孩子羡慕，如此明显相似的剧情出来，乔安琛都盯着电视一动不动，像是丝毫没有发现。

初壹一时间也说不清自己是什么感受了，反正心情挺复杂的。

人来人往的广场上，女主角踮着脚亲了男主角一口，接着被男主角神情严肃地拉到了树后面，男主角低下了头——

看到这里，初壹实在忍不住侧过脸偷瞄了乔安琛一眼，他仍旧十分专注，只是仿佛察觉到了她的目光要转过头来。

初壹咻的一下飞快地扭回了脑袋，整个人坐得直挺挺的。

乔安琛突然开口："这一段好像还挺眼熟的。"

"啊……啊。"初壹彷徨又茫然，眼睛四处乱瞟着，正要说出自己准备已久的理由时，乔安琛又转回头去，语气随意地道，"我就随便说说。"

"哦……"初壹一口气顿时堵在了胸口，难以纾解。

今日的更新剧集追完后，初壹蔫头耷拉脑地往房间走去，像是藏着满腹心事，无精打采的。

乔安琛看着她这副样子，不由得问："你怎么了？心情不好吗？"

初壹闷不吭声地摇摇脑袋，说着没事，整张脸上却明晃晃地写着三个字——不开心。

乔安琛不知道该怎么解决这种情况，有些手足无措，毕竟以初壹这种藏不住情绪的性格，她还是第一次露出如此深沉复杂的表情。

他踌躇着，脑中突然灵光一闪："那要亲亲抱抱举高高吗？"

初壹："……"

她猛地抬头，诧异地盯着他，睁大了眼睛。

"什么？"她以为自己出现了幻听。

乔安琛抿了下唇，在原地停留几秒，忽地上前，两只手抱住她的腰，把她从地上提了起来。

她本能地伸手环住他的脖颈。

乔安琛抱着她转了一圈，半空中的失重感还有风速以及这个动作带来的新奇体验，让初壹绷不住笑了起来。

"乔安琛，你干吗呀？"她咯咯直笑，手里却抱紧了他不放，睡衣裙摆飞扬了起来，心情也跟着高高扬起。

她感觉就像小时候坐在爸爸的脖子上一样，心头涌起那种属于小孩子的独一无二的快乐。

转了两圈，乔安琛把她放了下来。初壹双脚落地，有些意犹未尽，刚准备说什么，就被乔安琛低头亲住。

他最后松开了她，低声道："好了。"

好了？

初壹直到最后迷迷糊糊地被他拉进房间，脑子才慢悠悠地转回来。

——要亲亲抱抱举高高吗？

所以，刚才那样就是？

初壹瞬间顿住脚步，扯了扯前面的乔安琛的衣角。他转过身，就见初壹低着头站在那里，小声说："还要。"

"什么？"这次轮到乔安琛迷惑了。

初壹仰起头看着他，咬了下唇，鼓足勇气道："还要亲亲抱抱举高高。"

"……"

这个晚上两人之间形势逆转，以前总是初壹有气无力奄奄一息地躺在床上，如今换成了乔安琛。

初壹跪坐在一旁，满脸红扑扑的，意犹未尽地摇着他的身子："我还要，还要再来一次嘛！"

"我没力气了。"乔安琛微喘着气，唇色有些泛白，整个人如同脱力般陷在被子里。

初壹不满地嘟起唇，却为了自己未来的幸福，十分贴心地在一旁给他捏着手臂、捶着肩膀。

乔安琛双目无神地望着头顶的天花板，脑中全是不久前的画面。

自初壹感受了一把"亲亲抱抱举高高"的快乐之后，无法自拔，于是乔安琛抱着她转了第二次、第三次……以至后来记不清多少次了。

开始还好，到后面他的体力就不行了，毕竟她是一个大人的重量，他抱着她在半空中旋转几圈也是很耗体力的。

但是乔安琛抵不过初壹的撒娇哀求。她抱着他的腰，仰着小脸，眨巴着眼睛竖起根手指头放在唇上，一个劲儿地迭声叫着：“再来一次好不好？最后一次了，这次真的是最后一次。”

他要是稍微迟疑了没有答应，初壹就立刻抱着他原地蹦跶，上蹿下跳，乔安琛被蹭得没有一丝脾气了。

于是最后一次又一次，初壹玩上瘾了，乐此不疲，而乔安琛终于手臂一软，差点儿让她掉下来。

他出了一身冷汗，之后无比坚决地结束了这项新活动。

此刻乔安琛躺在床上，转头看了眼旁边满脸乖巧地给他捏着手臂的初壹，手微用了点儿力，把人扯到了自己身上。

“我伺候了你一晚上，现在该你伺候我了吧？”他的声音都带着长跑过后那样疲惫的无力感。

初壹心头一软，用予取予求的语气说道：“我现在不是在伺候你了吗？”她亲了口乔安琛的下巴，乖巧地道，“你还想要怎么伺候？”

乔安琛又望了眼天花板，脑子里再次闪现出一些东西。

他慢吞吞地垂下眼，意味不明地睨着她，须臾薄唇张合，缓缓出声：“坐上来，自己动。”

初壹：“……”

这种鬼畜的霸道总裁台词他是从哪里学来的？

初壹狂乱过后，又觉得这一幕似曾相识，不过这句已经在现代社会风靡网络、被疯狂吐槽的话，她并没有多放在心上。

她只是在想乔安琛是从哪里学来的。

“你最近怎么回事？”初壹眯着眼睛打量着他，“一下这么紧跟潮流了。”虽然是过时的潮流，她心想。

乔安琛双手摊在两侧，肌肉还是酸的，初壹趴在他身上警惕地睁大那双眸子盯着他。

头顶的灯光太亮，乔安琛躲闪似的闭了闭眼，突然开口：“我好累啊初壹，我想要睡觉了。”

“……”

虽然不知道他是不是在转移话题或者逃避，不过想着今晚她折腾他这么久，初壹还是很有良心的。

她从乔安琛身上爬下来，又扯着一旁的被子给他盖好，像是关照小宝宝般在上头拍了拍，接着关灯："好吧，那我们睡觉吧！"

初壹临睡前会习惯性地用手机记些东西，有时候会发到微博上，有时候就让其静静地躺在备忘录里面。

今晚受的刺激太大，她在手机上敲敲打打半天，忍不住编辑了一条微博发送出去。

初一十五："我家先生的脑子最近好像出了点儿毛病，万年大直男，看我心情不好竟然主动问要不要'亲亲抱抱举高高'。不过说实话，'亲亲抱抱举高高'的美妙，你们永远体会不到。"

她刚将微博发送出去，底下的一群"小柠檬精"就开始疯狂喷酸水了。初壹一边乐一边又看到其他姐们儿发了自己被男朋友抱起来的照片，放大仔仔细细地看过之后，表示都没有她家乔先生帅。

初壹心满意足地收起手机，抱着一旁的乔先生睡着了。

夜里好像下了一整晚的雪，早上初壹起来，外头都是白茫茫一片，白雪压满枝头，铺在地上、盖住屋顶，城市一夜之间变成了童话里的世界。

屋子里却是暖洋洋的，就算赤脚踩在地板上也不会感到寒冷，初壹再次感慨，冬天全靠暖气救命了。

乔安琛早就去上班了，初壹在书房画了一上午画，吃过中饭继续时，却发现温度好像越来越低了。最初她还没太大感觉，直到指尖开始僵硬到拿不动笔，才察觉到不对。

这样一醒神，初壹发现整个房间都是冰凉的，空气仿佛和外头的冰天雪地融为一体了。

她再粗心也发现不对了，走到房间角落一摸，果不其然整个暖气片都是凉的。

初壹翻箱倒柜地找出暖气工人的电话打过去，对方却说大雪天没有办法开车过来，要等明天。初壹无奈，想着只好打开空调了，结果怎么也找不到遥控器。

她白忙活了半天，最后筋疲力尽地坐在沙发上，把房间里的棉被抱出来紧紧地裹在身上。

初壹整个人抱紧小被子，开始低头翻乔安琛的对话框。

“家里暖气坏了。”

“空调遥控器也不见了。”

“你老婆现在裹着被子坐在沙发上，在线等救命。”

发完初壹还自拍了一张照片给他，播报实况。

乔安琛现在已经养成了把手机放在桌旁的习惯，一听到嗡嗡的振动声，便分神看一眼，见到是初壹的消息，随手点开。

他先看到了屏幕上那个人，裹着厚棉被双眼呆滞无神，一脸生无可恋的样子。

乔安琛扯开嘴角笑了下，随后给她回复：“暖气怎么了？”

初壹发了一长串话给他，从一开始自己的手指冰凉说到人家暖气工人不肯过来，乔安琛只提取了中间那一句有用的信息——暖气片不热了。

他摇了摇头：“等我，很快就回去了。”

初壹看到这一句话，就放下心了，心安理得地裹着被子在沙发上咸鱼躺，露出一只手玩会儿手机，凉了之后又塞进被子，换成另外一只手。

等到她快要看完一集电视剧时，乔安琛回家了，沙发上那团“蚕蛹”似的东西立刻弹跳而起，露出一张被乱发覆盖的脸：“你回来啦！”

乔安琛已经有好一段漫长的岁月没有见到初壹这么欢欢喜喜地迎接他下班了，看着那双发亮的眼睛，表情有些无奈。

“嗯，回来了。”男人换好鞋解开衬衫扣子，径直朝角落里的暖气片走去，低头摸了摸，随后四处查看了一番。

初壹开始还新奇地往他那边看，结果见乔安琛拿了一堆工具过来，坐在地上埋头摆弄着，忍不住问：“怎么啦？出什么问题了？”

“还不知道，我先检查一下。”乔安琛头也不抬地说，专心致志地检查着暖气片。

光看着有些枯燥无味，况且初壹也没指望他能修好，只婉转地提了一句：“要不然你帮我想一想空调的遥控器放在哪儿了？”

“待会儿，等我弄完看看。”

“好吧。”初壹略显失落地应下来，整个人又窝进了被子中，玩着手机。

大概过了半个小时，抑或一个小时，初壹感觉到周围好像有点儿热了，因为她已经好久没有换手进去被子里取暖了。她抬起头，后知后觉地发现整个屋子都已经是暖洋洋的了。

“哇！暖气好啦？”初壹惊喜地叫道，坐起来看着站在厨房里洗手的乔安琛，顿时觉得他的身影伟岸无比，“乔安琛，你太厉害啦！”

有了暖气，这累赘又厚重的被子顿时毫无用处，初壹立即卸磨杀驴，把它远远地扔开，自由自在地跳下沙发，朝他小跑过去。

“你怎么修好的？你怎么这么厉害？”她充满好奇地询问着。

乔安琛擦干净手，随口答道：“里头积气堵塞，清空就好了。”

“你怎么会修的？”初壹不太明白，都是脑子这种东西，为什么乔安琛的就格外好使呢？

“百度查了一下。”乔安琛又是那种波澜不惊的语气，就像是那种极其炫酷、极伟大的人物造福社会之后，却深藏功与名，消失在众人中。

初壹顿时对他崇拜得不行，都快变成星星眼了，无比激动。

“乔安琛，你实在太聪明了！真棒！”她不光说，还用力地竖起两根大拇指放在脸旁，笑眼弯弯，一脸崇拜的样子。

乔安琛极其缓慢地扫了她一眼，若有所思，须臾突然幽幽地来了一句：“我不是脑子才出了点儿毛病吗？”

“啊？”初壹蒙了，电光石火间想起了自己昨晚发在微博上的那段吐槽。

她花容失色，震惊地张大嘴，瞪圆眼睛，难以置信地伸出一根手指头颤巍巍地指向他：“你偷看我的微博了！浑蛋！”

初壹濒临崩溃，发出一声歇斯底里的呐喊，想起自己每日在微博上面发的那些东西，便恨不得立即原地消失。

毕竟上头除了她时不时分享的婚后的日常生活之外，还有什么“美男出浴图”“盯裆猫”“我可以”之类的图片。

那些动不动就在评论底下写小黄文“开车”的粉丝朋友如此一比就显得不值一提了。

初壹一想到乔安琛看到这些东西的画面，就忍不住七窍生烟，两眼昏花，只愿长眠不醒。

偌大的厨房在她那声呐喊之后就归于死寂，初壹和乔安琛四目相对。她盯着他，突然又是一个激灵。

什么“亲亲抱抱举高高”，什么“坐上来自己动”，明明都是自己漫画里的东西！

那是她画过的男、女主角之间的互动！

初壹前两年的作品，因为时间过了太久有些细节她记得不是特别清楚，如今和乔安琛这两天的异样串连起来，都可以说通了。

“所以，你也看我的漫画了？”初壹盯着乔安琛，捂住胸口，一口气喘不上来，差点儿溘然长逝。

乔安琛见她捂着胸口气都喘不匀的模样，躲开视线抓了抓头发，嘴里含糊不清地答：“嗯……就看了一点儿……”

“一点儿是多少啊？”初壹此刻高度警惕，他的呼吸声都听得一清二楚，更何况是一句话，哪怕声音压得再低，初壹也可以听清楚！

“就……”乔安琛偷偷抬眼看她，迟疑地竖起三根手指，然后又在她的视线逼迫下变成了两根。

“就两部！真的！”他信誓旦旦地保证，初壹却丝毫没有感受到慰藉。她深呼吸，继续拿手指着他：“哪两部？说！”

乔安琛退无可退，整个人往后撑靠在流理台上，缩着脖子咽口水。

他报出了两部漫画的名字，是初壹画的为数不多的男性向漫画。她刚松口气，又立即想起。

“不对！你是不是还看过我的其他漫画？”不然他怎么学来的那些话？

“还看过一部……”乔安琛见混不过去，又报出了另外一部漫画的名字，还是男性向的。

初壹板着脸继续严肃地审问：“还有！”

“还有……还有其他的也扫了两眼……没怎么看。”乔安琛吞吞吐吐地和盘托出。

他原本是随便看看的，结果就一发不可收拾了。他以前在学校也见同学看漫画什么的，但那时候他一心向学，没有半分兴趣。

直到前段时间——在初壹说漏嘴之后，他当晚就去搜了那部剧的原著，顺藤摸瓜地找到了初壹的笔名，然后打开了她的作品列表。

乔安琛才发现原来漫画是这么好看，导致他后来为了看到大结局，硬生生熬了个通宵，一口气把那部漫画看完了。

乔安琛还记得那个剑客死的时候，他心中涌起的惆怅久久未散，整个身子无力地靠在椅子上，望着窗外凌晨五点的天空，感觉角落里挂着的那颗小星星都在悲伤地眨眼睛。

他后来好几次看到初壹都欲言又止，很想质问她当初为什么要把剑客写死，不过还是忍下去了。他大概冥冥中有种直觉，如果被初壹知道他在看她的漫画，可能会引起某些不必要的“沟通”。

而现在他的直觉应验了。

“扫了两眼？”初壹没有放过任何一丝细节，逐字拷问。

乔安琛头痛，老老实实地回答：“对，就是觉得其他的没有那几本好看。”虽然其他几本也是有趣的，可乔安琛觉得那些每天甜甜蜜蜜地谈恋爱的情节也太腻歪了，相比之下，他更喜欢有江湖的剑客大侠。

所以只看了几页他就没看下去，不过有些令人印象深刻的情节还是记住了。

当然，有一部除外，就是那部被改编成电视剧的、很熟悉的、乔安琛经常看着看着会忍不住笑起来的漫画，有他和初壹的影子的漫画。

他是第一次知道，原来这些细节初壹记得这么清楚，也是第一次知道，原来那些他觉得平常的时刻，在她笔下可以这么美好。

听到回答，初壹大概也猜出了乔安琛的全部心路历程，最初的狂乱过后，整个人也向命运低头了。

她毫无生气地站在那里，耷拉着脑袋，塌着肩膀，静静地盯了乔安琛许久之后转身，整个人有气无力地往房间走去。

停了几秒，乔安琛提腿跟了上去，走到门口刚好看到初壹脱鞋爬上床，然后拉开被子，默默地把自己裹进去，没有发出一丝声音。

他有些担忧，脚步轻轻地走过去，刚想说什么，就听到初壹从被子里传出瓮瓮的说话声。

“不要打扰我，我想静静。”

“好。”乔安琛清了清嗓子，犹豫了一下又说，“那你慢慢想静静吧。”

“……”

待乔安琛走后，初壹才从一旁摸出手机，飞快地打开微博，越往后翻脸就越红，想到这些都被乔安琛看过一遍，整个人就羞耻得无地自容。

她一条条地去处理，该删的删，该锁的锁，一通忙活完毕，整个首页看起来舒心了不少。她略略满意，终于掀开了头顶的被子，呼吸着新鲜空气。

算了，其实也没什么大事，两人都结婚这么久了，谁还不知道谁啊？

初壹是这样子安慰自己的，却在出门看见乔安琛端着菜站在餐桌前时，还是不受控制地脚步一顿，呼吸一窒。

“吃饭了。”乔安琛如是说道。初壹闷闷地哦了一声，垂着脑袋迈着沉重的步伐走过去。

这是一次沉默的晚餐。

乔安琛似乎也是想挽救些什么，在吃完起身收拾碗筷时，突然出声：“其实我很少用微博，那天也就随便扫了一眼。”不是，虽然之前不用，但自从发现初壹的微博后，他就每天要上去刷一刷，并且关注那一栏里只有她一个人。

所以一进去，他就能看到她。

“而且我什么也没看到。”乔安琛说完，觉得自己的这句话有点儿假，因为他从头到尾全部翻了一遍，每一页都没放过，连初壹大学时候的动态都看了。

于是，他补充了一句：“不过那些男人的照片以后还是不要发了。”乔安琛踌躇过后，又说，“尤其是没穿多少衣服的那种。”

初壹：“……”她选择再次消失。

“您这一眼，看得还真不少。”初壹坐在那里皮笑肉不笑地开口。

乔安琛躲开眼神，伸出手心虚地摸了摸鼻子。

事件过后，初壹的微博就中规中矩起来，内容积极向上，乐观开朗。

粉丝们都难以接受，纷纷在底下询问，还有些甚至担忧地给她发送私信。初壹恍若未闻，继续面无表情地维持着自己三好青年的人设。

她最新一条转发的是关于时事热点的播报，粉丝们立即跳出来评论。

“大大！如果你被绑架了，就眨一下眼睛！”

初壹：“……”

乔安琛发现，初壹的微博最近都没有以前有趣了，每天都发一些社会新闻内容，枯燥无味，让他连点进去的兴趣都没有了。

如此持续了几天，他想了想，忍不住点开中间那个对话框，给初壹发送了一条私信。

“你好，请问你的微博最近怎么都不发以前那些东西了？”

乔安琛的账号是随手注册的，因为他发现不登录就只能看到别人的几条微博，翻不了页，所以当时匆匆申请了一个账号。

前面都很顺利，到了起名字的时候，他打了好几个都不行，最后只能乱拼了几个字母上去，就连头像都是系统原始的。

乔安琛将消息发出去之后，就一直盯着对话框等待着回复，结果等了许久都没有收到回复。

他蹙起眉头，又拿起手机：“你好？能看到消息吗？”

还是没人回复。

乔安琛戳了戳初壹的那个头像，点进她的主页，发现一分钟前她刚更新了一条微博。

乔安琛有些生气，忍不住再次点开那个对话框：“你好，你为什么不回复我呢？”

他等了几十秒。

“我刚刚看到你发微博了。”

“你好？”

……

半个小时后，乔安琛收起手机，觉得初壹在网络中大概是一个不太有礼貌的人。

他不明白，像她这样为什么每天还有这么多粉丝给她评论，毕竟新晋粉丝乔安琛已经想要脱粉了。

初壹每天的消息提示都有999+，她基本只有有空时才会去看私信，大部分是表白，还有些联系版权的，另外就是一些乱七八糟的消息了。

联系版权的她基本不管，因为她的微博置顶就放了编辑的联系方式，一些粉丝的表白她也不可能一一去回复，另外那些乱七八糟的消息就更加不管了。

不过今天后台有一个很奇怪的人。

她不回复他就算了，他还要追问为什么。像她这种已经快百万粉丝的博主，如果每个人的私信都要回复的话，那岂不是要累死？

况且她一看那个人的名字、头像和口气，就是沉醉现实很少在网上冲浪的人，大概还不知道这种不回复的情况简直太理所当然了，才会执着地追问吧。

希望通过这次的教训他能明白这个道理。

初壹心想，对方还是没有遭到过社会的毒打。

像这种人初壹也遇到过无数个了，所以她并没有放在心上，就连点进他的主页的兴趣都没有。

乔安琛回到家，心里还是憋着口气不太舒服，看到初壹时几次想婉转地问一下，又找不到合适的话题切入，所以直到临睡前还记挂着这件事。

于是，他又点进微博去给初壹发了条消息："你好，你睡了吗？"

她还是没有回复。

"我知道你还没有睡。"

她还是没有动静。

乔安琛定定地盯着屏幕，实在忍不住转了个身，看了眼旁边躺着的初壹，忍住脾气问："你在干吗？"

"啊？"正刷微博刷得开心的初壹茫然地抬头，一头雾水地回答，

“刷微博啊。”

“那你不看自己的后台信息吗？”乔安琛婉转地提醒她。

初壹闻言手指一偏，看了眼自己的999+消息。

她一下就看到了私信栏最上面那个灰色空白头像，账号名为“dshaofiudalgkj”的那个用户。

初壹随手点进去，先是两条莫名其妙的新消息闯入眼中，再看了眼上面的聊天记录，立刻记起来了。

她当即就想翻白眼，忍不住对一旁的乔安琛吐槽：“我今天遇到了一个神经病！”

“怎么了？”乔安琛不动声色地问。

初壹将手机放到他面前，把那个人的私信展示给他看。

“你看，这个人是不是有病？谁规定我一定要回复他了？他还说刚刚看到我发微博了，怎么，我发微博了难道就得回复他吗？”初壹噼里啪啦地说着，控制不住她那小暴脾气。

“更重要的是，你看他后面，什么叫知道我还没睡？神经病啊，我睡不睡关他什么事？说得好像他在我旁边看着我睡觉一样——”

初壹说完这句话，突然觉得哪里有些不对，猛地联想起乔安琛刚才莫名地让她看私信的行为。

话音戛然而止，她紧闭上嘴难以置信地看着乔安琛。空气凝固了三秒，初壹听到他开口：“没错，他就在你旁边看着你睡觉，因为这个人就是我。”

“　　”

初壹愣愣地睁大眼，咽了下口水略定心神，决定先发制人：“你干吗偷偷在背后给我发私信？你想干什么？你打算用另外一面来接近我吗？”

初壹说着说着，自己都入戏了，再次伸出手指颤巍巍地指向他，痛心疾首道：“真是细思恐极！其心可诛啊！”

乔安琛：“……”

他就看着初壹在那里夸张地演了半天，面无表情，最后抓着她那根手指头塞了回去，问道：“所以你是真的不回复私信还是只不回复我的私信？”

初壹悻悻地收回手，抿了抿唇，垂着头小声说：“很少回。”

乔安琛不说话了，目光沉沉地盯着她，不知在想什么。初壹心头惴惴的，刚想说什么，又听到乔安琛问：“所以，我发的消息真的很奇怪？”

“要看是什么情况……”初壹抬眼偷瞅他，见乔安琛露出静候下文的神情，立即小心翼翼地开口，“别人就有点儿奇怪，是你就不奇怪了。”

初壹说完，还露出一个卑微而讨好的笑容。

果不其然，乔安琛立刻绷不住了，神色放松下来。初壹刚松了一口气，又听到他出声了。

“那你给我回复一下看看。”乔安琛慢悠悠地说，“我看一下我的手机有没有出问题。”

“……”行吧，看来乔先生的执念还挺深的。

初壹无语，还是打开手机，在两人的对话框中一个个敲字，回答他的第一个问题。

“因为微博账号被某人发现了，所以不敢再发以前的东西了。”

嗡的一声，乔安琛的手机微微振动了一下，他心满意足地点开，看到了那个小黄V的粉色头像终于出现在他空空如也的界面中。

看清初壹的回复，乔安琛眯了眯眼睛，接着转头看向某人：“是因为我？”

“不然呢？”初壹说，“我又没有真的被绑架！”

乔安琛脸上露出苦恼之色，指腹摩挲着手机的边缘，有些懊悔，“那我现在假装没有发现还来得及吗？”

“你说呢？”初壹给了他一个白眼。

“我觉得可以。”乔安琛硬着头皮道。

初壹看着他，若有所思道：“真的很想看我以前的微博？”

“嗯。”他点头，“很有趣。”

“唉。”初壹想想又动了一丝恻隐之心。这个从来没见过网络世界的美妙的人，第一次发现一点儿乐趣，她实在是不应该中途给他掐灭。

“那好吧。”她勉为其难地说，“那就当作没有发现过你好了。”

“好。”乔安琛立即应声，“我保证不露出一丝痕迹。”

“不过，你的这个微博名字也太土了。”初壹又打量着他那个灰色原始头像和用户名，嫌弃地道，“这名字什么意思？你随便打的？”

“嗯。”乔安琛同她解释，“换了几个都被占用，干脆就随便打了几个字母上去。”

初壹盯着屏幕沉思了一下，随后出声：“我给你改一个。”

她拿过乔安琛的手机，嘴角勾起一丝笑，手指噼里啪啦地操作一通，最后把手机还给了他。

乔安琛点开，发现自己已经完全变了个样子。

“初一家的小迷妹？”他念出上面的名字，然后又看到了头像，是一个可爱的粉色卡通小女孩儿，短头发、瓜子脸，一双眼睛睁得老大。

那是初壹某次随手给自己画的简笔画，后来被很多粉丝用来做头像。

乔安琛看着自己的新面容，有些一言难尽。

经过这次事件之后，初壹的微博又恢复到了以往的画风，粉丝们称她被绑架终于被放出来了，初壹笑而不语。

乔安琛真的没有露出一丝痕迹，很安静，不管她是发图、发文字，或者转发其他东西，他都像是没有看到般不会冒出半个头来。

时间久了，初壹竟然还有点儿遗憾。

或许乔先生新奇了几天，又放弃这项活动了吧？

如此一想，初壹也就更加肆无忌惮了，几乎忘记有这么一个小粉丝在背后默默地关注她了。

初壹的列表里有很多乱七八糟的博主，每天当然也会发一些乱七八糟的东西。

这天首页有位博主发了个小视频，一个很可爱的女娃娃被爸爸带着做作业，圆圆的脑袋上扎着两个小蝴蝶结，把她的老父亲怼得满头黑线，瞪着眼睛无语凝噎。

网友们都笑翻了，底下评论转发都是“哈哈哈”，初壹看完也忍不住顺手一转，习惯性地抖机灵：“又想骗我生女儿！”

微博转发出去后，有粉丝立马赶了过来，也在嗷嗷直叫可爱。初壹大概翻完，看到后台提示的赞，随手一点，眼中突然闯入了一个粉色的萌萌的头像，用户名十分眼熟——初一家的小迷妹。

初壹：“……”

这是什么意思？平时她发一百条微博都不见他有动静，现在一转发小孩儿的内容他就冒了出来，怎么，他是在婉转暗示她什么吗？

初壹面无表情地收起手机，陷入了深思。

双方家长对孩子这个事情已经放任自流了，随便他们怎么折腾，乔安琛也没有要求过她什么，两人之间甚至很少提起这个话题。

然而随着年龄的增长，心态反倒开始慢慢变化，其实初壹从乔安琛那次受伤之后，就开始去了解一些关于孕期的知识。虽然她还是觉得很可怕，但如果提前做好各种准备，孩子真正来临的时候，也没有想象中那么吓人。

这是很多孕期妈妈的总结。

初壹想，如果有一个属于她和乔安琛的小孩儿，就算要经历这些痛苦，那也没关系。她愿意为了他变得坚强，相信自己应该可以做到。

晚上乔安琛回来，初壹直接质问他了。

“你什么意思啊？”她把那个赞调出来，放到乔安琛面前，声音脆亮地道。

乔安琛刚一进门，还没站稳，就被迫抬眸看向手机屏幕，而后反应过来。

“我没什么意思啊。”他十分无辜，掩去眼底的心虚。

“真的吗？”初壹站在床上居高临下地看着他，天花板上的大灯打在她的头顶，无比刺眼夺目，似乎给她加上了舞台灯光特效。

乔安琛避开她的视线，胡乱地点头。

“嗯嗯真的。”说完他深深地在心底叹了口气，为自己遥遥无期的父亲梦想叹息。

“这样啊——”初壹拉长声音，歪了歪头，一派天真地说，“我还以为你想要小孩儿了，原本考虑了一下午都做好决定了，那既然你没什么其他想法的话就算了吧。”

“你说什么？”乔安琛闻言猛地抬起了头，有些难以置信地盯着她，缓慢地重复了一遍，“做好了什么决定？”

“你说呢，乔先生？”初壹笑吟吟地说道，像是一只恶作剧成功的小狐狸。

乔安琛脸上闪过一丝恼意，伸手一拽，把她压倒在床上。

“如果我没理解错的话，你是打算给我生个小孩儿了。”乔安琛慢条斯理地松开一只手去解衬衫扣子，表情意味深长。初壹被他如此直白地说破，面色微窘，伸手去捂他的嘴巴。

“没有，你理解错了！”

乔安琛径直拉开她的手，亲了下去。

衣衫渐褪，房间气氛慢慢升温，意乱情迷间，初壹听到乔安琛在她耳边压抑着喘气声，低声询问了一句话。

她红着脸，点了点头。

一室旖旎退去，两人静静地相拥在一起，乔安琛的掌心贴在她圆润小巧的肩头上，亲了亲她的额角：“怎么突然又改变想法了？”

他知道初壹一直不愿意要小孩儿，怀揣着恐惧和担忧以及对未知事物的不接受。

乔安琛能理解她，毕竟对她来说，这是一件足以改变生活的大事，所以他愿意等，等到她能够接受的那一天。

可这一天真正到来时，反而是他有种不真实的幸福感了。

毕竟乔安琛从几年前就在心底埋下了一颗种子，这颗种子偶尔会冒出来，蠢蠢欲动，立刻又被他压下去。

他是很喜欢和初壹的二人世界，但也很想要一个两人的孩子。

开始他只是淡淡地想，后来时间越来越长，就变成了很想很想。

“没有很突然。”初壹在他怀里抬起头，微红的脸颊上带着笑，“就一直在准备这件事情，今天才鼓起勇气跟你说而已。”

“不过……”她想了想，又说，“你那个赞占了很大原因。你都暗示得如此明显了，我怎么好再装聋作哑下去？”

“我没有……”乔安琛正色地解释，“我真的就是随手碰到的，没有逼你的意思，你不愿意也没有关系。”

“乔先生，”初壹见他三番五次推拒，便板起脸吓唬他，“你既然这么说，那我要后悔了。”

“哎，别——”乔安琛懊恼，连忙揽紧她，叫道，“我就是客气一下，你不要当真了！”

“噗。”初壹靠着他的胸膛，忍不住笑出声了。

关于孩子这件大事，初壹提前做过很多功课，包括备孕期的准备，都一起算上了。

两人开始每天固定地下楼跑步锻炼，乔安琛原本就不沾烟酒，作息规律，倒是少了很大的麻烦，初壹也吃起了叶酸，避孕措施从那天开始就没有做了，不过夫妻生活频率倒是比之前多了不少。

有些人表面上说着一点儿都不急，其实暗地里不知道有多么迫切。

晚上没玩两下手机，又被拉着做某项活动的初壹忍不住暗自吐槽，推了推身上的人：“已经连续好几天了，就不能休息一下吗？”

“我昨晚做了一个梦。”乔安琛埋在她的颈间边亲她边含混地说着。

“嗯？”初壹忍住战栗，打起精神听他说话。

“梦里有个小孩儿在叫我爸爸，他说他想快点儿出来。”乔安琛头也不抬地回答，忙着和她的睡衣扣子做斗争。

初壹：“……”

不知道是因为感受到了爸爸的迫切，还是乔安琛的努力得到了回报，这个月原本“大姨妈”应该造访的日子却迟迟没有动静，初壹心里咯噔了一下，立刻跑到小区外面的药店买验孕棒。

测试结果是两条横线。

她坐在马桶盖上，看着手里的结果，不知该作何感想。

确实是做足了心理准备才做的这个决定，但初壹没想到这个孩子会来得这么快。她低头摸了摸自己平坦的小腹，还是无法想象里头已经孕育着一个新生命了。

恍恍惚惚地打开门走出去，初壹一直捏着那根白色小棒子，直到端坐在沙发上好一会儿，听到手机嗡一下振动时，才如梦初醒。

初壹咽了咽口水，发现是程栗发来的消息。

“我怀孕了。”她说。

初壹几乎以为是自己发过去的消息，仔仔细细地盯着屏幕看了三分钟，确定是程栗无误后，也给她发了一条：“我也怀孕了。”

“……”那头的人快速回复，初壹还没来得及说话，一个视频电话就打了过来。

“你也怀孕了？”程栗在那头大惊失色地叫道，初壹被她高分贝的声音刺痛了耳膜，揉了揉额角。

“我怀孕不是很正常？你怀孕才奇怪吧。”毕竟据她所知，程栗和那个教授还没结婚吧？

如果她没有失忆的话。

“我……我这不是意外嘛……”果不其然，那头的程栗立刻心虚起来，声音低了很多。

初壹按眉心：“那你打算怎么办？”

漫长的沉默过后，就在初壹即将失去耐心地追问时，程栗才弱弱地回答：“我等他回来商量一下吧。”

“不管商量的结果怎么样，记得和我说。”初壹最后沉声嘱咐。

程栗忙不迭地应着：“好。”

被程栗这么一打岔，初壹前不久的忐忑恍惚消失得无影无踪了。她直接把那两道红线的验孕棒拍照发给了乔安琛：“我好像怀孕了。”

大概过了三秒钟，手机响了起来。

“你在家别动，我请假待会儿我们一起去医院检查一下。”乔安琛严肃的声音无比清晰地传来，初壹啊了声，刚想说不用这么急，他已经不容置喙地打断了她，十分认真地说，“没关系，我今天不忙。”

“……”行吧，初壹也不知道前两天加班到深夜的人是谁。

乔安琛可能是挂断电话就立刻过来了，初壹刚整理好，就听到了开门声。她站在客厅中间，看着乔安琛伫立在原地愣愣地看了她几眼才走过来，目光小心翼翼地落在她的小腹上，视线炙热。

“看什么看？”初壹眼皮子跳了跳，一把捂住小腹，超凶地道，“现在什么都看不出来！”

“哦。”乔安琛悻悻然地低眸，摸了摸鼻子，随后才再次抬头，“那我们现在去医院吧。”

两人往外走去，乔安琛扶着她的腰，脚步都放缓了不少，在电梯里时，还趁初壹不注意迅速摸了两把她的肚子。初壹原本盯着面板上跳动的楼层，察觉后立刻瞪了他一眼，乔安琛冲她嘿嘿傻笑了两声。

“……”

排号，抽血，漫长的等待过后，两人看到最后的结果时，是尘埃落定，也是新希望的开始。

人来人往的大厅里，初壹被乔安琛拥入怀中。他用力抱着她，深深呼吸，却一个字也没说。

记挂了很长时间的事情终于降临，初壹却很奇异地没有太多感觉，大概是准备得太久了，真正到来时反而觉得挺平常。

乔安琛远比她紧张得多。

怀孕初期，初壹基本没有什么异样的情况，大多时候想不起自己的肚子里还有另外一个小生命，只有脑子偶尔放空时才会反应过来，然后条件反射地伸手摸一摸。

每天她都和平常一样，睡到自然醒地起床，吃饭，画稿，晚上还提前准备好两人的晚餐。

乔安琛现在一天要给她打三次电话，第一句话永远是：“今天还好吗？”

初壹也不知道他问的是她还是肚子里那个。

不过以前两人从来没有这么频繁地联系过。

吃了饭，两人总会去楼下散散步。冬天气温低，初壹被裹得像只熊，羽绒服、围巾、雪地靴，甚至连手套都用上了。

她觉得自己不是去散步，像是去受罪的。

可乔安琛坚持孕妇一定要每天运动，这样才会健康，以后分娩时也会轻松很多。

初壹被他的最后一句话打动了，哪怕心不甘情不愿，依旧每日随着他下去。

小区绿化做得很好，底下就有个小花园，虽然冬天都光秃秃的，但依旧不影响居民的兴致。

饭点过后，老人、小孩儿，还有像他们这样的夫妻下来运动消食的不在少数。

乔安琛牵着初壹，两人沿着道路慢慢走着，前面有个供人休息的小亭子，旁边是儿童娱乐区。

以往路过这里乔安琛总会多看几眼，因为里面会有很多小孩子在玩，但自从初壹怀孕之后他就不看了，因为他的心思都放在了初壹身上。

天有些黑了，路灯还没亮起，前面有个小孩儿抱着个足球跑过来，大概是急着回家没注意，像个小炮弹似的直直地往他们这边撞过来。

乔安琛手疾眼快，敏捷地把初壹往身后一拉，拽住了那个小孩儿的后衣领："你干吗？要撞到人了！"

"对不起叔叔，我没注意……"小孩儿被他这么一凶，又怕又心虚，望着初壹哭兮兮地道歉。

"好了，他也没撞到我。"初壹看向乔安琛，他脸色稍霁，松开手，那小孩儿如释重负，一溜烟地跑远了。

"你干吗？吓到人家了。"初壹看着那个小孩儿落荒而逃的背影，哭笑不得。其实他只是走路急了一点儿，再说也不一定会撞上。

"你现在是特殊时期，一定要小心。"乔安琛板着脸无比严肃地说，目光落在前头那群玩耍的孩子身上，扶着她转了个方向，嘴里忧心忡忡地念叨着，"我们不去那边，太危险了，到人少一点儿的地方去。"

"……"

全靠乔先生的"机警"，初壹有惊无险地结束了这场散步。她也渐渐习惯了孕妇这个身份，开始注意肚子里的这个小生命。

没过两天就是春节了，在这个阖家团圆的日子里，初壹感受到了前所未有的热情。

她一到家，就被放在沙发上供着，各种水果吃食送到面前，就连走动都被人小心翼翼地盯着。初壹顺着强烈的注视感看到了一旁全神贯注地紧盯着她的乔父。

"爸，你干吗呢？"

"哦，那什么……"乔父被发现，目光躲闪了两下，清了清喉咙，

“你妈和乔安琛都在忙，让我好好看着你。”

“我又不是小孩子了，有什么好看的？”初壹受不了这气氛，看了眼在厨房忙碌的田婉，出声道，“那我去房间休息吧。”她见乔父还欲说什么，立即补充：“我就躺床上，哪儿也不动。”

初壹拖着沉重的步伐回到房间，关上门，躺在乔安琛的床上开始给他发消息。

“你送个水果怎么还不回来？”

“是不是又去和你的小薇妹妹聊天了？”

“我都变成动物园的大熊猫了！我要窒息了！你赶紧回来！”

那个小薇姑娘的妈妈和田婉关系不错，两家一直有来往，逢年过节送些礼品特产很正常。

这次有人给乔父送了两大箱苹果，他们吃不完，于是叫乔安琛给小薇家搬过去一箱，结果他这么久都不回来，留下初壹一个人面对热情得过分的两位长辈。

“我马上回去。”乔安琛很快给她回了消息，还加了一句，“别乱说，我就是帮忙修了一下水龙头。”

“哼。”初壹给他敲了一个字便退出了聊天界面。

乔安琛果然回来得很快，和他待在一起，初壹轻松自在了很多，他还巧妙地避开两个家长的耳目带她出去散步透气了。

结果不知道是哪里来的缘分，回来时，他们在楼下又撞见了那个小薇，而恰巧田婉还下来丢垃圾了，两个人明显很熟悉，在一旁寒暄了许久，话语间十分热络。都是十几年的老邻居，又有父母那一层关系，两人亲切点儿也正常。

初壹在一旁想着，直到上楼还有些没抽离出来。

沙发上，田婉坐在旁边叫了她两声，乔安琛和乔父一同去门口贴春联了，只有她们两人待在客厅里。

“一崽，你在想什么呢？叫你都没听见。”田婉疑惑地看着她。

初壹回过神，双目怔怔的：“啊，没什么。”

“问你刚才和乔安琛去哪里了，有没有累到？”田婉眼中都是关切之意，声音温柔。

初壹望着她，突然说：“妈，你当初为什么一开始就觉得我很好呢？”

第一次见面的时候，田婉几乎是对她一见如故，后来她和乔安琛结婚，都是田婉极力促成的。

初壹一直以为可能是田婉很喜欢自己，可今天看见了小薇，发现其实田婉和她的关系也挺好的。

更何况小薇之前喜欢乔安琛多年，乖巧又听话，还知根知底，怎么看似乎都要比她这个外来者适合很多。

“啊……”田婉仿佛有些好奇她怎么突然问这个问题，不过想了想，还是认真地回答了她，“你性格很好啊，和乔安琛很合适。”

“那小薇呢？”初壹又忍不住问。

田婉大概明白了，脸上藏着打趣之意：“小薇不行，那姑娘心思太弯弯绕绕了，和乔安琛在一起，两人估计过不了半个月就得闹崩了，更何况乔安琛也不喜欢她啊。

“世界这么大，茫茫人海中两个人能刚好喜欢又性格合适太不容易了，我当然得抓紧机会，赶紧让你俩结婚啊。”

初壹没有想到是这个原因，哭笑不得，全然没提自己当初和乔安琛那摇摇欲坠的婚姻。毕竟从某种角度上来说，田婉认为的也没有错。

这个年夜饭大家吃得都很开心，主要是乔父，笑得眼睛都快要看不见了，喝了两杯小酒之后，拍着大腿开始口不择言：“哎！等了这么久，我终于可以抱上孙子了，哈哈哈！”

田婉面无表情地扯了扯唇，对着面前已经不知该说什么好的初壹和乔安琛开口：“你爸喝醉了，不要理他。”

“哦。”初壹点点头，继续扒着碗里高高的一堆菜，都是田婉和乔安琛夹过来的，说是要补充营养。

临睡前，只剩他们两个人时，初壹得意扬扬地仰着头，坐在床上朝乔安琛哼笑：“今天妈说我们两个是天生一对，还说你这狗脾气除了我没人能忍受下来，如果换成隔壁的小薇姑娘，说不定半个月你俩就拜拜了。”

“她说得没错。”乔安琛面不改色地弯腰整理着被子，连眉头都没挑一下就应了下来。

初壹的成就感顿时降到了零点，她扁了扁嘴，又不甘心地道：“那你觉得我们哪里天生一对了？”

“这是我们一起过的第四个春节。”乔安琛直起身子，望着她平缓地说，“以后还会有无数个春节，过去的，时间已经给出了答案，而剩下的，未来会告诉我们。”

番外二　乔满月小姑娘降临啦

初壹被他突如其来的情话折服了，虽然有些文艺腔调让她反应了一会儿才弄懂意思，但不可否认的是她很喜欢，心里顿时甜滋滋的，像是吃了糖。

她坐在那里朝乔安琛张开双手，软声撒娇："乔先生，快来一起睡觉了。"

春节过去，初壹的肚子也一天天大了起来，渐渐感觉到了一些麻烦，不过还好，她都可以忍受，没有出现那些可怕的事情。

到了后面几个月，反应更加明显了，她吃东西没有胃口，身体浮肿，身材变形，整个人变得寸步难行，睡觉必须侧躺，半夜经常被压得喘不过气来，要到外面的阳台上站一会儿才行。每次初壹一动，乔安琛在旁边就被惊醒了，哪怕她只是去个洗手间，他都一定要起来扶着她过去。

看着他睡眼惺忪地强打着精神的样子，初壹既心疼又感动，好几次都刻意放轻了动作，但乔安琛就像是身体里装了一个雷达，她稍微有什么动静，顷刻间就被他察觉。

就这样慢慢挨到了预产期，初壹提前住进了医院，乔安琛提着大包小包的生活用品，在旁边给她收拾。

没过两天，吃过早餐后初壹正半躺在床上看视频，一阵疼痛从肚子里传来，仿佛是冥冥之中的一种预感，她立刻叫了护士。

果不其然，小孩儿要出生了。

说不紧张是假的，刚开始还是她能忍受的疼痛，到后面疼痛一阵一阵如浪潮般在她的身体里翻滚，初壹将嘴唇咬得泛白，额头上冒出层层冷汗，连呼吸都变得绵长而微弱，那股疼痛像是无止境，让初壹的眼泪都快要掉下来了。

“忍一忍，很快就好了，初壹，你要坚强一点儿。”

初壹极力睁大眼盯着天花板，在脑海里一声声告诫着自己，深呼吸，调整身体状态，眼泪被她用力憋了回去。

“初壹……”忽然，乔安琛的声音出现在耳边，他大概是从检察院赶来的，神色匆忙，西装整齐，连领带都没有松开。

他握紧她的手，满目紧张担忧的神情，眉头皱得死死的，一脸凝重地道：“别担心，别紧张，我在这里。”

初壹先是笑了起来，扬起唇，却又眼眶酸涩，泪水同时从眼角滑落。

什么啊？

明明他看起来要比她还紧张一百倍。

她忍住痛，声音还是不由自主地颤抖：“我不紧张，你也别紧张……”

“嗯，不紧张。”乔安琛点头，抖着手给她擦着额头上的汗水，没两秒，控制不住地俯身在她的额上落下一个吻，久久未动。

初壹被推进产房那一瞬间，乔安琛紧握着她的手不放，医生护士渐渐隔开了他们，门被关上，两人握在一起的手才被迫松开。

她心头瞬间涌起慌乱的情绪，却又立刻强逼自己压下去。初壹眸中的神色变得坚定而冷静，她聆听着医生的吩咐，一个个照做。

整个过程出乎意料地顺利，伴随着婴儿的第一声啼哭，初壹脱力后的脑子里只有一个念头：终于解放了。

十个月的折磨，分娩的痛苦，兵荒马乱，提心吊胆，一切终于彻底结束了。

她连手指头都抬不起来了。听到护士在旁边说是一个女孩儿，初壹笑了笑，觉得乔安琛一定很开心。

许久前看到过的视频突然涌到眼前，那个带着女儿做作业的爸爸被怼得哑口无言的画面，初壹仿佛看到了乔安琛的未来。

而此刻乔先生正从外面冲进来，紧握着她的手，颤抖地轻轻吻上她的唇，眸中闪烁着灿亮的水光。

"辛苦了。"他低声呢喃，轻不可闻地道，"初壹，我爱你。"

乔满月，性格不随父也不随母，长相极具欺骗性，刚学会翻身的时候就开始满床打滚儿。月嫂阿姨稍微不注意，她就能自己滚到地板上，幸好地毯够厚。

会走路以后她更加不得了，满屋子乱窜，初壹得把几道门都锁起来，才能防止她跑出去，一不小心成为走失儿童。

会讲话之后她更是令人头大，小嘴不停，一个人能说上一整天，初壹有时候被她折磨得都要戴上隔音耳机了。

但是有一点从小到大都没有变化，这也是乔满月小朋友虽然性格人憎狗嫌但又备受宠爱的原因，那就是长得漂亮。

她继承了父母的优良基因，从出生开始，皱巴巴的一团没几天就变得白皙漂亮，眼睛黑溜溜的，睫毛长得吓人，五官和乔安琛几乎是一个模子刻出来的。这个时候还不能用精致来形容，但她确实比一般婴儿要惹人喜爱。

田婉和文芳女士几乎抢着抱她，爱不释手，连月嫂阿姨都没有插手的份，初壹还在床上坐月子时，就听她偷偷说起过，说这真是她做过的最轻松的一次工作了。

不过一到夜里，小天使就变成了小魔鬼，每隔两个小时的喂奶活动，哭闹着不肯睡，初壹一度被折磨得神经衰弱，再加上那时候胀奶的痛苦，导致她对这个小东西是又爱又恨。

爱是真的，恨也是真的。

后面尝试过无数办法，身体好不容易调整过来，初壹还是没有办法适应哺乳期的种种问题。

乔安琛那时还和她商量过要不然直接断奶喂奶粉，可初壹到网上查了查，包括医生都提倡尽量母乳喂养，她就害怕以后乔满月会变成智力一般般的小孩子，输在起跑线上。

算了，她咬咬牙也就过去了。

初壹差点儿为自己伟大的母爱而感动地流泪。

后来看着每天上蹿下跳的乔满月，她就开始怀疑是不是当时的母乳质量太高了，导致自家女儿精明得过分了。

总体来说初壹产后并没有出现什么大的问题，除了哺乳期难熬了一点儿。

初壹从月子中心回家后，家里还请了一位育儿嫂，分担了她的大部分事情，再加上两家父母也经常过来照料，可以说每天留给初壹玩手机的时间还是十分充裕的。

但即便如此，这样子的经历一辈子一次也足够了，初壹不想再有第二次了。

乔满月三岁之前，除了爱动没有其他问题，因为长得太好看，周围的叔叔、伯伯、阿姨都很喜欢她，身边围绕着的人都是充满善意的，可以说她就是在所有人的宠爱中长大的。

那个时候她还很乖，叽里咕噜地说着话，口齿不清地叫着爸爸、妈妈，仰着小脸一笑，人畜无害得像是小天使。

每次乔安琛一到家，只要她一听到门边的动静，不管在做什么，都会迈着小短腿吭哧吭哧地跑过去，一把抱住乔安琛的大腿叫爸爸。

乔安琛整个人顿时像被春风拂过，柔软得不可思议，把她从地上抱起，搂在怀里亲她的小脸蛋：“乔乔今天做什么了？”

她掰着手指头，咿呀咿呀地数着，吃饭饭、和妈妈玩……开始还勉强能辨认出来，后面就变成了叽里咕噜，口水还顺着嘴角流下来。

乔安琛也不嫌弃，拿起纸巾帮她抹干净，坐到沙发上，把她抱在怀里，父女俩头抵着头玩得不亦乐乎。

初壹这个老母亲很光荣地就失宠了，望着那两个人，在心底冷哼了一声。

晚上乔满月是和阿姨睡一个房间的，因为出生没多久她就一直和父母分开睡，也没怎么挣扎就适应下来了，但后来随着年纪渐大，有了自己的意识，就有点儿不乐意了，临睡前总爱缠着乔安琛，吵着要和爸爸妈妈一起睡。

这个时候，她最心爱、从来都是有求必应的爸爸，就突然换了副面孔，不管她用什么办法，撒泼打滚儿都来了一遍，依旧改变不了他坚定不移的决定。

初壹在一旁又暗自冷哼：什么感天动地的父女情，却经不起丝毫考验。

终于把乔满月哄睡，两人轻手轻脚地回到卧室，一进门初壹就被乔安琛抵在门上，吻铺天盖地地落下来。

初壹推搡了他的胸膛两下："去床上……"

他有些不满，深呼吸了一口气，似乎是用了很大自制力才停下动作，简单粗暴地把初壹打横抱起扔到了床上。

腰撞在枕头上，又被他一压，初壹差点儿喘不过气，微蹙着眉抱怨："怎么这么急？"

"憋太久了。"乔安琛说着，直奔主题，初壹又是一口气差点儿喘不上来，好一会儿才适应。

"你轻点儿。"她伸手打了他一下，过了好久，乔安琛才慢慢吐气。

"女儿太黏人了。"他在她耳边说着，声音低低沉沉，夹杂着喘气声，初壹忍不住笑。

怀孕那大半年，乔安琛差不多清心寡欲得可以出家了，乔满月出生之后又占据了彼此太多精力，晚上还时不时要闹，两人的夫妻生活少得可怜，每次还都像做贼一样提防着乔满月不会哭着要妈妈。

每晚把她哄睡后，乔安琛才能找到机会，如此又怎么可能让乔满月和自己一起睡？

通过这件事情，初壹算是看透了男人的本质，在那方面的需求上，任何感情都是不堪一击的。

包括那感天动地的父女情。

乔满月小朋友过了三岁生日之后，开始准备去上幼儿园了。初壹担负起了照顾她的重任，好在这几年的适应，已经让她从新手妈妈成长为一位勉强合格的母亲。

早上有幼儿园校车来接，初壹只负责把她从被窝里拉出来，洗漱梳头，给这个臭美的小姑娘扎上两条小辫子。

小书包里塞满了饼干、牛奶等零食，是带给她最喜欢的朋友赵书然的，初壹也不知道她怎么这么小就已经显露出女生外向性格的苗头了。

孩子一整天都待在学校，只需要等到放学时去接她就好了，初壹在家画稿，出门也很随意，穿着 T 恤和短裤就走了，脚上的凉鞋还是粉粉的，扎着丸子头，看起来完全不像有个这么大的女儿。

幼儿园门一打开，一群小朋友就哗啦啦地跑了出来，乔满月扯着小书包像个炮弹似的冲进她怀里，紧紧抱住。

“妈妈……妈妈……妈妈——”复读机模式又开启了，初壹有些头疼，牵着她的小爪子往前走去。

“乔满月！”不远处突然传来一声稚气的呼唤，初壹望过去，在前面的大树下看到一个小男孩儿。

啊，这是谁家的孩子，长得这么好看？

初壹暗自惊呼，有些控制不住心中泛滥的爱意。

小孩儿的脸小巧精致，唇红齿白，眼睛比起乔满月的似乎还要黑上几分，干净剔透，像是漂亮的玻璃珠子。

此刻小孩儿揪着书包带子站在那里，阳光从头顶的树叶罅隙中打下来，被切割成碎块，投在他身上，使他看起来像是童话里的小王子。

“赵书然！”被牵着的小姑娘立刻挣脱掉了初壹的手，兴高采烈地朝那个男孩子跑了过去，一溜烟就到了他面前站定，仰着脸傻乎乎地笑。

初壹：“……”

难怪，原来赵书然小朋友长成这样，初壹大概能理解自家女儿怎么变得如此外向了。

“乔满月。”赵书然小朋友抿了下唇，目光有些怯地放在初壹身上，又飞快地收回，一脸郑重地盯着面前的小姑娘，“这是你姐姐吗？”

“……”乔满月呆呆地愣了几秒，脑子终于转了过来，纠正他，“不是，这是我妈妈。”

“啊。”小孩儿愣住了，随后脸上闪过一丝赧意，低声嘟囔，“是你妈妈就好……”

“咦，你刚刚说什么？我没听清。”乔满月凑过去竖起耳朵，企图让他重复一边。

小男孩儿神色一肃，板着脸：“没事，乔满月你快跟你妈妈回家吧，注意安全。”

“哦，那好吧。”小乔姑娘恋恋不舍地望了他几眼，一步三回头地走到初壹身旁，拉住她的手，“赵书然再见。”

“再见。”

“我明天给你带小饼干哦，你最喜欢的蔓越莓味！”走出几步，小姑娘又扯着嗓子叫道。赵书然更加羞窘，胡乱地点头。

“嗯嗯，你快走吧。”他说完，又很有礼貌地看向初壹，乖巧地点头：“阿姨再见。”

“小朋友再见。”初壹朝他摆摆手，拉着自己满眼不舍的花痴姑娘脚步十分艰难地离开了。

初壹前段时间就买了车，此刻拉开车门把乔满月塞进去，刚系好安全带准备出发，就见后座上的小姑娘摇下车窗，趴在上头，痴痴地凝望着树荫下的那抹身影。

“赵书然的妈妈怎么还不来接他？

“他一个人会不会有什么危险？

“都这么晚了还不回家，他会不会饿、会不会累？呜呜呜——赵书然好可怜哦。”

一个人自言自语片刻，随着车子驶离，树下的那抹身影渐渐消失不见了，乔满月说着说着，竟然把脸埋进小臂弯里，呜呜呜地哭了起来。

初壹：“……”

这个小戏精到底是从哪里爬出来的？绝对不是从她的肚子里出来

的！绝对不是！

初壹开着车，时不时分心通过前视镜观察着后头的女儿，果不其然，女儿自己演完了哭戏，见没人搭理她后，坐在那里发了会儿呆，又想出了什么新主意，把身上背着的小书包拿过来放在膝盖上，拉开拉链。

接着，初壹就看到她从里头往外一样样掏着东西，先是一个小蛋糕，然后是饼干、糖果，最后还有个红彤彤的大苹果。

初壹忍不住搭腔了："乔满月，你哪里来的这么多吃的？"

小姑娘低着头不理她，好像还在记恨着初壹刚才不配合她的悲情哭戏。

初壹很懂她的套路和心理活动，又不紧不慢地缓缓开口："刚才那个就是你整天挂在嘴边的赵书然小朋友啊？他长得可真好看。"

"对吧！我就说！赵书然是整个幼儿园里最好看的小朋友！"方才还自我封闭的乔满月小姑娘立刻抬起了脑袋，紧握着小拳头激动地叫道。

初壹配合地点头："嗯！确实不错，我们家小满月眼光可真好。"

小姑娘被她哄得心花怒放，摇晃着脑袋瓜子咧着嘴傻笑，初壹趁机追问："你手里的大苹果哪里来的？"

"这个呀。"乔满月低头看了眼，嘟囔，"是胖胖给我的。"

"那蛋糕和饼干呢？"

"小虎和迪迪给的。"

"乔满月。"初壹立刻稍许严肃，问她，"别的小朋友都和你分享食物了，你有没有分享给他们？"

小姑娘立刻心虚起来，黑溜溜的大眼睛转了转，狡辩："我也分享了！"她脆生生地说完，又垂着脑袋小声补充了一句，"我分给了赵书然一个人……"

"……"初壹默然几秒，开口，"你觉得自己做得对还是不对？"

"不对……"车内安静了一会儿，小姑娘低着头小声回答。

初壹又问："那你知道下次该怎么做了吗？"

没人答应，许久传来一声重重的叹息，乔满月抱着小书包，把下巴搭在上面，脸上是与这个年纪不符的苦恼之色：“知道了。”她有气无力地摆摆手，长长的睫毛耷拉了下来，似乎小小的身躯已经被生活的重担压垮。

“要礼尚往来，不能白拿别人的东西。”她认完错又有些不满，提高了音量叫道，“我都说不要了，他们还硬是要塞给我，讨厌！”

初壹还没说什么呢，她似乎先把自己给说生气了，双手托着腮非常用力地叹了口气，恨恨地道：“美貌真是一种罪过！”

“……”初壹真的想先把她给揍一顿。

车速明显加快了，没两分钟就已经看到了熟悉的小区大门，乔满月凭借着长久以来的经验，十分敏锐地察觉到了自家母亲不满的情绪，于是，抓紧了手里的小书包，识时务地闭上了嘴。

初壹刚停稳车，正准备把后头的人抓出来好好进行一番思想教育，结果还没下去，后座的车门就砰的一声被打开又关上了，一抹小身影跑得比兔子还快，迅速消失在她的视线里。

初壹顿时气笑了，钥匙一拔立刻追了上去，脑海中已经闪现出上百种教小姑娘做人的方法了。

小姑娘跑得还挺快，到家门口才追上她，初壹正准备撸袖子时，前头的小人仿佛看到了救星，张开双手开始撕心裂肺地号叫。

“爸爸！呜呜呜！妈妈她要打死我！你快救救我！救救我！”

乔满月直直地往他身上撞，乔安琛条件反射地伸手把她接住，一弯腰把人抱到了怀里。

她死死圈住乔安琛的脖子不放，整个人往他胸前埋，脸扎在乔安琛的脖颈处压根儿不敢出来。

初壹气息不稳地在两人面前站定，气到瞪眼。

“她又怎么了？别生气，气坏了身体不值得。”乔安琛第一件事情是去安抚初壹，腾出一只手揉她的头发，声音带笑。

初壹的怒气消了点儿，她不甘不愿地轻哼了一声，瞪着那个找到了救星告完黑状还在装死的人。

“乔满月，给我下来。”她发出最后通牒。小朋友很有经验，飞快地松开自己爸爸的脖子，从他身上爬了下来。

“去，和妈妈道个歉。”乔安琛推了推她的脑袋，也不问是什么事，反正在老婆和女儿面前，他没有任何原则和立场。

重点是，这两年的经验告诉他，不能随便站队，就算站，也不可能站在女儿这边，否则最后两个人都会很惨。

他记忆犹新的一次，是因为一件小事，初壹原本在教育乔满月，结果自家女儿太过调皮，惹得初壹越发生气，这个时候乔安琛下班回来了。

乔满月立刻从沙发上蹦起来，一下冲到乔安琛面前往他身上爬，最后紧紧抱住他不放，带着强烈的个人色彩地把事情说了一遍。

乔安琛当时一听，觉得没什么大事，面对着怒气正盛的初壹就帮衬了几句。乔满月见他是站在自己这边的，越发底气十足，小人得志地窝在乔安琛的怀里有恃无恐地望着初壹。

父女俩伙同着站在她的对立面抱成一团，仿佛她就是那个讨人厌的老巫婆。

初壹都快要气炸了，连着乔安琛一起教训了起来，最后那个晚上一大一小两人是在冷冷清清的客厅里，在惨淡的灯光下吃的泡面充饥。

自此之后，乔安琛学乖了，反正初壹在哪边，真理就在哪边，至于女儿……

女儿现在还小不懂事，等大了再说吧！

乔满月也学乖了，知道老父亲的作用是来让母亲消气的，见着初壹被乔安琛安抚下来，立刻认㞞。

“妈妈，我错了。”她迈着小碎步走到初壹跟前，扯了扯初壹的裤脚小声道歉，一双大眼睛故意眨呀眨的，惯用装可怜的招数。

初壹冷了她几分钟，最后才垂眸看了她一眼，硬声开口：“乔满月，我告诉你，长相这种东西都是爸妈给你的，你不能把它当成一种理所当然的资本知道吗？”

“嗯嗯嗯。”虽然不是很懂她在讲什么，但乔满月小朋友还是如鸡啄米一般忙不迭地点头，脑中有大概的雏形。

妈妈在教训她不能觉得自己好看就随便收下别人的东西，她知道了！

看着女儿那双懵懂的眼睛，初壹暗叹一口气，估摸着她也听不太懂，干脆揪着她的小辫子往家里走。

“我又不会揍你！下车的时候你跑这么快干什么？嗯，乔满月？”

“我怕你骂我。”乔满月小朋友老老实实地说完，觉得不对劲儿，突然又话锋一转，仰起小脸朝乔安琛露出一个乖巧讨好的笑容：“我想爸爸了，就是很想快点儿回来看到他。”

呵呵。

初壹暗自冷笑一声，睨向乔安琛，那意思大概是——

看见了吗？这就是你女儿，对你的感情不仅塑料，而且还十分狗腿，真不知道像了谁了。

乔安琛倒是毫不嫌弃，从地上抄起乔满月往沙发上走去，还在她脸上用力亲了一口。

“爸爸也想你了。”老父亲发自真心地说。

两个人很快就闹成了一团，笑声一阵阵地传来。初壹在厨房切着菜，听着外面的动静，摇摇头，又无奈地笑了起来。

晚上初壹得伺候小祖宗洗澡，乔满月还是很怕她的，威严尚在，因此一般做什么事情都很配合，不敢作妖。

虽然初壹没有乔安琛那般惯着她，但乔满月从小就是个不记仇的人，放学时的事情忘得精光，叽叽喳喳地玩着水里白色细腻的泡泡和她讲话。

初壹被她吵得头都要痛了，手上加快速度，把她从浴缸里抱出来裹上小毛巾。

乔满月亲亲热热地搂着她：“妈妈，我香香的，你闻闻，快闻闻！”她举起小手臂放到初壹面前，初壹很配合地凑过去嗅了两下，点头配合。

“嗯……真香，我们家宝宝太可爱了。”

抱着怀里软软的小姑娘，初壹的心也软得不可思议，她忍不住低头在小姑娘脸上亲了两下，小姑娘也立刻嘟起唇在她的脸颊上落下两个吻。

“妈妈，我最喜欢你了。”她稚声稚气地说。

初壹把她放到床上，开始给她穿衣服：“我也最喜欢你了。”

母女俩相互告白完，照例是睡前故事环节。初壹一定要把乔满月哄睡才能离开，大部分时间是她，偶尔忙起来这个任务就交给乔安琛了。

今晚的故事是《小美人鱼》，乔小姑娘听完了之后，疑惑地睁着大眼睛发问：“妈妈，那小美人鱼不会写字吗？为什么她不直接告诉王子是自己救了他呢？”

“……”初壹呆了片刻，绞尽脑汁地想出了一个理由，维持住了自己做母亲的尊严。

“因为小美人鱼一直在海底啊，她们不懂人类的文字。”

“噢。”乔满月小朋友似乎信了，初壹刚准备松一口气，没过几秒，又见她天真无邪地仰着脸出声，“那她可以学啊，不是都来到人类世界了吗？”

“我一天都可以认五个字呢！”小姑娘伸出五根手指头放到她面前，加重语气道。

初壹：“……”

“大概……那个小美人鱼有点儿笨，所以学不会？”初壹已经放弃挣扎，自暴自弃了。

“哦，好吧。”乔小姑娘点点头，似有所感，“难怪她最后变成泡沫了，真是太笨了。”

“笨蛋。”她指着封面上那条小美人鱼骂道。初壹生无可恋，摸了摸她的脑袋瓜子：“睡吧，小宝贝，晚安。”

“晚安妈妈。”她乖巧地拉高被子闭上眼睛，初壹躺在一旁轻轻拍着她，待到她呼吸平稳之后，轻手轻脚地起来，关上灯，掩上门。

卧室里，乔安琛也在灯光下看书，初壹把手里的童话故事书一把扔到他面前，有气无力地躺下。

“乔安琛，明天回来去书店重新帮我买两本书回来。”

“怎么了？”他放下手里的书问。

“你女儿在我讲完《小美人鱼》的故事之后，问我美人鱼怎么不会写字告诉王子真相。”初壹直起身子，满脸认真地和他说。乔安琛听完忍俊不禁，扬起唇低笑起来。

“她还真是……”想了半天，他想出一个词，“小机灵鬼。”

“嗯，所以明天给你女儿买几本世界名著回来吧。”初壹双目空洞地望着天花板，宛如身体被掏空了。

孩子真是不好带，熊孩子更加威力翻倍。

乔满月小朋友大概抵得上十个熊孩子了。

“对了。”她又猛地想起什么，坐起来，嘴里叨叨着，“我还得去给她烤点儿小饼干明天带学校去……”

“都这么晚了，不吃也没事吧？他们学校不是都会发零食吗？”乔安琛疑惑地推了推眼镜，初壹回头，一张脸上写满了无奈之色。

“她要带给赵书然的，已经和我念叨一晚上了，要是不给她做，估计天花板都会被闹翻的。

“哦对了，赵书然，你女儿幼儿园里最好看的小男孩儿，同时也是她最喜欢的朋友兼暗恋对象。”

初壹丢下这么一句话，身影就消失在房间里，留下乔安琛在风中凌乱。

最喜欢的朋友？

暗恋对象？

老父亲的心顿时碎了。

第二天小姑娘拿着初壹做好的小饼干，心满意足、蹦蹦跳跳地出门了。

放学后初壹去接她，她嘴里依旧全是赵书然。

“赵书然说小孩子不能随便跟陌生人出去，尤其是那种用好吃的东西哄你说要带你去玩的大人。如果跟陌生人出去了小孩子会被卖到山里面每天去挖煤，吃不饱饭还要被打，永远都见不到爸爸妈妈呢！”

乔满月瞪着眼睛说道，似乎被吓得不轻，初壹见怪不怪：“这种事情爸爸不是早和你说过了吗？”

“可是赵书然说话的时候和爸爸一模一样！”乔满月双手捧着腮，犯花痴了，“他真帅。”

“……”

“他昨天以为你是个骗子，害怕我被拐走了。”她又探过头来凑在初壹脸边说，“赵书然是不是超级关心我的？”

“坐好，我要开车了。”初壹不想搭理她。乔满月哼哼了两声，自己玩着手指头：“不理我就不理我，明天我自己和赵书然玩，坏妈妈……”

“有本事别用你的坏妈妈做的饼干去讨好你家赵书然小朋友。”初壹打着方向盘，嘴里淡淡地说道，谁知乔满月立即害羞似的一捂脸，从指缝里露出那双水汪汪的大眼睛：“哎呀，赵书然还不是我家的啦。”

“……”

今天乔安琛下班比较晚，初壹把饭菜都做好了，才听到开门的动静。她正准备过去，谁知道某人比她还要快，原本还坐在沙发上专心致志地给手里的娃娃换衣服，察觉到响动，立即腾腾腾地跑到了门边。

乔安琛刚进来，就看到自家闺女张着双手往他怀里扑，心头一软，立即把她从地上提起来抱到胸前。

小姑娘的脸颊顿时收获了一枚香吻。

“爸爸，你回来啦！”

哎，乔安琛觉得一整天的疲惫瞬间都消失了。

“乔乔今天上学开心吗？”乔安琛用一只手托着她，另一只手换鞋、解开领带，怀里的小女儿香香软软的，让他舍不得松手。

“开心！”小姑娘甜甜地说。初壹摆好最后一盘菜，对着那父女俩叫道：“赶紧来吃饭了。”

“好的。”乔安琛应着，把人抱到了厨房，柔声说：“乔乔洗手，我们吃饭了。”

乔满月喜欢撒娇，尤其是对着乔安琛，小孩子拥有天生的分辨能力，知道爸爸喜欢她，而且几乎有求必应。

打从乔满月一出生开始，乔安琛对她就是无条件地宠溺，一般她要什么，第二天立马就买回来了。记得刚出产房没多久，初壹每次睡醒，都会看到乔安琛在一旁逗着小婴儿。

那会儿他当爸爸还没几天，初壹还在担心他会不会不适应的时候，他已经显露出“女儿奴”的潜质了。

为此初壹只好充当起这个家庭唱红脸的人，防止乔满月上房揭瓦。

吃饭时，乔满月仍旧赖在乔安琛的怀里不肯下来，嚷嚷着让他喂她。乔安琛当然很乐意了，女儿这么可爱，他做什么都愿意。

初壹蹙起了眉头。

“乔满月，下来自己吃。”

“我不要。”乔满月一扭头，抱紧了乔安琛朝初壹抗议。

“爸爸喂你他就吃不好饭了，他工作一天了你就不心疼吗？”初壹深吸了一口气，冷静地同她讲道理。乔满月转了转眼珠子，还是不肯撒手。

“那我可以自己吃。”她说着，伸手去桌上拿自己专用的小碗和小勺子，一副赖在乔安琛怀里不走了的样子。

初壹没忍住，瞪了乔安琛一眼。他原本想说就让她这样吃吧，结果一接触到初壹的视线，立刻改口：“乔乔听话，爸爸也要吃饭，我们并排坐在一起比谁先吃完好不好？”乔安琛低声哄道，手里却没有丝毫商量余地地举起她放到了旁边的椅子上。

乔满月不甘不愿地扭了两下身子，安静了。

“哼。”她嘟着嘴不满地哼唧，反正知道自己永远比不上妈妈在爸爸心中的地位。

乔满月小朋友费力地捏着小勺子舀了口青菜肉汤饭塞到嘴里，腮帮子鼓鼓的，使劲儿嚼着。

果然，这个世界上只有赵书然会对她一个人好！

幼儿园布置了作业，让家长和孩子共同完成一个小灯笼，因为再过几天就是七夕了，刚好可以用来装饰教室。

乔满月同学自然不喜欢做作业这种事情，回来一句话都没提。初壹是在家长群里看到老师 @ 全体成员，通知家长要配合小孩儿一起完成的。

她把碗筷放进了洗碗机里，看完消息，走到客厅。

乔满月正和乔安琛一起拼着乐高玩具，两人头抵头坐在沙发上，欢声笑语不断。最后一个零件归位，小帆船在乔安琛手下完成了，小姑娘拍着手，扑到了他怀里。

父女俩亲亲热热的，气氛正好，初壹大概就是那个反派了。

她举起手机放在两人面前，望着自家女儿："乔满月，你是不是有什么事忘记说了，嗯？比如作业？"

乔安琛看清了上面的内容，再一低头，怀里的人已经无比心虚地把脸埋在他的脖颈间，像是一只小鸵鸟。

"小小年纪就学会了撒谎？乔满月你现在挺厉害啊。"初壹拖长腔调道。

小姑娘经不起刺激，立刻抬起脑袋大声叫道："我没有！"

"没有什么？"

"没有撒谎！"

"那作业是怎么回事？"

"我……忘记了！"小姑娘卡了几秒，最后脑袋空白，找了一个拙劣的借口。

初壹冷笑："好哇，刚开始还只是故意隐瞒，现在是真的学会撒谎了吧？"

她言之凿凿，步步紧逼，饶是乔满月这种聪明的小东西都抵挡不住，更何况乔满月也只是个几岁的小孩子罢了。

被母亲如此逼迫，乔满月睁大眼望着她，眼睛里头很快弥漫出水雾，须臾嘴一扁，竟然哇的一声哭了出来。

"我没有，我没有撒谎，呜呜呜……"她抱着乔安琛的脖颈哭得不能自已，小肩膀一抖一抖的。

乔安琛无比心疼地连忙拍着她安慰："好，没有，爸爸相信乔乔。"

谁料他这么一说，小姑娘哭得更大声了，又是羞愧又是害怕，从乔安琛的肩上抬起头，偷偷去看初壹。

小姑娘双目通红，泪眼蒙眬的，又抖着身子抽泣了两声，才弱弱地同她道歉："对不起妈妈……我错了。"

初壹缓和了神情："觉得撒谎丢人？"

乔满月把头点得和鸡啄米似的。初壹叹了口气，从桌上抽出纸巾给她擦着脸。

“下次再敢撒谎，爸爸就不喜欢你了。你看，他现在难过得都说不出话来了。”

乔安琛：“……”

他默默抱着自家女儿不出声。乔满月一听，信以为真，立刻仰起脑袋去看他，湿漉漉的眼里写满忐忑，结果就看到乔安琛默然的样子，似乎是真的难过不已。

乔满月眸子一湿，差点儿又哭出来。

“乔乔不哭了，爸爸永远爱你。”乔安琛见状，连忙亲了亲她的小脸蛋说。乔满月快要逸出喉咙的哭声又咽了回去，她吸了两下鼻子，情绪被安抚了下来。

“我也爱你，爸爸。”她小声说着。乔安琛露出欣慰的笑容，两人依偎在一起，好一出父女情深的戏码。

初壹不得已又做了那个破坏气氛的人。

“好了，说完了就赶紧做灯笼去吧，明天乔满月还得带去学校呢。”

这种事手残党初壹是基本放弃的，乔满月就更不用说了，全家上下只能将希望寄托在乔安琛身上了。

他上网查了最简易的灯笼的做法，材料只需要卡纸和一次性筷子，刚好这些东西家里都有。

说好要一起完成的，乔满月被初壹教训了一通，此时乖得不行，靠在乔安琛身上，被他握着小手剪纸做着小灯笼。

初壹在旁边监工，时不时提两句意见。

夜晚静悄悄地过去了，灯笼也渐渐在乔安琛手里成形，虽然简陋，但也能看出是一个红色灯笼。乔满月美滋滋地拿着灯笼玩了片刻，被初壹催着去洗澡睡觉了。

“你女儿到底是像了谁，怎么这么皮呢？”

好不容易把她哄睡，初壹筋疲力尽地回到了房间。自从有了她之后，初壹的生活重心基本就放在她身上了，只有乔满月去上学时初壹才能得到些许喘息的机会。

“她还小不懂事，等大了就好了。”乔安琛依旧是那句老话，凑过来摸了摸她的脸。

初壹面露哀怨之色：“你可闭嘴吧，人家都说慈母多败儿，我们家正好相反，慈父多败女。”

“哪里的话？”乔安琛反驳。

“乔乔只是调皮了一点儿，其他都很好的。”

“好，反正你女儿在你心中永远第一，我不说了。”初壹气得拿枕头砸他。

乔安琛躲了两下，抓住初壹的手：“胡说什么，你们两个都是第一。”

“那要是我和乔满月一起掉水里了你救谁？”初壹玩心忽起，给乔安琛丢了一道送命题。她已经想好了，无论答案是哪个，她都可以趁机把乔安琛揍一顿。

谁知道乔安琛沉思两秒，最后满脸严肃地抬眸望着她，认真地开口：“我明天就把女儿送去学游泳。”

“……”

乔满月不在家的白天，真的很清静，初壹独自一人在书房画着稿子，以前觉得平平无奇甚至有点儿讨厌的工作时刻，现在透着难得的惬意。

她无比珍惜无比虔诚地埋头在数位板上勾着线稿。

可惜好景不长，放在一旁的手机突然躁动起来，打破一室的宁静，初壹拿起手机，看到是幼儿园老师的号码。

完了。

这是涌进她脑海的第一个念头。

这清静的一天基本要和她告别了。

老师在电话里说乔满月和人打架了，还是打群架，初壹来不及揉自己发疼的额角，拿起车钥匙就匆忙往外走去。

真行，初壹心想。

以前她还只是捉虫打鸟，现在竟然都学会干架了，真是一天比一天厉害。

她压着怒火，一路踩着油门抵达幼儿园门口。

初壹推开老师的办公室门，就见桌前站着一排小屁孩儿，一个个低着头，被女老师教育着，旁边还有两位家长。

看来这些都是和她一同被叫来的。

初壹先看了眼乔满月，除了早上扎的小辫子散了，没有其他问题，脸蛋还是白白净净的。乔满月见到她，目光还心虚地闪了闪。

初壹微松了一口气，又立刻绷起脸。

“乔满月。”她沉声叫道，刚走过去准备先训斥她一通，旁边有个小男孩儿立刻站出来挡在乔满月面前出声：“阿姨，乔满月没有错，是我先打人的，你不要骂她。”

初壹脚步一顿，看清楚了他的脸，正是那个长得最好看的赵书然小朋友。

她忍住心头的笑意，睨向乔满月。乔满月在后头低着小脑袋，扯了扯赵书然的袖子，声音颤颤的，似乎强压着泪意：“没关系的，赵书然，我都习惯了。”

“……”

怎么回事？

她怎么就习惯了？

初壹接收着瞬间从四面八方投过来的视线，百口莫辩，只想翻白眼。

果不其然，面前的赵书然同学小脸更加严肃，望着她的眼神似乎在看着电视剧里恶毒的后妈。

“乔满月，”初壹看着自家女儿，冷静地开口，“听说别人说你的灯笼不好看，你就和人家打起来了？”是的，就是如此一件小事情，让初壹大老远地跑过来，观摩一场孩子们之间的审判。

“是他！是他先骂我的！我又没有说他什么！”

小姑娘词汇量还不多，只仰起脑袋焦急地组织出几句话，伸出小短手指向旁边那个虎头虎脑的小男孩儿。他白皙的脸上还挂着一抹伤痕，此刻瞪着乔满月，神色复杂，似乎是气愤又恼羞成怒，还带着其他不明的东西。

初壹凭着三十年来的做人经验，她一眼就看透了，这绝对是个求之不得从而粉转黑的小男孩儿。

如此一想，心里不免带了几分同情，初壹正准备道个歉大事化小小事化了时，一旁那位家长突然开口了，声音尖厉："小姑娘怎么说话呢？我家浩浩可没有打人。老师你评评理，看看、看看浩浩的脸都被抓成什么样子了？"

"那是因为他打了赵书然，我才帮忙的！"乔满月又立刻叫道，声音响亮无比。

那位家长越发生气，手指都快要戳到乔满月的脑门上了："你们两个人打一个还有理了是吧？我告诉你，小姑娘家家的从小不学好，以后长大了——"

"长大怎么了？"初壹突然打断她，淡笑着出声，"我刚刚还在奇怪，小孩子怎么会随随便便就指责别人家的东西不好看，现在知道了，原来是跟爸妈学的。"

"小朋友，说别人家的灯笼不好看的时候，请记住：那是别人家的，真正有素质的人不会去随便评判，知道吗？"

初壹盯着那个小男孩儿柔声说道，小孩儿当然有些迷糊地看着她，旁边的家长听出了里头的意思，气得胸口起伏。

"不管怎么样，乔满月，打人就是你的不对，快点儿向这位阿姨和小同学道歉。"还未等她发难，初壹就率先转身，一脸严肃地望着乔满月说道。

乔满月和赵书然推推搡搡地上前，异口同声道："张浩浩，对不起。"

"好了，孩子也道歉了，浩浩妈妈，你看要不然就原谅他们吧？"

班主任老师在一旁打着圆场。大概是看初壹不好惹，那位家长瞪着眼睛半晌，最后冷哼了一声，牵着张浩浩扭头走了。

"都是什么同学？浩浩，咱们回家，我重新给你找个更好的幼儿园！"

"可是妈妈，我想和乔满月同学一起上课……"两人已经走到了门外，小男孩儿的声音弱弱地传来，初壹和老师都忍住笑，隐约听到了那位家长训斥的声音。

“张浩浩，你能不能有点儿骨气？她都打你了——”

人走后，办公室立即空荡许多，初壹把乔满月牵过来，低头恐吓道：“你下次再打人，我就帮你转学去乡下寄宿，一个月回来一次，刚好还落得清净。”

“妈妈我错了，我以后再也不敢了，你不要给我转学。”乔姑娘被吓得要死，立刻眼泪汪汪地看着她，恨不得跪地求饶。

“阿姨，人是我打的，你不要让乔满月转学。”赵书然小朋友一听，比乔满月还要着急，双目焦灼地望着初壹，额头快要冒出细汗了。

旁边站在那里没说过话的另一位女家长拍了拍他的头，脸上带着笑，声音温柔地道：“然然，别怕，如果乔满月小朋友转学了，妈妈也帮你一起转过去。”

气氛一度安静，两个小孩儿都吓得半死，紧闭着唇不敢说话，惊恐地看着对方。

初壹动了动唇，眸中笑意泛滥，和赵家家长对视了一眼，里头都是心照不宣的意思。

把乔满月小朋友领出来后，见她低着头不说话，初壹慢悠悠地开口：“说吧，从头开始讲起。”

“哦。”小姑娘委屈地看了她一眼，勉强陈述。

初壹听了半天，大概就是一个三角恋的故事。

今天小姑娘拿着灯笼到学校，张浩浩小朋友无情且嚣张地嘲笑她的灯笼丑陋，乔满月气不过和他争辩了几句，张浩浩越发气焰嚣张，乔满月节节败退。正在这危急时刻，赵书然同学站出来保护了她。

两人争辩了几句，看着躲在赵书然身后紧紧捏着他的衣角的乔满月，张浩浩同学被嫉妒冲昏了头脑，竟然挥舞起拳头想要拆散他们。

最后，他被两人联手殴了一顿。

初壹无奈，恨铁不成钢地教训道：“乔满月小朋友，在最开始他说你的灯笼丑的时候，你就应该义正词严地告诉他——‘我妈妈说，只有心里丑的人看别人的灯笼才会丑，丑的不是灯笼，是你。’

“我保证，张浩浩一定立刻说不出话来。

“真正聪明的小朋友是不会靠打架来争输赢的，他们会用轻飘飘的几句话让对方输得一塌糊涂。

“所以，你看看你，平时只知道气我，关键时刻满脑子的鬼主意都到哪里去了？嗯？”

“可是……”乔满月抬眸瞅她，怯怯地小声说，“你没说过啊……”

“什么？”

“心里丑的人看灯笼丑。”乔满月小心翼翼地望着她，重复了一遍，“你没和我说过。”

“……”

晚上乔安琛回来，初壹立即把他女儿今天在幼儿园的“英勇事迹”说了，谁知道乔安琛一听，立即歉意愧疚地望着乔满月。

“对不起，都是爸爸没有把灯笼做好看，今晚重新给乔乔做一个带去学校好不好？”

初壹：“……”

“不用了爸爸。”小姑娘捧着他的脸，郑重开口，“妈妈说，心里丑的人看灯笼才会丑，所以丑的不是灯笼，是他。”

乔安琛闻言诧异地仰头看向初壹，玄关处，初壹双手环胸斜睨着他。

“初壹，你说得很对。”须臾，他认真地点头，乔满月在他怀里搂着他，两人睁着同样清澈的黑眼睛盯着初壹，就连面容都有五分相似。

初壹转了转眼睛，嘴角轻轻勾起：“那当然。比起你这个只知道一味宠溺的父亲，我简直再正确不过了。”

幼儿园恶性斗殴事件就此画上了句号，听说那个张浩浩小朋友被家里人明令禁止不准再和乔满月他们一起玩，可是乔满月小朋友回来很苦恼地说：“张浩浩老是喜欢凑过来和我讲话，我忙着和赵书然一起玩，哪里有空理他呀。”

“唉。”她重重叹了口气，揪着小裙子边上的花朵，皱着细细的眉头，“当一个受欢迎的小朋友可真是太累了。”

七夕那天恰好是周六，初壹一觉醒来，旁边空荡荡的，清晨稀薄的光线充斥在房间里。她看了眼时间，准备去隔壁看看小姑娘醒了没有。

她拉开门，客厅安安静静的，乔安琛背对着她站在厨房里做着早餐。

初秋的早上还有点儿凉，空气很清新，带着浅浅的草木香。

他穿着白T恤和居家长裤，背影一如当年。

初壹走过去像无数次那样，从背后一把抱住了他。

“你怎么这么早起来了？”她探出头去，搭在乔安琛的肩上，看到了锅里正在煎的鸡蛋和火腿。

“今天带你出去玩。”他说着，手里拿着锅铲把里头的东西装盘，然后转身。

两人面对面，初壹的手还圈在他的腰上，乔安琛目光温柔，低头在她的唇上亲了一下。

初壹也顾不上去看女儿了，现在只希望她睡得再熟、再久一点儿。

她笑着在他的颈间蹭了蹭，乔安琛环住她，两人静静地在秋日清晨的厨房里相拥。

“你要带我去哪儿玩？”初壹想起来问，“那乔满月怎么办？”

“去了你就知道了。”乔安琛低眸看她一眼，含着笑道，“我已经把乔乔送去爸妈那里了。”

“嗯？一大早吗？”

“是啊，把她从被窝里抱出来的时候她还在睡，在车上一路睡到家门口，又把她抱到我房间的床上继续睡了。”

“像只小猪。”乔安琛回忆乔满月先前的样子，忍不住笑。

初壹想象了几秒，画面栩栩如生。

“那她醒来不会哭吗？”想起自家女儿哭鼻子的样子，初壹有些担忧。

“不会，我提前和她说好了。”乔安琛拍了拍她的头，“快吃早餐，吃完换衣服出门。”

初壹还是挺期待乔先生准备的惊喜的。

结婚几年，尤其是乔满月出生之后，两人大多时间围绕着孩子转了，属于他们之间的二人世界少了很多。初壹感觉自己也从一个喜欢浪漫的小姑娘变成了懂事的大人。

吃过饭，初壹去换衣服，乔安琛让她穿轻便舒适一点儿的，初壹想了想，找出一条白色日系半身裙和深蓝色荷叶边吊带上衣。

刚整理好出去，初壹就看见乔安琛手里提了个背包，里头装着两人的换洗衣服和生活用品。

她诧异地问："我们要在外面住一晚吗？"

"嗯，明天回来。"乔安琛说。

初壹的眸子亮了亮，又露出担忧的神色："那乔满月不会有问题吗？"

"别担心，妈会照顾好她的，妈和爸恨不得乔乔在那里住上一个月。"

"好吧。"初壹犹豫了片刻，就妥协了。

乔安琛开车带她去了火车站，看着攒动的人群，初壹才发觉两人好像从来没有一起坐过火车。

取了票，乔安琛带着她排队过安检，最后在候车大厅里找到座位，等待着检票。

周遭很吵闹，大概是节日的原因，座椅上挤满了人，检票口也排着长队，初壹看了眼票，离开车还有三十分钟，终点站是浔水。

浔水离岚城大概两个小时的火车路程，是一个靠海的小地方，不是很有名，所以游客很少，但是那边的景致还不错，海岸线的边缘有一座小小的灯塔、绿色的草、白色的秋千、低矮的房子和村庄，适合两个人来一场静悄悄的流浪。

初壹记得她有一次在网上看到有人拍的小视频，画面很美，评论说是在浔水，她点了个赞，没想到被乔安琛发现了。

"你坐过火车吗？"她问。

乔安琛回答："以前上学的时候坐过。"

"我妈妈是远嫁，每次去外婆家都要坐火车，因为那里没有机场也没有高铁。"初壹说，"每次都要坐十几个小时的火车，很辛苦，所以她就不希望我嫁太远。"

“我们今天只坐两个小时，很快。”乔安琛安抚地摸了摸她的头，“我还买了吃的，到时候可以在车上吃。”

“好开心。”初壹突然抱住他的手臂，仰着脸笑容明亮地道，“可以出去玩。”

今天天气也很好，云淡风轻，阳光和煦，微风不热不燥，初壹和乔安琛低声说着话，很快前面显示他们这趟车开始检票了。

乔安琛买的是两个并排的座位，初壹坐在窗边，外面的景色很好。

火车轰隆隆地开动，窗外的风景变化起来，周围的人也渐渐不再吵闹，都各自坐在位置上。乔安琛打开包，从里头拿出一瓶酸奶插上吸管递给初壹。

“对了，你要不要打个电话给妈，问问乔满月怎么样了？”初壹喝了两口，突然想起来。

乔安琛有些无奈：“我早就问过了。”

“什么时候？”

“你去洗手间的时候。”

“哦，好吧。”初壹顿了顿，又问，“她怎么样了？”

“很好，看动画片看得十分开心。”

“哼，小家伙。”

很久没有出门了，初壹盯着车窗外的景色都能看得津津有味。乔安琛拿出平板电脑打开了一部电影，初壹好奇地看了眼，发现是部青春爱情片。

“咦，你什么时候下的？”

“看吗？”乔安琛塞了个耳机到她的耳朵里，初壹立马收回了看窗外景色的目光，和他一起看电影。

“看！”

火车轰隆轰隆地穿过隧道时，整个车厢都黑了下来，连接处咯吱咯吱地晃荡。

初壹靠在乔安琛的怀里，和他一人塞着一只耳机，静静地看着电影。

时间被无限拉长，像要定格成永恒。

车子到站，两人收拾行李下去，头顶标牌上写着大大的“浔水”两个字。小地方就连站台上的人都很少，火车是过站，初壹看了两边一眼，似乎只有她和乔安琛下来。

全然不同岚城的嘈杂喧嚣，安安静静的小车站有些老旧，走出去，迎面而来的风里似乎有着海水的清新和湿咸的味道。

初壹深呼吸了一口，微闭上眼：“这里好安静。”

“喜欢吗？”

“喜欢。”初壹转头对着乔安琛笑了。

乔安琛订的住所是海边民宿，打车过去才十来分钟。浔水充其量算是个小镇，除了中心区比较城市化，周边都很清静。

民宿周围有不少村落，下了车还要走一条高高的石板小路，盘旋上去，眼前出现了一座两层木头材质的小洋楼，刷上了蓝白色的漆，门边挂着贝壳风铃。

住客站在阳台上，就可以看到近在咫尺的蔚蓝色大海。

民宿老板的院子里还养着一只白色的小猫，躲在花丛里，见到生人就小声地喵喵叫，又奶又萌。

初壹忍不住拍了段小视频打算回去给乔满月看。

乔满月肯定会激动得上蹿下跳。

她很喜欢小动物，但是初壹不让她养，毕竟养她这一个小东西就已经耗费了全部心力。

房间在二楼，木质的楼梯踩上去会咚咚咚地响，初壹有些小心翼翼的。

推开门，阳光穿过阳台铺天盖地地闯了进来，里头的地板也是木头的，家具统一是浅色的原木，蓝白色系的装修，阳台上还有个吊篮，初壹迫不及待地上去躺了躺，很舒服，连日光都变得散漫了。

没怎么休息，两人便准备直接去附近的海岸线。询问了民宿老板之后，乔安琛在隔壁租了一辆电瓶车，载着初壹出发了。

临走前，初壹拿出防晒乳，四肢、脸、脖子，一处都不放过，厚厚地抹了一层之后，还逼着乔安琛也擦了防晒乳。

阳光热烈，初壹一手搂着乔安琛的腰，另一只手压紧了自己的遮阳帽，两人穿梭在沿海公路上，有点儿像回到了巴厘岛那时候。

乔安琛找的这处地方很偏僻，周围没有一个人，这是民宿老板特意给他们指的路，避开了游客热门区，风景却更为秀丽。

海岸线很高，站在上面风有点儿大，底下是绿色的草地，长着许多乱七八糟的植物，苍翠的枝叶在风中舒展摇曳，飒飒作响。

两人远远地能看到白色的灯塔矗立在岸边，像是饱经风霜的战士。

“这里比视频里还要好看。”初壹眺望着海平面，一片蔚蓝，天空高高的，白色云朵像是一团棉花慢慢地游动。

“那里有个秋千。”乔安琛指了指前面，初壹望过去，迫不及待起来。

“我去坐一会儿。”她小跑过去，白色裙摆在风中划出一道弧线，黑色发尾在空中飞扬。

秋千很大，高高荡起时，脚尖似乎都要触到海面了，初壹转头看向站在一旁的乔安琛：“快，给我拍照。”

乔安琛的拍照技术如今已经很专业了，鼓捣半天，终于收工。初壹看着成品，十分满意。

她开始编辑照片准备发朋友圈，乔安琛在后头帮她推着秋千，两人玩了一会儿，恋恋不舍地继续往前面走去。

一路上风景都很美，初壹还看见了几头牛，大大的角，身姿健壮，在悠闲地吃着草。

远处的灯塔也渐渐清晰，初壹踩着礁石走过去，乔安琛怕她摔倒，在一旁扶着。新奇地围着灯塔转了一会儿，初壹按捺不住地下了水。这个季节的海水很舒服，她提着裙子玩得正起劲儿，乔安琛突然往她眼前递了个东西。

“呀，小螃蟹。”她惊喜地叫道，“你从哪里弄来的？”

“石头缝里抓的。”乔安琛往旁边一指，两人兴奋地在那里翻了许久的螃蟹，最后收获三只战利品，小得只有指甲盖这么大。初壹于心不忍，又把它们都放了。

中午乔安琛骑着小电瓶车带她去吃海鲜，这边的饭店很多，海边有一排，不仅新鲜，价格还特别便宜。

两人点了满满一桌海鲜，吹着海风，慢悠悠地吃着。

下午两人坐快艇出海，离岸不远的地方有座小岛，景色还不错，当地人推荐可以上去玩一下。

岛上有很多不知名的树木，草丛茂盛，海浪拍打在礁石上，溅起白色泡沫，头顶偶尔有水鸟盘旋。

一条高高的台阶蔓延到山顶，初壹站在上面眺望着底下的海面，风吹来，有种偶像剧女主角的既视感。

初壹兴致突起，扯着乔安琛站在他身后，让他伸手抱住她的腰。

“干吗？”乔安琛有些惊疑地问。

初壹问他：“你没看过《泰坦尼克号》吗？”

“看过，所以呢？”

“你不觉得我们现在很像吗？”初壹不由分说，抓起他的手环到腰间，张开手臂，深情地望着前方，眯起被海风吹得迷蒙的眼睛。

“啊！杰克——”初壹叫完，身后半晌没有动静，她不由得伸手捅了捅乔安琛，催促道，“该你了，快点儿。”

“啊，露丝。”耳边传来乔安琛毫无感情的声音，他像是完成任务一般敷衍地叫着。初壹也不介意，拿起手机对着两人咔嚓咔嚓地自拍了几张照片。

逛完整座小岛，回去时两人竟然在海滩礁石缝里发现了许多海胆，黑色的刺球球静静地躺在海水里。

初壹直咽口水：“我们可不可以把它们捡回去找老板加工？”

乔安琛思索了一会儿，回道：“你可以试试。”

“好的。”初壹立即脱下了乔安琛身上的衬衫，打了个结，开开心心地下去捡海胆了。

两人找了几家店都无人接单，最后还是回到民宿，让民宿老板帮忙做的，几个人夜里坐在庭院中看着星星，一边吃着海鲜，一边聊着天。

入住这家民宿的还有其他人，来自天南地北，说着各自的趣事和见闻。老板开了一箱啤酒，不知不觉就只剩下了空瓶。

夜里各自告别回房，初壹洗完澡躺到床上，整个人还是晕乎乎的，似醉非醉。她看着乔安琛，拱着身子，钻进了他怀里趴好。

面前的人却不安分，似乎是探身到旁边拿了东西过来。初壹手腕一凉，不知道被乔安琛鼓捣了什么。

她抬起手，睁着惺忪的醉眼，终于看清了上面的东西。

细细的手腕上挂着一条闪闪发光的手链，一圈的碎钻在灯光下亮得刺眼，初壹一下就清醒了。

“你好喜欢送我这种亮晶晶的东西哦。”她晃了晃手孩子气地说着。每年的七夕节日，乔安琛都会给她准备一份小礼物，各种各样的东西，但他好像格外偏爱这种。

“很适合你。”

“哪里适合了？”初壹将下巴压在他的胸膛上，拖长了声音含混地问。

乔安琛摸了下她的头：“纯粹，漂亮，招人喜欢。”

初壹嗯了一声，脑子慢吞吞地反应过来：“你是在夸我吗？”

“是夸你。”乔安琛笑了笑，声音温和地回道。

初壹迟缓地眨了下眼睛，此刻眼中看到的乔安琛仿佛带着层光晕，温柔得不可思议。

她笨拙地仰起脑袋，搂住乔安琛的脖子，在他唇上撞了下，占到了便宜似的偷笑。

“奖励你。”

温柔安静的夜，耳边似乎有浪潮声传来，头顶那盏橘色的小灯散发着朦胧的光，乔安琛看着怀里的人，无声莞尔。

他微垂着头，一下下亲着初壹的嘴角。

她乖乖地张开唇，吻由浅至深，亲到后面两个人都有点儿受不了了，初壹彻底迷糊了，浑身又热又软，任由乔安琛把她的衣服脱掉。

今晚的她格外温顺听话，脸红红的，闭着眼轻哼着，被子底下的起伏温柔而漫长。

海浪声不知疲惫般一阵一阵地传来，深夜依旧没有停歇。乔安琛抱着初壹从浴室出来，关了灯，有月光洒在阳台上，两人紧紧地依偎在一起，睡着了。

早上初壹似乎是被海鸥的叫声吵醒的，睫毛颤了颤，闯入眼中的是洒满阳光的吊篮和在风中飘动的窗帘。

乔安琛从后头搂着她，还在安睡。

初壹转身回抱住他，把脸埋进他的颈间。

乔安琛半梦半醒中眼皮重得不想睁开，腰上的那只手动了，把她往怀里更紧地搂了搂，无意识地蹭了下她的额角。

两人就这样抱着，继续睡了过去。

房间的画面好像静止了，不知过了多久，还是乔安琛先恢复清明。

他摸到旁边的手机，睡眼惺忪地看了一眼，早上九点，比起以往的生物钟迟了几个小时。

他将手机扔回去，把头埋在初壹的颈侧醒了醒神。

昨晚气氛太好，他一不小心就贪了欢，隐约记得睡去时，天边的星星都快要消失在夜幕中了。

乔安琛无声地弯起唇，手下用了点儿力气揉了揉初壹的头发。

“起——床——了。”他侧过脸，贴着她的耳朵小声叫着。果不其然，怀里的人动了动，脑袋更深地埋进他的胸前。

“九点了。”乔安琛浑身都懒洋洋的，嗓音低沉，带着刚睡醒的沙哑。

他故意对着她的耳朵说话，热气都钻了进去，又湿又痒，初壹原本满腔的睡意都渐渐散了，她笑着往旁边躲去。

“我们待会儿去逛一逛，老板昨天说村子里的风景也很美，还有座古桥，里头都是青石板路，房屋是祖祖辈辈遗留下来的，有很多年历史……来都来了，不去多可惜？我们买的下午四点钟的火车票，还有几个小时就要回去了。”

乔安琛在她耳边不停地说着，让初壹想装睡都难以成功。她在他怀里打了几个滚儿，最后终于睁开了眼睛，漆黑水亮的眸子哀怨地盯着他。

那双眼睛，和乔满月的几乎一模一样。

乔安琛心一软，忍不住又凑上去咬着她的唇亲。

差一点儿就分不开，两人俱气喘吁吁的，视线胶着，乔安琛突然翻身而下，去了洗手间。

不一会儿，水声哗啦啦地响起，初壹趁机又偷睡了许久。

最后她是被整理好的乔安琛从被子里拖出来的，嘴里被塞进来一根牙刷，清冽的薄荷味一瞬间冲上头顶，初壹睡意全无。

两人拖拖拉拉地收拾好出门，已经是十点钟了，今天依旧是个晴天，但云层有点儿厚重，偶尔移过来遮住太阳。

村子口有棵古树，枝繁叶茂，树干要几个小孩儿手拉手才能围住，此刻底下有几个老人家在下象棋，姿态惬意悠闲，还有坐在小板凳上摇蒲扇的老奶奶。

初壹和乔安琛蹲到旁边观了下战，老人家的水平大概和初天差不多，但棋品都很好，安安静静地结束一局又开始。

两人看了一盘，起身继续往里走去。

浔水的商业化一点儿都不严重，村子里大部分是原住民，偶尔会看见几个像他们一样的游人。

初壹和乔安琛牵着手穿梭在大街小巷中，两旁的建筑大多是灰黑色砖头砌成的，黑瓦白墙，木头上有镂空雕花，新旧交错，古老得有几分腐朽，还有些大概是修葺过的。

旁边的一砖一瓦都镌刻着岁月的痕迹，就连树木也年岁已久。

巷子口有一家早餐店，是个阿婆在卖豆腐花和煎饼，不大不小的店面，这个点也有不少人坐在里头，都是些老人，一边喝着茶一边聊天，还有一些人在外面悠闲地晒着太阳。

乔安琛和初壹找了个座位坐下，叫了煎饼和两碗豆花。

周围的人说着这里的方言，圆润陌生的口音，夹着笑，入耳很好听，初壹小声同乔安琛说："这里的老人都好幸福啊。"

"等我们老了也每天无所事事地下棋晒太阳。"乔安琛同样低头凑过来，压低了声音说。

两人目光一对视，不约而同地笑了出来。

老板娘端着豆花上来，白瓷碗，卧着半弧状的豆腐花，上面浇着红糖姜汁，撒着几颗红豆。

煎饼是肉馅的，香软酥脆，两人吃上这么一顿，空空的胃里十分舒适，恰到好处。

吃饱喝足的初壹和乔安琛继续逛着这个历史悠久的小村子，晃荡着，到了村子另一头的出口。

两人眼前出现了一条小河，静静流淌着，一座老旧的拱桥架在上面，河岸两旁树木繁盛，对面山林绵延。

河水像是镜面，翠绿平缓，倒映着山影浮云及拱桥弯弯的影子。

有农夫戴着斗笠，扛着锄头，赶着老水牛慢悠悠地从上头走过。

时间静谧，让人感觉好像来到了世外桃源。

“乔安琛，我们以后就到这里养老吧，买座小房子，每天睡到自然醒，去村口下下棋，吃一碗豆腐花，然后倚着墙角晒一天的太阳。”

初壹朝旁边的人展颜一笑，乔安琛目光柔软，点了点头：“好，等乔乔长大了，我们就来这里养老。”

依旧是那个小车站，火车慢悠悠地启动了，海岸、灯塔、礁石，小桥、流水、山峦，渐渐随着窗外倒退的风景远去。

初壹靠在乔安琛怀里，有点儿失落，就好像一场奇妙美丽的梦结束了，回到了现实世界。

“你喜欢，我们下次再过来。”乔安琛偏头，唇轻轻落在她的额上，初壹仰起脸。

“我好久没有和你出来玩过了。”她双手揪着乔安琛的衣角，眼里写着沮丧，“我们以后还可以这样单独出来走走吗？”

“是我疏忽了。”乔安琛搂紧她，下巴搭在她的头顶，垂眸道，“乔乔出生之后经常离不开你，这几年都把重心放在她身上了，现在她长大了，我们可以稍微放开手了。”

他吻了吻初壹的头发，轻声开口：“以后放假就把她放在爸妈家，我们自己出来玩。”

“她好可怜哦。”初壹顿时破涕为笑，眉眼弯弯地望着他。

乔安琛也轻笑：“嗯，等她长大了，自己叫男朋友带她出去玩。”

“好。”初壹张开手，更用力地拥紧他，两人亲密无间地靠在一起，胸腔的跳动频率仿佛一致。

火车呼啸而过，隧道里的黑暗一瞬间降临，又立即亮如白昼。

两人分开，唇上带着别样的红润色彩。

见到久别的父母，乔满月兴奋得像只小猴子，大老远就朝他们扑了过来，身上背着的小水壶一跳一跳的。

乔安琛一把从地上把她抱起，小姑娘甜甜地凑过来，在爸爸妈妈的脸上一人亲了一大口。

“你们跑哪儿去啦？我想死你们了！”她拉长了声音叫道，稚嫩的小嗓音带着化不开的软绵味道。

初壹想起两人在火车上说的那番话，心中涌起莫名的愧疚感，把她从乔安琛手上接过来，亲亲热热地抱住：“妈妈去给小满月买礼物了呀，回家给你看好不好？”

“好！妈妈最好了！”小姑娘还很好骗，立刻拍着手掌欢欣鼓舞。初壹偷偷看了眼乔安琛，掩去心虚的表情。

同身后的二老告别后，一家三口开车回去。一路上乔满月都在叽叽喳喳地说着这两天在爷爷奶奶家发生的事情，新认识了几个朋友、看到了好看的动画片、奶奶做的饭很好吃……都是诸如此类的小事。

初壹听得津津有味，隔了两天没见，似乎自家这个调皮的小女儿都变得可爱起来了。

她想着，又忍不住在女儿的脸上亲了一口，软乎乎的脸蛋还带着奶香。

有了第一次就有第二次、第三次……无数次。

发现小姑娘在爷爷奶奶家适应得很好之后，周末两人经常把她送过去。

初壹和乔安琛则自己去看电影、约会、用餐。

忙里偷闲得到的东西总是显得无比珍贵，初壹感觉每一次她和乔安琛出去似乎都比以前还要开心，大概因为难得，所以分外珍惜。

两个人去爬了山，在山顶露营看日出，夜里坐在帐篷前面数星星；还报了个两日游的小团，玩了漂流、真人丛林射击，晚上和刚认识的团友一起玩狼人杀。

乔安琛思维缜密，逻辑很强，玩下来几乎掌控全场。相比来说，初壹这种充人数的角色，几乎三轮就出局了。

玩了几轮，她被打击得蔫蔫的，刚好这一局她还抽到了狼。

新手玩狼难度很高，要面不改色地撒谎，把目标往别人身上引，还要有说服力，脑速要快。

初壹第一轮就露了怯，连眼神都是心虚躲避的，尤其不敢看乔安琛。毕竟这个人在前面几轮中凭几句话就识出了狼人身份，然后极其有说服力地发言，轻而易举地就把狼队打得全军覆没。

开始大家都不知道对方的职业信息，后来得知乔安琛是检察官之后，这份信服感顿时加剧。

难怪他这么厉害，本职工作就是辨别是非的。

为此他还有个外号，叫作“狼人杀手”。

第一次发言还好，大家都没有头绪，到了第二次，有些东西就显露了痕迹。初壹不甚流利地陈述着，毫无逻辑性的指向很快就引起了别人的注意。

听到有人开始指认她是狼时，初壹心里就已经抖了起来，她越来越慌，毕竟前面几轮她就是这样被投出去的，哪怕她那时只是个平民。

“我觉得二号不太有可能。”轮到乔安琛发言了，他目光笔直地看着初壹，双手交叉地放在面前，声音沉稳有力，“她明显是个新手，玩得很差，前面几轮的表现就和刚才一样，所以被误杀了好几次。我倒觉得四号从一开始就指认她的行为很可疑，像是故意要转移我们的注意力把二号放出来顶罪……”

被乔安琛这么一说，几乎所有人都信服了，毕竟初壹的表现实在太差了，差到每一轮都是如此——没有条理，心慌意乱，眼神飘忽。

这导致前面她做了几次替死鬼，全部是含冤而亡，太可怜了。

这样一来，初壹后面的表现也就很符合常理了，最后场上只剩下四个人时，初壹磕磕巴巴地讲完，不自然地舔了下唇。

她看到了对面的乔安琛，一对上他的视线，不知为何心就定了下来。

果不其然，在乔安琛发言之后，最后目标转移到了她旁边的那个人身上，剩余玩家露出笃定的神色，毫不犹豫地三票将那个人投死。

那个人翻了个白眼，展开底牌——平民。

与此同时，法官宣布狼人获胜。

霎时间一片不可思议的惊呼声响起，所有人都睁大了眼睛，有人掀开了初壹面前的牌，上面赫然写着狼人。

又是一阵难以置信的呼声响起。

初壹羞涩地抿唇一笑，隔着一张桌子和乔安琛互相看着彼此，两人相视而笑。

众人立即露出了然的神色，抗议地拍桌。

“犯规、犯规！”

“不带这样的啊！”

“竟然还放水！虐狗也要控制一下程度好吧？”

乔安琛垂眸轻笑，推开椅子站起，弯腰把初壹从小沙发上抱了起来。她今天玩漂流时不小心撞到了膝盖，破了道小口子。

“不早了，我们先回去睡了，你们玩得开心。”

他简单道别，无视其他人的抗议走了几步，又停下，想起什么似的转身道：“哦，对了，刚才那个不叫虐狗，”乔安琛抱紧了初壹，继续往前走去，声音带着浅浅的笑意，“这才是。”

父母玩得乐不思蜀，女儿的生活却不太好过。

最近乔满月很苦恼，每天回来也不聒噪了，双手托着腮做沉思状。

初壹有些稀奇，随即问她：“乔乔，你怎么啦？”

小姑娘重重地叹了口气，满面惆怅地道：“赵书然好像生气了，也不和我讲话，每次都板着脸，一看我和季小程待在一起他就不开心。”

“啊……”初壹没想到是这个原因，一时间也没了主意。

“那你们不能三个人开心快乐地玩耍吗？”顿了顿，她出声道。乔满月扁扁嘴，小眉头皱在了一起。

“唉，和你说了你也不懂，我们小孩儿的事情你们大人不清楚。”她摆了摆手，一副不欲与初壹多谈的样子。

初壹：行吧。

她卷起袖子去厨房做饭，任由小姑娘陷在其苦恼的“三角恋”中。

“但是我和你说哦，季小程是你干妈的儿子，不管怎么样你都不能欺负他知道吗？”

“知道啦、知道啦！”乔满月不耐烦地朝她挥手，沉沉地叹气。

初壹也懒得管他们这些幼儿园的“爱恨情愁”，倒是想着有段时间没和程栗见面了。上次初壹见到她和她家教授，还是大半个月前了，为了给他们的儿子过生日。

对了，季小程就是他们的儿子，和乔满月同年同月出生，乖巧安静，动不动就容易红眼睛的小男孩儿。

唉，初壹在心里叹了口气，觉得两人的性格似乎调换了。

周末程栗携家属过来做客，季小程乖乖地被妈妈牵着，白净漂亮的小脸，红色的唇微抿着，看到她有些羞涩。

他的目光一落到跑过来的乔满月身上，漆黑的眸子立即亮了亮，似乎燃起了光芒。

“满月！”他出声叫道。

乔满月熟稔地和他打招呼，手里抱着的娃娃还舍不得放下：“季程程！”

程栗看出自己儿子的雀跃，放了手，让他同乔满月一起玩去了。两个小孩儿头抵着头坐在沙发前的地毯上，偶尔还有说话声传来。

初壹招呼着她和季繁宁，这几年见面次数多了，也不像之前那么生疏了，逢年过节偶尔还会组局玩两把牌。

寒暄过后，乔安琛同季繁宁在一旁说着话。他们谈论的话题初壹和程栗都不感兴趣。

泡了壶玫瑰花茶，初壹和程栗两人在阳台上聊着天。

“季程程在新学校还适应吗？我叫乔满月看着他，应该还好吧？”

“挺好的，比以前开心很多，现在每天不用我们叫，都主动背着书包要去上学。”程栗喝了口茶，抿唇笑道，“这可多亏了你们满月儿，那小子可喜欢她了，整天挂在嘴边的就是满月，你不知道，他爸差点儿还嫉妒了。”

初壹也笑着摇头，自家这个女儿虽然闹腾了点儿，但好像确实招人喜欢，至少身边的人没有不喜欢她的。

季小程只比乔满月早出生了几天，初壹那会儿和程栗基本同时怀孕，后来程栗和她家教授结婚，初壹还去参加了婚礼。

来年两人同时间的预产期，住同一家医院，前后脚生下小孩儿。

乔满月在上幼儿园之前，就时常同季小程一起玩。

因为程栗和她家有一定距离，所以当时就近找的学校，结果季小程却一天比一天沉默，甚至开始闹着不肯去上学。

夫妻俩一查才知道，因为他性子安静，所以经常被班里几个调皮的同学欺负，老师也疏忽没有发现。

程栗当时气得火冒三丈，直接冲过去把那几位家长连同小孩儿痛骂了一顿，就差当场打人了。

那个幼儿园季小程肯定是不能继续待了，晚上初壹和她通电话，试探地问了句要不要转到乔满月的学校，毕竟有乔满月这个小霸王在，大概也没人敢欺负季小程。

程栗和季繁宁商量过后同意了，因为那所幼儿园离他们家也不算远，重点是像初壹说的那样，有个小伙伴一起照料，他们也可以放心一点儿。

他们经历过之前的那件事情，已经不敢随便把儿子放到一个陌生地方了。

就这样，乔满月和季小程小朋友成了同学。

晚上初壹和乔安琛做饭，招待他们一家三口，菜色很丰盛，照顾到了每个人的口味。

乔满月和季小程并排坐着，碗里是瘦肉蔬菜粥，熬得软绵，两人拿着勺子乖乖吃着。

吃了几口，乔满月就不知不觉地停下动作，眼巴巴地望着桌上那盘大虾，吸了吸口水。

一旁的季小程也顿住了动作，顺着她的目光望过去，停了两秒，努力地伸长手臂去够那盘大虾，小勺子颤颤地费力伸过去，一只通红的虾在空中摇摇晃晃，最后被放到了乔满月的碗中。

他小声说："满月，给你吃。"

"谢谢程程哥哥。"乔满月得了好处，连称呼都变了。季小程腼腆开心地笑了笑，手指蹭了蹭碗边。

两人的小动作被大人们尽收眼底，季繁宁看着自己这个小儿子，目光定在他脸上讨好的笑容上，心里莫名不是滋味。

程栗毫无感觉，大大咧咧地夹起一只虾给自己儿子："儿子，你要不要吃虾，妈妈给你剥？"

初壹此刻已经从乔满月的碗里把那只虾夹过来在剥壳了，里头的肉被她分成小块，再放过去。

乔满月几口就将肉塞到嘴里吃完了，季小程看了看，夹起自己碗里程栗刚剥好的虾又给了她。

"满月，你慢点儿吃，别噎着。"

这下几位大人都无奈地笑了，初壹望着他打趣道："程程，你干吗对乔满月这么好啊？她在学校有没有欺负你？"

"没有。"季小程刚摇了摇脑袋，乔满月已经迫不及待地出声："我才没有欺负他！我保护他！谁敢欺负程程我就揍他！"她握起小拳头凶巴巴地说，逗笑了一堆人。

季小程有些羞涩地道："我是哥哥，对满月好是应该的。"

"这晚出生几天还真是占便宜。"初壹笑眯眯地摸了摸两人的头，乔满月没心没肺地咧开嘴朝他笑，季小程温顺地弯起了眼睛。

草长莺飞的三月，幼儿园手工课的作业竟然是做一只风筝。乔安琛有了上次灯笼事件的教训，这次提前几天就开始在网上查教程、买材料，力图让他女儿制霸整个幼儿园。

最后那只栩栩如生的蝴蝶风筝诞生时，初壹都惊艳了一下。

乔满月兴奋地抱着风筝，爱不释手："爸爸好厉害！风筝好漂亮！"

"这是你和爸爸一起做的，乔乔也超厉害！"乔安琛夸她。

待父女俩互吹完，初壹忍不住开玩笑："乔安琛，以后万一你失业了，应该可以在天桥底下支个摊，就卖风筝。"

"这主意不错。"乔安琛望着她开口，"到时候你就在一旁给我收钱。"

“然后等乔满月下班了来接我俩回家吃饭。”

说完两人都笑了，乔满月听到笑声，仰起头看着对视着在笑的父母，也无意识地扬起了唇，露出几颗白白的小牙齿。

风筝做好了带去学校，乔满月傍晚是雄赳赳气昂昂地回来的，初壹多嘴问了句怎么样，小姑娘立刻噼里啪啦地说个不停。

什么壮壮也抢着要和她玩风筝，什么小胖为了她差点儿和方方打起来，还有个小同学都哭了，跟老师闹着说自己的爸爸怎么和乔满月的爸爸不一样。

估计因为她爸爸忙，给她做的风筝是用A4纸糊在一次性筷子上，再加一条尼龙绳，然后在上头写上了“风筝”两个字。

乔满月小朋友出尽了风头，心情大好，摸着那只风筝突然说道：“妈妈，你和爸爸能不能带我去放风筝？我想看蝴蝶飞上去。”

“好啊。”初壹不假思索地答应了，原本也早考虑等放假带她出去玩的，冬天刚过去，小姑娘很久没出门了。

小区附近有个公园，占地面积很大，里头绿化设施都做得很好，平日里去那里休闲的居民很多。

正中间是一大片草坪，周末有不少出来野餐、散步、晒太阳的人，天气好的时候，还会有小商贩在旁边卖风筝。

初壹和乔安琛带着乔满月，她走在中间，一边牵着一个大人的手。

一家三口的颜值颇高，再加上手里那只大风筝，一路走来引起了不少人的注意。

乔安琛为了这次的放风筝活动，还提前去楼下练习过如何把一只蝴蝶风筝放上天。

苦练了好几个晚上，他也算是小有成就了。

乔满月蹦蹦跳跳地跟在他后面，望着不远处乔安琛高大的身影，目露崇拜之色。

在她小小的世界里，爸爸就是无所不能的。

无所不能的爸爸把风筝放到天上去了，花蝴蝶在风中高高飘着，乔满月兴奋得原地蹦跶。乔安琛放稳风筝之后，把线放到了她手里，乔满月更是新奇不已，哇哇叫个不停。

初壹看得有些蠢蠢欲动。她虽然小时候也有过放风筝这种活动，可初天没有乔安琛这么敬业，压根儿没有把风筝放上去，最后带着她灰溜溜地回家了。

“乔乔，给妈妈也试一下。”初壹眼巴巴地盯着，被乔安琛看了出来。他低头朝乔满月说了一句，小姑娘立刻很乖地把线递了过来。

初壹连忙接过线，玩了一会儿过完手瘾之后，又把风筝还了回去。

绿油油的草地上，天蓝得很清澈，微风吹动着树叶，湖水倒映着岸边的风景。

不远处有一家三口在放风筝，男的挺拔英俊，怀里抱着一个可爱漂亮的小姑娘，旁边的女人穿着一条浅蓝色的连衣裙站在那里，温柔地注视着两人。

他们笑笑闹闹着，不知不觉已近黄昏。

又是一年的春节，田婉做了一桌子菜，从厨房端出来，擦干净手之后，一家人围在桌子前吃饭。

灯光是明亮的橘色，很是温馨，乔满月话最多，全程就听到她一个人叽里呱啦地说个不停。

初壹连她幼儿园班里的每个同学的名字都快记住了。

这两年从乔满月会讲话之后，家里就热闹了很多，老人家很喜欢，时间长了，初壹感觉很是头疼。

大家一边吃饭一边听着她讲三只小熊的故事，小姑娘童言稚语，嗓音清脆，乌溜溜的眼睛灵动地转着，面容白嫩可爱，逗得田婉和乔父大笑不止。初壹时不时给她夹菜，提醒她注意吃饭。

今年的春晚依旧是熟悉的味道，小姑娘坐不住，在乔安琛怀里扭来扭去，初壹坐在沙发一旁给她削着水果。

突然耳边传来砰砰声，窗外不知何时炸开了一团团烟花，姹紫嫣红，五彩斑斓。

乔满月惊呼起来，愣愣地睁着眼，微张着唇。

“爸爸！烟花！”她伸手指着那一处，开始不停地动，“我要去看！”

“好，爸爸带你过去。”乔安琛抱着她走到阳台上，初壹跟了过去。

头顶漆黑的夜幕，此刻被绚丽的色彩占据，一朵朵烟花不知疲倦般此起彼伏地绽放，映亮了整个天空。

“好漂亮啊……”小姑娘圈着乔安琛的脖子，怔怔地望着头顶，瞳孔中带着惊艳的光芒，她出声问，“明年还可以看到烟花吗？”

“当然可以。”乔安琛回答，垂眸看了眼旁边的初壹，两人不约而同地荡起笑意。

耳边的砰砰声还在继续，璀璨的烟火照亮了彼此的脸庞。

大人、小孩儿依偎在一起，影子映在地上，交错重叠，密不可分。

零点过去，又是新的一年。

乔安琛低头在初壹的额上落下一个吻，浅浅的祝福声响起。

“新年快乐。”

——新年快乐。

（全文完）